◎中国符号◎

中国楹联

朱辉 主编 彭鑫 冉微 著

河海大学出版社
HOHAI UNIVERSITY PRESS
·南京·

图书在版编目（CIP）数据

中国楹联 / 彭鑫，冉微著. -- 南京 : 河海大学出版社，2023.6（2024.2重印）
（中国符号 / 朱辉主编）
ISBN 978-7-5630-8138-7

Ⅰ. ①中… Ⅱ. ①彭… ②冉… Ⅲ. ①对联—鉴赏—中国—通俗读物 Ⅳ. ①I207.6-49

中国国家版本馆CIP数据核字(2023)第005540号

丛 书 名 / 中国符号
书　　名 / 中国楹联
ZHONGGUO YINGLIAN
书　　号 / ISBN 978-7-5630-8138-7
责任编辑 / 毛积孝
丛书策划 / 张文君　李　路
特约校对 / 董　涛
装帧设计 / 谢蔓玉　刘昌凤
出版发行 / 河海大学出版社
地　　址 / 南京市西康路1号（邮编：210098）
电　　话 / （025）83737852（总编室）
/ （025）83722833（营销部）
经　　销 / 全国新华书店
印　　刷 / 涿州市荣升新创印刷有限公司
开　　本 / 880毫米×1230毫米　1/32
印　　张 / 9.875
字　　数 / 217千字
版　　次 / 2023年6月第1版
印　　次 / 2024年2月第2次印刷
定　　价 / 59.80元

序

符号是一种标识或印记。它是人类生命活动的积淀，具备明确而且醒目的客观形式；也是精神表达的方式，承载着丰富的意义。文化符号，可以说是一个民族的容颜。

一国与他国的区别，很重要的是精神和文化。中国历史数千年，曾遭遇无数次兵燹和灾害，却总能绝处逢生，生生不息，至今仍生机勃勃，是因为我们拥有着深入血脉、代代相传的强大文化基因。

千百年来，中国文化绵延不绝，就如汉字，源远流长。从结绳记事到仓颉造字，汉字的起源蒙着神奇的面纱；但从一百多年前河南省安阳殷墟发现了甲骨文后，汉字的源流就基本清晰了。甲骨文已具有对称、稳定的格局，具备了文字的表意功能，由甲骨文而下，甲骨文—金文—小篆—隶书—楷书—行书，直到现在，汉字已被植入电脑，有了所谓的“打印体”。如今似乎除了学生和书法家，我们都不太需要拿笔了，会敲键盘就行，尽管如此，我们还是用汉语说话，用汉语思考，我们大脑中的数据链仍然是汉字串。

汉字就是一种文化符号。汉字的“福”“寿”等等，可以写出很多种形态，笔致方正或飞扬，我们不见得全部认识，但一看就知道这是我们的汉字，外国人也能一眼看出。汉字是根，伴随着日月穿梭和时代变迁，我们的文化在蔓生、延展，文化氤氲在我们生活的方方面面，无论是涓滴如水的日常生活，还是精骛八极、心游万仞的精神活动，中华文化都是我们的血液。

文字是文化的根基之一。汉字的形态之美，对称之美，音韵之美，已经成为我们审美观的基础。对仗和对称，渗入了我们的审美，没有对仗，我们的古诗词就不会是这个样子，也谈不上对联和楹联；象形文字也潜移默化地引导了我们对风景的命名，各地大量的“象鼻山”“骆驼峰”就是明证；我们的汉字与中国古代宫殿形制之间，显然存在着可意会却难以尽言的关系。

我们创造了文化，文化又反哺我们。古诗词对中国人的心灵塑造，从《诗经》中的男女情感、稼穑农桑就开始了。“关关雎鸠，在河之洲。窈窕淑女，君子好逑……”“硕鼠硕鼠，无食我黍……”更不用说，文天祥的“人生自古谁无死，留取丹心照汗青”那种令人震撼的豪迈和悲壮。民俗节令和家训谚语对中国人的影响和规训自不待言。

文化是渊深的，丰富而庞杂。它顽强，坚韧，却也活泼茁壮，苟日新，日日新，又日新。随着文化的发展和浓缩，到了一定火候，它自然会拥有符号功能，产生了符号意义。中国文化以其浓重深厚的内涵为基础，一直是中华民族屹立于世界民族之林的外在形象，拥有强大的辐射力；伴随着国力的增强和国家影响力的扩大，中国符号不胫而走，越来越多地出现在世界的各个地方：瓷器、茶叶、丝绸、书法、古琴、二胡、春联、剪纸、饺子、中国结、中国功夫、中国民歌、飞檐斗拱、财神罗汉、舞狮舞龙、威风锣鼓……林林总总，蔚为大观。我们无论是置身其间，亲临其境，还是通过媒体耳闻目睹，都会顿感亲切，自豪之情油然而生。

世界是交融的，中国文化和中国符号，早已进入其他的文化圈，不但出现在世界文化交流的舞台上，也渗入了其他文化生态的细微处。我们被称为“China”是因为瓷器，虽然这可能还不是定论，但“Kungfu”（功夫）这个英文单词确实出现在了英文辞典中。中国艺术家徐冰，在他的成名作《天书》系列中，设计、刻印了数千个“新汉字”，以极具冲击力的图像性和符号性，呈现和探讨了中国文化的本质和思维方式，在世界艺术殿堂中点亮了中国符号的高光时刻……这些都印证了中国文化、中国符号的影响力，也体现了文化符号的交流功能。符号是文化的载体，也是交流的工具和友好的使者。我们浸润在中国文化之中，周遭遍布中国符号，我们可能会习焉不察，熟视无睹，但祖先的遗产是千百代人胼手胝足的智慧结晶，生为中国人，我们是继承者，是学生，更应该是创造者和弘扬者。

从某种角度看，有些文化或符号已失去了实际使用价值，一个文物级别的碗或瓶，当然已不能用于盛水插花，但它们散发着味道和力量。它们陈列在橱窗里，在射光灯投上光线的那一刹那，它们就复活了，焕发出文化和精神的灵光与生机。它们深入人心，无远弗届。它们属于中国，属于我们。

中国符号是中国精神的外化呈现，它以醒目亮眼的客观形式，成为中华文化永远的载体。中国符号，也是中华民族砥砺前行的内在驱动力。

中国文化博大精深，其中很多可以冠之以“中国符号”。《中国符号丛书》讲述了节气、家训、民俗、诗词、楹联、瓷器、建筑、骈文、汉字、绘画中蕴含的中国文化，从历史、发展、分类、特色等多个维度展现了中国文化的独特魅力，多位专家学者付出了努力。这套丛书对弘扬中华优秀传统文化，帮助读者，尤其是青年学生了解中华优秀传统文化，将有所助益。

是为序。

朱輝

目 录

第一章 楹联概说

壹

003 · 第一节　楹联的概念与源流

007 · 第二节　楹联的特征与分类

012 · 第三节　楹联的格律与修辞

023 · 第四节　楹联名家名著概观

目 录

第二章 楹联小史

贰

033 · 第一节 宋元：楹联的萌芽期
040 · 第二节 明代：楹联的生长期
050 · 第三节 清代：楹联的成熟期
057 · 第四节 近现代：楹联的繁盛期

第三章 经典楹联（一）

叁

067 · 第一节 修身楹联
081 · 第二节 题赠楹联
101 · 第三节 养生楹联
118 · 第四节 巧对楹联

目 录

第四章 经典楹联（二）

肆

143 · 第一节　山水楹联

164 · 第二节　园林楹联

181 · 第三节　祠庙楹联

193 · 第四节　行业楹联

第五章 经典楹联（三）

伍

211 · 第一节 庆贺楹联
225 · 第二节 哀挽楹联
240 · 第三节 谐趣楹联
254 · 第四节 集句楹联

目录

第六章 楹联中的中国传统文化

陆

275 · 第一节　楹联的民俗文化功能

280 · 第二节　楹联书法的艺术性及其对传统文化的传播

287 · 第三节　楹联在小说中营造出的意境

293 · 第四节　楹联蕴藏的丰富价值

壹

第一章

楹联概说

第一节　楹联的概念与源流

楹联是我国的一种特有的文化艺术形式，是我国传统文化中闪耀着奇光异彩的瑰宝。楹联又名对联、门对、对子等，因古时多悬挂于楼堂宅殿的楹柱[1]上而得名。它是集文字、艺术为一身的综合性艺术，有着内容丰富多彩、高雅通俗兼具、为人们喜闻乐见之特点。千百年来，楹联成为人们以联会友和斗智赛艺的娱乐载体，已成为人们生活中不可缺少的艺术品类。其种类有很多，包括修身楹联、题赠楹联、养生楹联、巧对楹联、山水楹联、园林楹联、祠庙楹联、行业楹联等。

一般来说，楹联是我国文学体式中字数最少的一种，但它却具有最强烈的中国文学的美学特征。它形小而质美，有独具特色的艺术形式；它用途广泛，影响深远，视觉上既整齐又美观，读起来朗朗上口，被誉为“袖珍诗”，得到上至达官贵人、文人雅士下至平民百姓的普遍喜爱，称得上是我国文学花园里的一朵鲜艳的奇葩。

[1] 楹柱，厅堂前部的柱子。《老残游记》第二回：“看那大门里面楹柱上有副对联，写的是‘四面荷花三面柳，一城山色半城湖’。”

一、楹联的概念

楹联由“上联”（又称“出句”）和“下联”（又称“对句”）组成。上联和下联必须对仗。所谓上下联对仗，就是上联和下联字数相等，词性相同，平仄协调，言简意赅。对仗越工整，就越具有艺术之美。同时，上联和下联，共同服务于一个主题，相互呼应，构建一个完整的意境。楹联艺术的精工奇巧是其艺术魅力和艺术感染力的关键所在。

试看清代著名文人郑板桥[1]的一副名联：

> 删繁就简三秋树；
> 领异标新二月花。

这副楹联，从字数上看，上下联都是七个字。从词性上看，“删”“就”“领”“标”四字都是动词；“繁”“简”“异”“新”四字都是形容词活用作名词；“三秋”和“二月”都是表示时间的名词；“树”和“花”都是关于植物的名词，对仗很是工稳。上联的最后一字为仄声，下联的最后一字为平声，符合楹联对平仄的要求。再从内容上看，上下联从不同的角度描述一个共同的主题：绘画艺术创作的规律。上联指出作画要凝练，要以小见多，要有深秋老树的矫健之气；下联则指出作画还要能推陈出新，独树一帜，如同二月花那样“引领潮流”，鲜艳动人。

[1] 郑板桥（1693—1765），字克柔，号理庵，又号板桥，江苏兴化人，“扬州八怪”（清雍正、乾隆年间活跃于扬州地区的一批风格独具的书画家总称，如阮元、华岩、闵贞、高凤翰、李勉、陈撰、边寿民、杨法、郑板桥等）重要代表人物，代表作品有《兰竹芳馨图》《修竹新篁图》《竹石图》《郑板桥集》等。郑板桥一生喜画兰、竹、石，构思精巧，形象生动，自称“四时不谢之兰，百节长青之竹，万古不败之石，千秋不变之人”。郑板桥还善诗词书法，其诗词不拘体格，善叙事言情，其书法自成一家，以隶书为其字基本骨架，又以行、草、篆三体相参，创造出“六分半书”的新体，又称“板桥体”，书体雄浑清劲，苍劲有力。

二、楹联的源流

楹联的起源很复杂，有多种说法。主要包括偶文说、桃符说、骈文说与律诗说等。目前，一种比较为公众认可的是：楹联是偶文与桃符结合的产物。

（一）偶文的发展为楹联的诞生奠定了语言基础

如果我们从中国文学发展的角度去看，那么我们能够较为明显地发现楹联是源自古代诗词歌赋之中的对偶。从某种角度看，楹联的语言基础就是对偶。先秦的文献中，就孕育了很多精彩的对偶。诸如，《诗经·卫风·木瓜》中的“投我以木桃，报之以琼瑶”；《周易·乾·文言》中的“水流湿，火就燥”；《尚书·大禹谟》中的“满招损，谦受益”；《老子》中的“有无相生，难易相成，长短相形，高下相倾，音声相和，前后相随”；《论语·雍也》中的“乘肥马，衣轻裘”。

两汉时期，作家们将诗和散文结合起来，创造出在文学史上熠熠生辉的汉赋。赋的体式，兼具诗和散文的特点，讲究文采和韵律。对偶具有整齐美、对比美的特点，因此开始被作家广泛地运用于赋[1]，极大地增强了赋的艺术表现力。例如张衡《南都赋》中的“布绿叶之萋萋，敷华蕊之蓑蓑”，就是一个有关对偶的精彩例子。

魏晋之后，诗人沈约等人创立“永明体”诗，对偶之风更加兴盛，旧体诗也走向了格律化的道路。

到了唐代，律诗进一步成熟，诗律变得更加严格精密。此时，楹联也孕育成熟，即将诞生。如果把律诗中的对偶句，单独拈出来，再稍加变化，一副楹联就出来了。这就是楹联诞生的语言条件，也可以称之

[1] 赋的特点是“铺采摛文，体物写志”，因此，描绘景物，抒发情志是赋的主要内容和特色，在表现手法上则是对排比和对偶的运用。朱光潜先生说：“赋侧重横断面的描写，要把空间中纷陈对峙的事物情态都和盘托出，所以最容易走上排偶的路。”汉赋的发达对汉代其他文体的影响尤为显著，甚至连《汉书》这样的史学著作也受其影响。东汉的抒情小赋进一步骈化，更加注重对偶的运用，如班固和张衡的赋中对偶句的运用已十分普遍。魏晋时期，赋中的对偶更加普遍。如曹植的《洛神赋》便主要由对偶句构成，其中四言偶句较多，也有不少三言对、六言对。如四言对“翩若惊鸿，婉若游龙，荣曜秋菊，华茂春松”“丹唇外朗，皓齿内鲜。明眸善睐，靥辅承权，瑰姿艳逸，仪静体闲。柔情绰态，媚于语言。奇服旷世，骨像应图”。

为内在条件。除此之外，楹联的诞生还有一个物质载体，那就是门神和桃符，也可以称之为外在条件。

（二）偶文与桃符、门神相融合，促使楹联诞生

先秦之时，人们过春节，就有在大门两旁挂桃符的风俗。桃符就是用桃木做的两块大板，分别书写“神荼”和“郁垒”（传说中的两位降鬼大神的名字），用以驱邪祈福，并且一年一换。自秦一直到魏晋，桃符以不同的形态存在着。

两汉时期，元旦之时，几乎家家户户都会悬挂桃木门神。桃木门神的形态，也在不断演化，由费工费时的“桃人”变为易于制作的“桃符板”，只是简单画上神荼、郁垒的形象，或者直接刻上他们的名字。随着时间的推演，桃符上的神荼、郁垒的名字也变成了一些吉祥的文字，比如“逢凶化吉”之类。桃符的面积也随着书写字数的增多而逐渐变大，正因如此，桃符的形体开始朝后来的楹联形体演变。

到了五代时期，后蜀主孟昶[1]令学士辛寅逊题桃木板，辛寅逊写出之后，孟昶对其内容不太满意，于是自己便写下：“新年纳余庆，嘉节号长春。”谁能料到，孟昶所写的这十字偶句竟成了楹联的开山之作。后来的人竞相模仿此句的形式、词性，言简意赅、对仗工整的楹联便形成了。

后来，宋人将孟昶的十字偶句推广并放在楹柱上，形成了楹联。元明后，写联的人越来越多。到了明代，朱元璋对楹联的发展更是起了重要的作用。“春联”这个名称，就是朱元璋提出来的。据清人陈尚古

[1] 孟昶（919—965），本名孟仁赞，字保元，五代十国时期后蜀末代皇帝，后蜀高祖孟知祥之子。在位之初，他劝农桑，置贡举，鼓励进谏，改革政事。适逢中原王朝更迭频繁，无暇西顾，得以偏安。后来，他奢侈至极，大选民女充后宫，溺器亦用七宝装饰。964年，北宋攻蜀，次年孟昶降宋，封秦国公，卒于开封。

的《簪云楼杂说》记载："春联之设，自明孝陵昉也。时太祖都金陵（1368—1398），于除夕忽传旨：公卿士庶家门上须加春联一副。太祖亲微行出观，以为笑乐。偶见一家独无之，询知为腌豕苗者，尚未倩人耳。太祖为大书曰：双手劈开生死路，一刀割断是非根。投笔径去。嗣太祖复出，不见悬挂，因问故。答云：知是御书，高悬中堂，燃香祝圣，为献岁之瑞。太祖大喜，赉银三十两。"由于朱元璋的大力提倡，楹联逐渐以春联的形式普及起来，上行下效，蔚然成风。每逢除夕，家家户户都贴春联，以此形成了我国的一种风俗。至此，楹联和桃符完成了历史的分化。

到了清代，朝野上下、殿庭、庙宇、苑圃之间，都挂满了楹联。楹联的制式、格律也日益完善，更加符合人们的审美。楹联在发展中，又衍生出了春联、寿联、挽联、喜联、庙联、文房联等众多种类。近现代以来，楹联随着社会的发展，进一步繁荣，更呈现出了日新月异的面貌。

第二节　楹联的特征与分类

一、楹联的特征

楹联独具特色，不仅具有高雅的文学艺术形式，还具有广泛的生活实用性和精妙的和谐性，是一种为社会各个阶层所喜闻乐见的文化形式。它是高雅的文学，也是通俗的、大众的文学，千百年来久盛不衰、底蕴雄厚，在当今中国辞赋、律诗[1]、词曲等各种古典文学体裁中，仍然保持着旺盛的生命力，并在不断

[1] 律诗，中国传统诗歌的一种体裁，属于近体诗范畴，因格律要求非常严格而得名。律诗起源于南朝齐永明时沈约等讲究声律、对仗的新体诗，至初唐沈佺期、宋之问等进一步发展定型，而盛行于唐宋时期。律诗在字句、押韵、平仄、对仗各方面都有严格规定。其常见的类型有五言律诗和七言律诗。

发展。其特征主要有：浓郁的文学性、广泛的实用性、鲜明的民族性、强烈的时代性、充沛的趣味性、严密的格律性。

（一）浓郁的文学性

楹联讲究字句精练，寥寥数十字之中，写景、抒情、叙事、说理样样皆有。精彩的楹联和诗词一样韵味悠长，值得反复品味。正因如此，郭立志在《曾文正公联语辑录·序》中写道："联语亦诗余也。"胡君复在《古今联语汇选初集·序》中将楹联称为"对偶文之余绪"。

（二）广泛的实用性[1]

楹联是一种实用文体，来源于生活，又高于生活。楹联在具备实用性之外，同时也十分强调文采。从某个方面来讲，它是一种饱含中华文化元素，契合中华民族审美心理的实用性文体。

（三）鲜明的民族性

楹联是中华民族独创，带有鲜明的民族性。首先，民族性体现在楹联鲜明地体现了中华民族的思维、心理习惯和特点。很早的时期，中国人就有了"阴""阳"的概念，用辩证观点来看待世界。这也就是对偶产生的民族心理基础。其次，民族性体现为楹联之根是扎进中华民族的传统习俗的沃土之中的。楹联的产生，与中华民族悬挂桃符的习俗是分不开的。

[1] 如名胜古迹处的楹联：
茅盾纪念馆
一代文章推《子夜》，毕生心血似《春蚕》。
通济桥
寒树烟中，尽乌戍六朝旧地；夕阳帆外，是吴兴几点远山。（南侧）
通霅门开，数万家西环浙水；题桥人至，三千里北望燕京。（北侧）
如婚嫁楹联：
红妆带绾同心结，碧树花开并蒂莲。
欢庆此日成佳偶，且喜今朝结良缘。
再如节日联：
一元复始；
万象更新。
（春联）
劳工神圣千秋乐；
赤县欢娱五月红。
（五一劳动节联）

（四）强烈的时代性

楹联是社会生活的直接反映，它展示了当时社会生活的方方面面，体现当时的精神风貌。时代在变化，楹联的内容与形式，都将随之发生变化。每一个时代的楹联，都必然或多或少带有当时社会的印记。

（五）充沛的趣味性

古今流传的很多楹联，就是用特殊的修辞手法和巧妙的对仗形式，传达风趣、诙谐的旨趣，使人津津乐道，印象深刻。楹联有其“雅”的地方，能与唐诗宋词元曲平分秋色，同时也有其“俗”的一面，能和谚语、谜语、歇后语[1]归为一类。

（六）严密的格律性

由于后面的章节对楹联的格律性有详细阐述，此处就不赘述。

二、楹联的分类

楹联的分类是楹联学体系中一个避不开的话题，但由于学者研究角度、归纳分类的方法不同，所以各类关于楹联的著作对其分类尚无一致的分类标准，呈现出百家争鸣、百花齐放的姿态。随着历代学者不懈的努力和深入研究，楹联分类标准将会更加完善和合理，逐渐规范和科学。现将先辈学者在著述中对楹联的分类举例如下：

[1] 歇后语是汉语的一种特殊语言形式，是群众在生活实践中创造的一种短小、风趣、形象的语句。它一般将一句话分成两部分来表达某个含义，前一部分是隐喻或比喻，后一部分是意义的解释。在一定的语言环境中，通常说出前半截，“歇”去后半截，就可以领会和猜想出它的本意，所以称它为歇后语。歇后语也叫俏皮话，可以看成一种汉语的文字游戏，其耐人寻味，为广大人民所喜闻乐见。

著作	作者	分类
《楹联丛话》[1]	清代 梁章钜	故事、应制、庙祀、廨宇、胜迹、格言、佳话、挽词、集句、杂缀
《楹联述录》	清代 林庆铨	掌故、故事、庙祀、胜迹、廨宇、佳话、集句、谐语、挽章、名言、杂志
《楹联新话》	清代 朱应镐	格言、廨宇、杂缀、祠庙、名胜、集古、哀挽等
《自怡轩对联缀语》	清代 王堃	应制、庙廨、诙谐、挽言、寿语、投赠等
《楹联四话》	清代 梁恭辰	名胜、庙祀、佳话、杂缀、诙谐、挽联等
《对联话》	近代 吴恭亨	杂缀、谐谑、哀挽、题署、庆贺
《楹联新话》	民国 陈方镛	故事、庙祀、胜迹、谐语、杂缀、哀挽、院宇、廨署、时事、园林、庆贺
《师竹庐联话》	民国 窦镇	名胜、祠庙、廨宇、佳话、格言、杂缀、挽词、园林、学校、庵院、会馆
《楹联新话》	民国 雷瑨	名胜、祠庙、格言、集句、谐谑、公署、哀挽、杂录、书院、园亭、居宅、商店、喜庆、投赠、艳迹
《六碑龛贵山联语》	民国 向义	胜迹、祠庙、廨宇、哀挽、杂录、学校、会馆、庆祝、义园、坊表、戏台

[1]《楹联丛话》是我国文学史上第一部联话著作，它的作者是梁章钜（1775—1849）。梁章钜，字闳中，又字茝林，号茝邻，晚号退庵，祖籍福建福州府长乐县（今福建省福州市长乐区）。清代官员、经学家。曾任广西巡抚、江苏巡抚等职。上疏主张重治鸦片囤贩之地，强调“行法必自官始”，并积极配合林则徐严禁鸦片，是坚定的抗英禁烟派人物，也是第一个向朝廷提出以“收香港为首务”的督抚，是一位政绩突出、深受百姓拥戴的官员。晚年从事诗文著作，一生共著诗文近 70 种。其在楹联创作、研究方面的贡献颇丰，乃楹联学开山之祖。

续表

著作	作者	分类
《古今联语汇选》	民国 胡君复	名胜、园林、祠庙、刹宇、庆贺、哀挽、廨宇、学校、会馆、戏台、杂题、投赠、谐谑、杂缀、谚语、诗钟、集句、集字
《楹联集锦》	陈潮声	庆贺、哀挽、廨宇、学校、商业、会馆、祠庙、寺院、剧场、第宅、园墅、岁时、名胜、投赠、香艳、集字、集句、滑稽、白话、杂组
《中国对联大辞典》	顾平旦、 常江、 曾保泉	名胜、题赠（格言）、喜庆、哀挽、谐讽（巧妙）、文学艺术、行业、集句、海外
《中国对联大典》	谷向阳	道德人伦、警世格言、岁次纪年、婚寿贺赠、缅怀悼挽、书院学堂、政务衙署、名胜园林、厅堂居寝、姓氏联珠、岁齿衔华、纯外撷英、时令佳节、行业商肆、艺海拾联、集字集句、碑帖串骊、诗词裁锦、地理联话、谚语趣话、海外拾萃、名家题赠、联苑故实、征联求偶等
《中国对联集成》	中国楹联学会[1]	山水类、园林类、古建类、宗教类、居室类、行业类、题赠类、哀挽类、巧妙类、文艺类、集名类、故事类、杂题类等

[1] 中国楹联学会系由中国文联主管、经民政部注册的全国性社会组织，成立于1984年11月。中国楹联学会拥有一大批楹联艺术家、楹联理论家、楹联书法家及楹联活动家，声名远播。中国楹联学会是国家级非物质文化遗产代表性项目“楹联习俗”的保护单位。

以上表格中的楹联著述对楹联的分类标准“和而不同”，这是因为不同的著述对楹联分类标准不统一。例如：清代梁章钜的《楹联丛话》，其分类方法注重于楹联的主题和用途，是对当时楹联创作背景的实际反映。《楹联集成》其分类的方法则是按用途来划分的。上述楹联的分类方法经过笔者统计大致如下：按照创作方法来分，按照使用的场所来分，按照创作背景来分，按照写作要求来分等。

在各种楹联成书及相关理论书籍中，楹联的分类方法还有以下几种：

按楹联字数的多寡分，分为短联、中联、长联和超长联。但以多少字为标准，多少字为短，多少字为长，长短的界定标准不一，尚未形成共识；按文辞的性质分为诗句型、词句型、文句型、口语型、混合型等；按表达功能分为叙事联、状物联、抒情联、勉志联、论理联、讽刺联等；按应用范围分为胜迹联、节日联、婚联、寿联、挽联、题赠联、行业联、庆贺联、广告联、游戏联等。

本书综合以上方法将楹联分为：修身楹联、题赠楹联、养生楹联、巧对楹联、山水楹联、园林楹联、祠庙楹联、行业楹联、庆贺楹联、哀挽楹联、谐趣楹联、集句楹联。当然这仅仅是一家之见，仅供读者参考。

第三节　楹联的格律与修辞

一、楹联的格律

“格律”一词，指诗、词、曲、赋等文体有关用韵、平仄、对仗等方面的规则和格式。楹联中的“格律”则是指楹联形式方面的基本标准。将楹联与律诗比较，不难看出两者之间关联紧密，律诗的格律对楹联产生了很大的影响。当然，楹联的形式要求比较复杂和广泛，不能用绝对化的“格律”和绝对的方式来作为全部的楹联创作标准。一般说来，楹联的格律要满足：对仗严谨（字数相等、词性相同、结构相同）、平仄相协、意思相关。

（一）对仗严谨

楹联的对仗来自对偶修辞，其与古诗文中的对仗形式，有异曲同工之妙。最基本的要求就是字数相等、词性相同、结构相同。

（1）字数相等

楹联不论长短，上下联的字数必须相等，这是楹联最基本的要求。如果字数不相等，便不成为楹联。当然也有少数情况例外。

（2）词性相同

古人很早就提出了“实对实，虚对虚”。按照同词性讲究词类对仗，是楹联中对仗的关键所在。不论是古汉语，还是现代汉语，都大致可以分为名词、动词、形容词、数词、量词、代词等类。楹联的对仗，就要求上下联相同位置的词语词性相同，例如名词对名词，形容词对形容词，数词对数词，动词对动词……

（3）结构相同

上下联相对的句子，结构形式应当相同。也就是说，楹联的上下联要在词语结构上互相照应、彼此对称，例如偏正结构对偏正结构，主谓结构对主谓结构，以此类推。当然这是指工对，宽对则对结构相同的要求比较松，有时结构相近的也行。

古人对对仗的研究很深，常用的术语就有正对、反对、流水对、隔句对、自对、虚实对、叠音对、回文对等。本书详细介绍下工对、宽对、正对、反对、流水对。

工对，又称严对，顾名思义就是对仗十分工整贴切。下面这副明代文人解缙所写的一副名联就可称工对：

墙上芦苇，头重脚轻根底浅；
山间竹笋，嘴尖皮厚腹中空。

有工对就有宽对。它们只是对仗形式上工整程度存在差别，两者之间也并没有泾渭分明的分界线，也并非工对一定优于宽对。工对有精品，例如古诗中的“无边落木萧萧下，不尽长江滚滚来”。其中，天象对地理，山对海，木对江。宽对也有精品，例如“欲穷千里目，更上一层楼”。其中，目和楼在名词分类中不相关。

正对，又称真对，指的是楹联中上下联由相近的内容所构成的对仗形式。上下联内容虽不同，但表现的主题一致，其逻辑关系应是并列的。如唐代大诗人杜甫[1]的《绝句四首》（其三）：

上联：两个黄鹂鸣翠柳；
下联：一行白鹭上青天。

[1] 杜甫（712—770），字子美，自号少陵野老，唐代伟大的现实主义诗人，与李白合称“李杜”。他共有约1500首诗歌被保留了下来，大多集于《杜工部集》。他在中国古典诗歌中的影响非常深远，被后世尊称为“诗圣”。他的诗被称为“诗史”。世称杜拾遗、杜工部。

反对，指的是上下联由相反的内容所构成的对仗形式。这种形式的对联既相反又相成，在对立统一之中深化主题。如宋朝卢梅坡的《雪梅二首》（其一）：

上联：梅须逊雪三分白；

下联：雪却输梅一段香。

这种“反对”的手法，言简意赅，说理很深刻，具有很强的感染力。刘勰说“反对为优”，就是这个道理。

流水对，有如流水顺承而下，因此得名，也称串对。将一个意思分成上下联来表达，内容连贯，语气衔接，形成对仗，构成承接、转折、因果等关系。

（二）平仄相协

这是对声调的要求，为了增添楹联的抑扬顿挫之感，营造出音乐之美。汉字分为四声，古代分为平声、上声、去声、入声。其中，上声、去声和入声统称为仄声。普通话的四声，是阴平、阳平、上声、去声。其中，前二声是平声，后二声是仄声。古汉语的入声在普通话中已经消失。

关于平仄，楹联要求上联最后一个字必须是仄声，下联的最后一个字必须是平声；这是楹联的规则，不能违反。一抑一扬，使读者感受到音律的和谐，余音悠长；这是楹联审美的积淀，不能违反。否则，读起来就会拗口。

（三）意思相关

意思相关是指上下联的内容要密切关联，围绕一个主题书写。除“无情对”以外，上下联不能彼此孤立，更不能毫不关联，风马牛不相及。好的上下联，常常是分工明确，而又藕断丝连、顾盼有情的。

二、楹联的修辞

修辞是楹联创作中不可或缺的一部分。通过修辞，能够让楹联的语言更加生动形象，具有强大的艺术感染力。

在漫长的发展史中，楹联经过了众多楹联作者的艺术开拓，且吸收了其他艺术形式的营养，这些都使得楹联艺术得到不断的发展，楹联的修辞手法也日益丰富，多姿多彩。

除了拥有一般文体所常见的修辞方法，楹联还具有由楹联本身的特点产生出来的一些特殊的修辞手法。本书从语音修辞、词汇修辞、语法修辞等方面，来深入分析楹联的修辞，感受其中的巧思与妙趣，探讨其表达效果。

（一）楹联中的语音修辞

运用语音修辞主要是指在创作楹联时，充分调动汉字语音的各个因素（声、韵、调），来增强楹联的艺术表现力。其种类主要有同韵联[1]、叠韵联[2]、同声联、四声联[3]、全平全仄联[4]、谐音联、拟声联。本书主要分析其中的谐音联和拟声联。

（1）谐音联

谐音联是利用同音、同义的关系，起到妙趣从生

[1] “同韵联”又叫“拗口令联”，可分为“间隔同韵”和“连续同韵”。“间隔同韵”是指联句中同韵字之间隔着其他词语，如湖南长沙天心阁一联：
天心阁，阁落鸽，鸽飞阁未飞；
水陆洲，洲停舟，舟行洲不行。
（上联中“阁”“鸽”同韵，下联中“洲”“舟”同韵。）
“连续同韵”是指楹联中有两个以上的同韵字连续使用。如：
屋北鹿独宿；
溪西鸡齐啼。
（上联均为入声同韵字，下联均为平声同韵字。）

[2] 叠韵联为特殊的同韵联，是对联上下联的对应部分运用叠韵双音词，以此增加艺术效果的对联。如北京颐和园养云轩中的一副楹联：
天外是银河，烟波宛转；
云中开翠幄，香雨霏微。

[3] 四声联，指利用汉语的四声构成对联，使联句音韵和谐，充满风趣。如：
和尚正法，提汤上坛，大意失手，汤淌烫坛；
裁缝老徐，与妻下棋，不觉漏眼，妻起弃棋。

[4] 全平全仄联，是指上联、下联全部用仄声、平声构成的对联。如：
五岳闭雨认造化；
三湘浮云催文章。

的表达效果。

上文章，下文昌，文昌桥上晒文章；
前黄昏，后黄昏，黄昏渡前遇黄昏。

这副对联据说是明代万历年间，抚州府临川县陈际泰、罗万藻、章世纯、艾南英四才子在文昌桥上横卧，知府不得通过，只好绕道叫“黄昏”的渡口（附近有名叫前黄昏、后黄昏的两个村子）。这副对联传为“四才子”所作。上联的“文章”和“文昌”谐音。

（2）拟声联

拟声联就是在楹联中模拟所描写事物的声响，同时又能表达作者所思所感，从而使楹联富有形象性和真实感，造成一种特殊的音乐效果。

独览梅花扫腊雪；
细睨山势舞流溪。

此联看上去不失为一副诗味浓郁的写景联。然而细心品读，你会发现另有所指。原来，上联暗合声乐旋律，是由乐谱 1、2、3、4、5、6、7（do、re、mi、fa、so、la、si）的谐音而来；下联则是阿拉伯数字 1、2、3、4、5、6、7 的江浙方言谐音。

母鸡下蛋，“谷多谷多”只有一个；
小鸟上枝，“酒醉酒醉”并无半杯。

清代康熙年间进士周渔璜幼年时，一日其师以农家母鸡下蛋为题，出了个上联，要求他对出下联，周渔璜忽然看见一只小鸟飞来枝上，叽叽喳喳叫个不停，于是对出了下联。此联的“谷多”与“酒醉”，既表意又拟声，尤其风趣的是，母鸡生蛋后嘴叫“谷多”，却“只有一个”，想来这只母鸡能力不强；小鸟枝上啼“酒醉”了，却“并无半杯”，想来这只小鸟也酒量不大。

（二）楹联中的文字修辞

楹联的文字修辞，是指充分利用汉字的形体构造，增强楹联的视觉美和趣味性。主要包括同偏旁字联、叠形字联[1]、对称字联、嵌字联[2]、顶真联、宝塔联[3]、形近字联[4]。本书主要介绍同偏旁字联。

江海浪涛澎湃淹没沙滩；
霾雾雷电霹雳霍震云霄。

此联悬挂于江苏南通倒坝潭镇海关帝庙，乃清乾隆年间通州状元公胡长龄所书。上联10字，字字带水，描述恶龙呼风唤雨、兴风作浪，海浪之大，竟可淹没茫茫沙滩。下联10字，字字带雨，则是赞美关帝云长怒发神威，伏龙镇海，造福一方。

泪洒湘江流满海；
嗟叹嚎啕哽咽喉。

[1] 叠形字联，是指利用相同的形体叠合而成的汉字所作的对联，给人一种字形上的空间立体感和文字的趣味性。如：
世间正道人从众；
自然法则木林森。

[2] 嵌字联即把所限定的几个字，分别嵌在一副对联里所作的对联。其所嵌位置可在第一、二、三、四、五、六、七字。如：
悲哉秋之为气；
惨矣瑾其可怀。

[3] 宝塔联，因其首句为一字，以后每句递增一字，形如宝塔而得名。如：
坐　　茶
请坐　　敬茶
请上坐　　敬香茶

[4] 形近字联，是指利用某些字形结构相近的字所作成的对联。如：
夫子天尊大士，头上同；
官人宦者宫娥，腰间各别。

传说，从前有个书生怀才不遇，报国无门，流落到湖南的湘江之滨。端午节时，看到人们赛龙舟、放河灯、尝粽子，以纪念爱国主义诗人屈原，更觉自己既可怜又可悲。于是，他为自己的处境作了这副对联。全联 14 字，并不算长。但上联不仅是泪水三点，而且是三点泪水汇聚起来，竟能“流满海”。显然，书生还运用了极尽夸张的手法。下联七张口，口口都欲“嚎啕”，却又不能放纵，只能憋着“哽咽”。这是何等痛苦！仅从这副对联便可看出书生有才不假，却也怀才不遇，郁郁寡欢。

（三）楹联中的词汇修辞

汉语有着海量的词汇，这为楹联修辞提供了有利的条件。楹联中的词汇修辞，主要有别解联[1]、颜色词联、转类联[2]、避讳联、一词多义联、叹词联[3]、助词联。本书主要介绍一词多义联。

杨花乱落，眼花错认雪花飞；
竹影徐摇，心影误疑云影过。

这是明代杨慎[4]九岁时作的对句联。某人见杨花扑面时出句，杨对句。上联的“花”字有三种不同的意义：第一个“花”指植物的花朵，第二个“花”指眼睛模糊，第三个“花”指雪的形状；下联的“影”，三处的意义也各不相同：第一个“影”指光线照到竹上的投影，第二个“影”指心中的影像，第三个“影”指云彩模糊变幻的样子。

❶ 别解联，是指运用词语的多义性、修辞的比喻、谐音等手段，创造出新语义或巧作解释的对联。如：
指斗点星门第；
惊天动地人家。
横批：先斩后奏！
（“指斗点星”指的是量米过秤，“惊天动地”指的是放炮打铳，而“先斩后奏”指的是屠夫。）

❷ 转类联，是指一个词转化为另一类词的对联。如：
好读书不好读书；
好读书不好读书。

❸ 叹词联，是指撰写时运用叹词，以此表达强烈感情的对联。如：
嘻，挑水丫头隔墙女；
呸，混账小子北邻人。

❹ 杨慎（1488—1559），字用修，初号月溪、升庵，又号逸史氏、博南山人、洞天真逸等。四川新都（今成都市新都区）人。明代文学家、学者、官员，明代三才子之首。著作达四百余种，涉及经史方志、天文地理、金石书画、音乐戏剧、宗教语言、民族民俗等，被后人辑为《升庵集》。

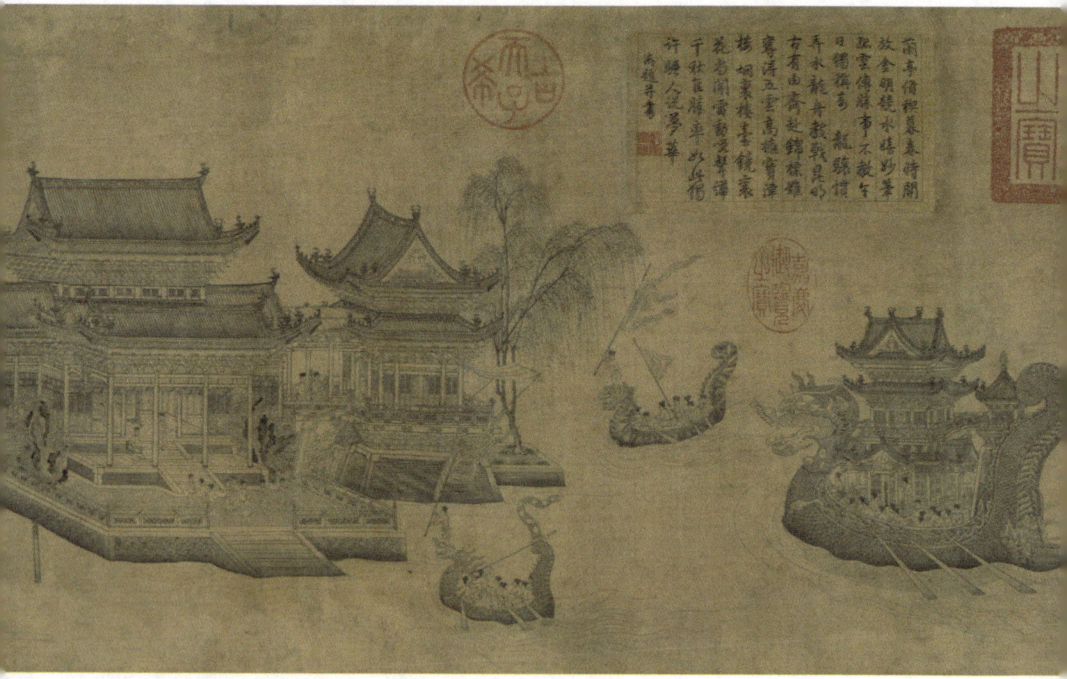

●元王振鹏龙池竞渡图（局部） 卷

禁烟总局，警察分局，设此两大骗局，小民如何了局？

督办贡生，警佐监生，有这一对畜生，大家安得聊生？

这是一副讽刺某贡生出身的禁烟督办和某监生出身的警佐联。这副对联中，上联前两个“局”指政府机关，第三个“局”指圈套，第四个“局”指处境；下联前两个“生”指书生，第三个“生”是名词，第四个“生”指生活。

（四）楹联中的语法修辞

运用语法修辞，主要是根据汉语的特性，运用词序表明句子的语法关系。对联的艺术形式最主要的特点就是运用对偶，而对偶的基本特点之一是上下联相对应的部分词性相同和句法相似：对联较多地运用排比、反复等，可以使对联整齐而富有变化，或则气势磅礴，或则委婉细腻，或则节奏明快，或则舒缓顿挫，或则一泻无余，或则回环往复，多彩多姿，美不胜收。楹联中的语法修辞主要有反复联[1]、排比联、反问联、回环联、互文联[2]。本书详细介绍反问联。

反问是很常见的修辞手法，是用疑问语气表达与字面相反的意思。反问联的作用在于以强烈的语气表达作者的情感，加深读者印象。

岂有真鬼狐？前贤形此箴世；

安得装妖冶？后代剥它画皮。

[1] 反复联，是指以反复修辞手法创作，以突出、强调某种感情或思想的对联。如苏州网师园的一副对联：

扒扒扒，扒扒扒，扒扒扒，扒到龙门三级浪；

唱唱唱，唱唱唱，唱唱唱，唱出仙姬七姐歌。

[2] 互文，又称“互文见义”，即两个相对的语言结构相互拼合，共同表达一个完整的内容。互文联，是指运用互文的修辞手法撰写的楹联。如：

世事洞明皆学问；

人情练达即文章。

此是吴作人题蒲松龄故居联。上下联都是反问句。上联强调的是世界上并无真的鬼神，蒲松龄是借鬼神之事讽刺那些做着鬼魅之事的人，规劝他们痛改前非，回头是岸；下联是警告那些自以为善于伪装的坏人，蒙在外面的“画皮”终究有被揭穿的一天。

（五）楹联中的其他修辞手法

楹联，作为一种精粹的文学形式，尤其注重对各种修辞的运用。各式各样修辞的富有创造性的灵活运用，成为体现楹联高度艺术性的主要手段之一。

对于修辞的分类手法，历来有不同的看法。我们从楹联的实际出发，将可以纳入运用各语言因素的各种方式，已分别归纳到运用语音修辞、运用文字修辞、运用词汇修辞、运用语法修辞等各个部分，现在将那些比较侧重于内容，或者不便于明确地纳入某一种语言因素的修辞方式进行汇总。主要包括比喻联、比拟联、借代联[1]、夸张联、反语联[2]。这里主要介绍比喻联。

楹联在描写客观事物或说明主观情理时，运用同它具有相似点的并为人们熟知的别的事物或情理来打比方，这种修辞称为比喻。比喻中被比方的对象叫本体，用来打比方的对象叫喻体，联系本体和喻体的词语叫喻词。本体和喻体必须是性质不同的事物，只是利用它们之间存在的某种相似之处来打比方，从而构成比喻楹联。比喻的作用有三：一是生动形象地描绘事物的特征；二是用浅显的事与理表达深刻的事与理；三是可以增强语言的形象化和艺术美。楹联中的

[1] 借代联，是指不直说某物，而是借相关的事物去代替它所撰写的对联。如项王庙中的一副对联：
八千子弟随流水；
百二山河委大风。
（这里的“大风”指的是刘邦。）

[2] 反语联，是指运用反语表达特殊含义的对联。如岳阳楼的一副对联：
吕道人太无聊，八百里洞庭，飞过来飞过去，一个神仙谁在眼？
范秀才亦多事，数十年光景，什么先什么后，万家忧乐独关心！
（对联的创作者意在用反语，表达对范仲淹“先天下之忧而忧，后天下之乐而乐”的无私精神的赞扬和欣赏。）

比喻常见的有明喻、隐喻、借喻三种。这里举一个较为经典的运用隐喻的楹联。

云衣竹带；
海帽江袜。

这是旧时一个穷困潦倒的流浪者的自题联，短短八个字用了四个隐喻，意思是说自己的衣服破烂得像天上的云彩，一块一块的，衣带像竹子一样打了结。帽子破得像海一样没有边沿，袜子破得像江水一样没有底子。

总的来说，楹联很讲究格律。可以说，格律就是楹联的“规矩”，无规矩不成方圆，创作楹联必须遵循楹联的格律。而修辞与楹联关系也很紧密。恰当地运用修辞，可以增强楹联的艺术感染力。不论是欣赏楹联还是创作楹联，认真学习楹联的格律与修辞很有必要。

第四节　楹联名家名著概观

在楹联漫长的发展过程中，诞生了一大批名家。这其中有一些是专门以撰联创作闻名，有一定数量脍炙人口的楹联作品，如钟云舫、江峰青等；有一些是知名文人，偶尔从事楹联创作，但是创作水平很高，如李渔、郑燮等；有一些则是身居要职，擅长作联的名臣，如林则徐、张之洞[1]等。另外，有些人可能同时具备以上三种身份，如曾国藩、彭玉麟等。这些楹联名家创作了一大批楹联名著。它们在不同的历史

[1] 张之洞（1837—1909），字孝达、香涛（一说号香涛），时任总督，称“帅”，故时人皆呼之为“张香帅”。他早年是清流派首领，后成为洋务派的代表人物。后世将其与曾国藩、李鸿章、左宗棠并称为“晚清中兴四大名臣”。有《张文襄公全集》传世。

时期有不同的表现形态，是学习、研究楹联的宝贵资料。

古代的楹联，大多零星见于史书、文集和笔记中，或是汇集于文人学者编纂的对联专书中。其中如俞正燮的《癸巳存稿》、谭嗣同[1]的《石菊影庐笔识》述及了对联的起源问题，记载了某些名联和集句联；周晖的《金陵琐事》记述了朱元璋题春联之事和明朝初年对联的兴起；清代钱德苍辑《解人颐》中附录的《玉堂巧对》，清代王士祯的《带经堂诗话》，袁枚的《随园诗话》，张之洞的《张文襄公全集》中则收录了不少对联。

关于对联专书，较为著名的有俞樾的《楹联录存》，曾国藩的《求阙斋联语》，左宗棠的《盾鼻余沈》，李篁仙的《天影庵联语》，吴熙的《绮霞江馆联语》，曹秩庸的《郢华吟馆联语》，姜济寰的《寅清阁联语》，王闿运《湘绮楼联语》等。这里我们重点说说俞樾的《楹联录存》和李篁仙的《天影庵联语》。

《楹联录存》是俞樾一生所做楹联录存，合计1292联。楹联大致分三类：一为各地名胜、楼观、祠庙、私家藏书楼所做楹联，如《岳庙联》《虎丘魁星阁联》《俞楼联》《春在堂联》《江南提督质堂李公祠联》；二为友朋及应约所做贺联、喜联、寿联、挽联，此部分比重多，如《盛旭人侍郎贺联》《李少荃爵相寿联》《李少荃相七十寿联》《潘伟如中丞八十寿联》《陈鹿笙方伯八十寿联》《曾文正公挽联》；三为集字联。其全面反映了俞樾作为文学家、经学家、朴学大师的学术功力和文字技巧，从中也可一览其广泛的交际圈。

[1] 谭嗣同(1865—1898)，字复生，号壮飞，湖南省长沙府浏阳县（今湖南省浏阳市）人，中国近代著名政治家、思想家，维新派人士。其所著的《仁学》，是维新派的第一部哲学著作，也是中国近代思想史中的重要著作。他早年在家乡湖南倡办时务学堂、南学会等，主办《湘报》，又倡导开矿山、修铁路，宣传变法维新，推行新政。1898年，谭嗣同参加领导戊戌变法，失败后被杀，年仅33岁，为“戊戌六君子”之一。

●清王鉴仿古山水　册　拟范华原秋林萧寺图

《天影庵联语》汇集了李篁仙创作的楹联。李篁仙才华横溢，善于诗文，尤工联语，被誉为“长沙才子”，是清末湖湘联语大家之一。《天影庵联语》中，所占比重最大且成就最高者为下述三类联作：一曰题署，二曰哀挽，三曰题赠。他创作的楹联，最为人称道的就是精于立意。人谓《天影庵联语》“辞丰盍意新，境界似春花秋月”。实乃其匠心独运，场面别开所致。

对联专书中有两类书籍对学习和研究楹联至关重要。这两类书籍就是对联汇编和联话。对联汇编类书籍，在明代著名的有杨慎的对句专辑《谢华启秀》。清代的联集和联话进一步发展，出现了影响极大的楹联家梁章钜、梁恭辰父子。梁章钜编撰了《楹联丛话》《楹联续话》《楹联三话》和《巧对录》，梁恭辰则编撰了《楹联四话》和《巧对续录》。

其中，《楹联丛话》堪称传世之作。梁章钜于1838年开始编辑，两年后才完成，并刊行于世。全书的楹联主要分为：故事楹联，应制楹联，庙祀楹联，廨宇楹联，胜迹楹联，格言楹联，佳话楹联，挽词楹联，集句集字楹联，杂缀谐话楹联。全书共收集联话600余则。这本书有四大特点：一是搜集保存了大量历代楹联名作；二是考证了楹联发展的源起、演变；三是形成了一个较为系统的楹联分类体系；四是对楹联美学、理论有了较为深入的研究。

稍晚，赵曾望[1]编写的《江南赵氏楹联丛话》与梁氏父子所编撰的书属于同类，其中亦收录了不少佳联，称得上是一部名作。全书约六万五千字，著录

[1] 赵曾望（1847—1913），字绍庭，又作芍亭，号姜汀，江苏丹徒人；同治九年优贡生，入北京为内阁中书，读异书，友名士，多谙掌故；因仕官不得意而去官南归，从事著述；后应苏北盐商的邀请，到掘港经理盐务，往来镇江、如皋间；后参加镇江海门诗社，被推为社长，同社之人多为一时名士。他学问渊博，精于“小学”（古文字、训诂），书法瘦硬通神，尤工篆刻。所为诗文、笔记、联语才华甚美。

联话 301 则，另附各类集句联 389 副。这本书和梁章钜的《楹联丛话》有较大的区别。《楹联丛话》主要是记录他人的楹联并加以点评，而《江南赵氏楹联丛话》主要是记录作者的楹联创作经过。他在书中“夫子自道”：“梁、李之联，得诸人者居多；余则杜撰，占其太半。”

中华民国以后，联集和联话更加盛行。较为著名的有：古直愚人的《颐和园联话》，胡君复的《古今联语汇选》，吴恭亨[1]的《对联话》，王文濡、王有珩的《对联大全》，王有珩的《分类古今巧对大观》，江忍庵的《分类楹联宝库》，杨祚昌的《西湖联话》，曲滢生的《宋代楹联辑要》，彭作桢的《古今联语汇选再补》（即《楹联别话》），无名氏的《绮云楼联话》，陈琳的《楹联新集》和陈方镛的《楹联新话》等。

新中国成立之后，尤其是近三十年来，楹联名家不断涌现，楹联名著层出不穷，极大地推动了楹联创作、研究和创新。其中的楹联专书主要可以分为四类：对联集锦、对联丛话、对联赏析、对联论著。

（一）对联集锦

主要有白雉山的《古今楹联选集》，张少成等的《对联选》，彭作雨等的《实用对联》，林芳胜等的《古今对联荟萃》等。这类书，大多在开头或结尾部分简要介绍一些对联知识。

（二）对联丛话

这类书的数量十分庞大，由于趣味性较强，也得

[1] 吴恭亨（1857—1937），字岩村，笔名悔晦，晚年自号弹赦老人。湖南慈利人。近代古文家、诗人，南社社员。以游幕、教读为业，能诗文，工联语。所著《对联话》，上承梁章钜《楹联丛话》，保存了道光年间至民国初年不少名人的联作，有较高的史料价值。

到了许多读者的喜爱。如张其中的《对联丛话》，余德泉等的《奇联妙对故事》，彭友元等的《对联趣话》，苏文洋的《古今联话》，韩明安等的《对联漫话》，夏友兰等的《古今联语趣话》，孙保龙的《古今对联丛谈》等。这类联书主要是介绍古今名联佳对及其产生的历史背景、轶闻故事，有的还论及对联所包含的思想意义和艺术技巧。其中的对联故事，有的来自清代联话和名人笔记，有的来自近时报刊和个人收集，在以往楹联丛书的基础上增加了不少新内容。

（三）对联赏析

这类书由于有较为丰富的赏析内容，对读者学习如何欣赏楹联很有帮助，因此有较为深厚的群众基础。如陈家铨的《对联评注》和《名联欣赏》，萧望卿等的《古今名胜对联选注》，顾平旦等的《对联欣赏》，王存信等的《中国名胜古迹对联选注》。这类研究价值也比较大，不仅对入选的楹联做时代背景、作者和有关故事的介绍，而且着重地对楹联的文字、用典、思想内容、写作技巧和艺术成就进行解释、分析、评价，在理论上前进了一大步，为楹联学的建立贡献了许多新的思想成果和理论素材。

（四）对联论著

如白化文的《白化文闲谈写对联》，余德泉的《对联纵横谈》，孙天赦的《对联格律及撰法》，谷向阳的《中国楹联学概论》，谷向阳、刘太品[1]的《对联入门》，李文郑《跟我学对联》等。这类对联专著是

[1] 刘太品（1964—2022），山东单县人。1998 年起任中国楹联学会驻会秘书。曾任中国楹联学会学术委员会秘书长，中国楹联学会中华对联文化研究院副院长兼秘书长，中国楹联学会会刊《对联文化研究》主编。

在对联汇集、对联故事、对联评析基础上的一个新的突破，其重点已经不再是一般地介绍楹联，而是从客观上对楹联进行理论探讨，主要集中在楹联种类、特点、艺术技巧、写作等方面。这里详细说说白化文的《白化文闲谈写对联》。

《白化文闲谈写对联》是白化文在多年来的评联活动的基础上写成的，语言平易、幽默、畅达，具有很强的可读性。白先生师从周绍良、周祖谟、吴小如[1]诸位先生，对佛教、敦煌学、目录学、楹联、民俗等领域的研究有深厚造诣。这本书虽是一本楹联入门之书，但是全书不局限于楹联的写作方法，更注意的是对楹联历史源流、楹联格律、楹联赏析方法的探讨。同时，这本书有很多具有可操作性的方法，对人们创作楹联有很强的指导性。

[1] 吴小如（1922—2014），原名吴同宝，安徽泾县人，著名书法家、诗人吴玉如先生的长子，历史学家，北京大学教授。先后就读于燕京大学、清华大学。曾受业于朱经畬、朱自清、沈从文、废名、游国恩、周祖谟、林庚等著名学者。历任津沽大学中文系教员，燕京大学国文系助教，北京大学中文系讲师、教授及中国中古史研究中心教授，中央文史研究馆馆员。他在中国文学史、古文献学、俗文学、戏曲学、书法艺术等方面都有很高的成就和造诣，被认为是“多面统一的大家”。著有《京剧老生流派综说》《古文精读举隅》《今昔文存》《读书拊掌录》《心影萍踪》《莎斋笔记》《常谈一束》《霞绮随笔》，译有《巴尔扎克传》。

贰

第二章

楹联小史

第一节　宋元：楹联的萌芽期

楹联产生的原因，主要是偶文与桃符相融合。这在第一章的第一节已有详细阐述，在此不再赘述。

楹联的雏形大致产生在五代时期。到了宋代，楹联进一步流行起来，开始主要流行于文人雅士之间，后来不断向其他社会阶层渗透。最后，楹联在民间广泛流行，成为老百姓喜闻乐见的一种文学形式。因此，楹联的内容与形式都有了较大的发展。目前，学术界普遍认为宋元时期是中国楹联的萌芽期。

宋元时期成为中国楹联的萌芽期，这与宋元时期商业、城市的发展，市民阶层的扩大，催生出新的文学创作是分不开的。宋元时期，上至名臣雅士，下至市民阶级，都是楹联的创作者，不过他们大多数都是把楹联当作一种对对子游戏，觉得它难登大雅之堂，很少对之重视，所以鲜有楹联流传至今。宋元时期的楹联，没有专书收录，只零星出现在诗话、词话、笔记之中。还有一些楹联因刻在楹柱之上，因而被保留了下来。总体来说，宋元流传下来的楹联数量不多。

宋代的春联叫春帖子，写春联叫题桃符。因为这个时期，大多数春联是书写在桃木板上的，不像后来主要是书写在红纸上。王安石的诗歌《元日》就是这种情形的写照："爆竹声中一岁除，春风送暖入屠苏。千门万户曈曈日，总把新桃换旧符。"这一时期的春联和桃符并行，有的人家在桃木板上书写联语，这就是春联；有的人家依然悬挂的是不写联语的桃符。一段时间以后，由于联语能表达更多的情感，寄寓更多的思想，更多得到普及，最终春联取代了桃符。同时，除了春联，宋代还出现了风景联、格言联等。如下：

三千里外一条水；
十二时中两度潮。

此联是契盈所撰。北宋年间，吴越王钱俶游览碧波亭，龙华寺僧人契盈陪同。当时，恰逢大江潮水上涨，江上千舟竞发。面对此情此景，钱俶很有感触，赞不绝口。契盈才思敏捷，即兴写下了这副风景联。

●清金廷标岁朝图 轴

画中描绘了孩童欢度新春的节日景象，孩子们手持锣鼓锤，吹奏着琉璃喇叭，燃放着爆竹，在园内嬉戏追逐。

有关宋代楹联的故事不少。北宋丞相吕蒙正[1]少年时期父母双亡，家境贫寒，穷困潦倒，邻居、亲朋都避之不及，唯恐其上门借贷。某年过年时候，吕蒙正看到家家户户张灯结彩，喜贴春联，心生悲怆！于是也写了一副楹联贴到门口：

横批：南北
上联：二三四五；
下联：六七八九。

这副楹联贴出来的时候，路人看了都有点蒙：这一堆数字啥意思啊？直到有读书人说出此联的含义，路人才豁然开朗，纷纷点头称赞！原来，这副楹联上联少了“一”，下联少了“十”，横批南北两字缺了“东西”。因此，整个楹联合起来就是缺一（衣）少十（食）没东西。这副楹联立意奇巧，以含蓄诙谐的手法表现出作者的穷困酸楚。同时也是贫苦大众生存窘相的反映，道出了他们内心无尽的辛酸。

关于苏东坡的楹联故事则更多，其中有一部分是真实的，有一部分是后人附会的。这里我们暂且不论真假，只从楹联本身的角度进行欣赏。

苏东坡年少成名，获誉无数，就渐渐骄傲起来。有一年春节，他写了一幅楹联贴在大门上：

识遍天下字；
读尽人间书。

过往行人看了，有的夸这家出了大才子；有的摇

[1] 吕蒙正（944—1011），字圣功，河南洛阳人，北宋初年宰相。太平兴国二年（977），考中状元后，授将作丞，出任升州通判。步步高升，三次登上相位，被封为许国公，授太子太师。为人宽厚正直，对上遇礼而敢言，对下宽容有雅度。大中祥符四年（1011）去世，追赠中书令，谥号文穆。

摇头，觉得太夸海口了。有一天，一个白须老者拿来一本古书登门求教。苏东坡信心满满地接过古书，可翻开第一页，第一行就读不下去了，越往后翻，不认识的字越多。他的额头直冒汗。老者说：“苏大才子给我讲讲这本书吧。”苏东坡无言以对。他跑到大门上的楹联前，提笔在上下联前各添了两个字：

发愤识遍天下字；
立志读尽人间书。

从此，他不再恃才自傲，而是谦虚求教，钻研学问，终成一代大文豪。

元代延续的时间不长，文治较为逊色，楹联创作进展较小。楹联流传下来的也不多。元代楹联成果最丰硕的，非书法家赵孟頫（1254—1322）莫属。赵孟頫，字子昂，号松雪道人，湖州人，宋太祖赵匡胤十一世孙，秦王赵德芳之后，一代书画大家，开创元代新画风，被称为“元人冠冕”。他善篆、隶、楷、行、草多种书体，尤以楷书、行书著称于世，其书风遒媚、秀逸，结构严整、笔法圆熟，世称“赵体”。其与颜真卿、柳公权、欧阳询并称“楷书四大家”。宋朝被元朝灭了以后，元世祖忽必烈[1]就派人去江南寻觅文人才子为元朝出力。赵孟頫因为是名满江南的才子，因此被带到了都城，去见忽必烈。忽必烈见赵孟頫一表人才，气宇轩昂，就对赵孟頫说：“你的文才天下有名，写一副楹联来。”赵孟頫即兴写下了一副有名的楹联：

[1] 忽必烈（1215—1294），蒙古尊号“薛禅汗”，大蒙古国第五任可汗及元朝开国皇帝。他是少数重视汉文化、推崇儒术的蒙古统治者之一。其在位期间，建立了包括行省制在内的各项制度，加强对边疆的控制，注重农桑，倡办学校，使社会经济得以恢复、发展。马可·波罗尊其为“诸君主之大君主或皇帝”。史家赞其统治“纪纲法度灿然明备，致治之隆，庶几贞观”。

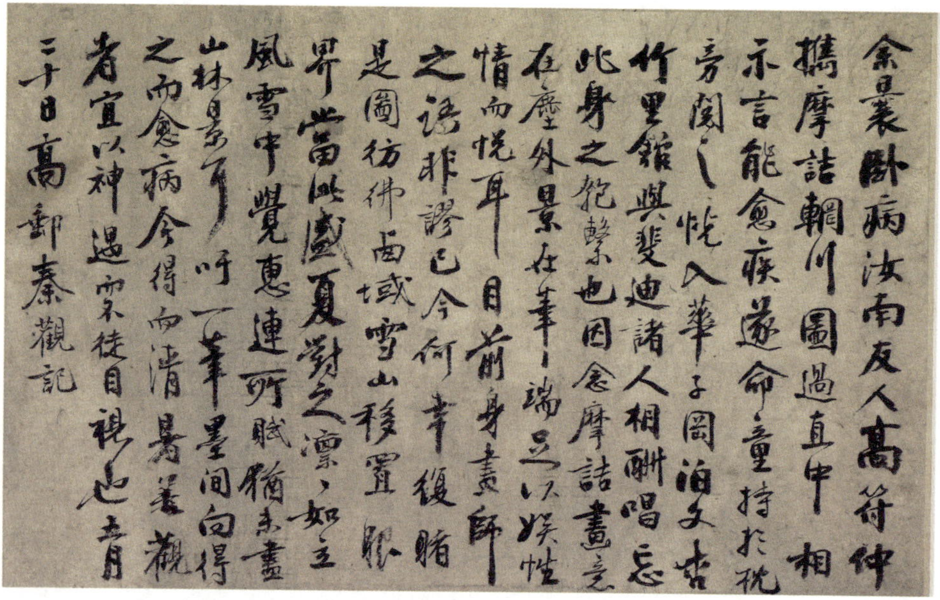

宋人杂书　册　秦观书摩诘辋川图跋

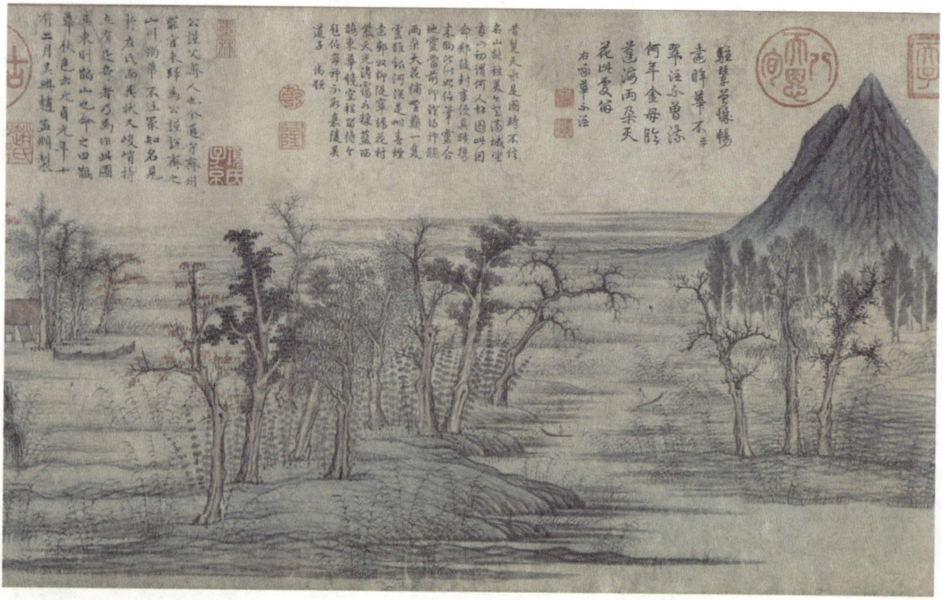

元赵孟頫鹊华秋色（局部）　卷

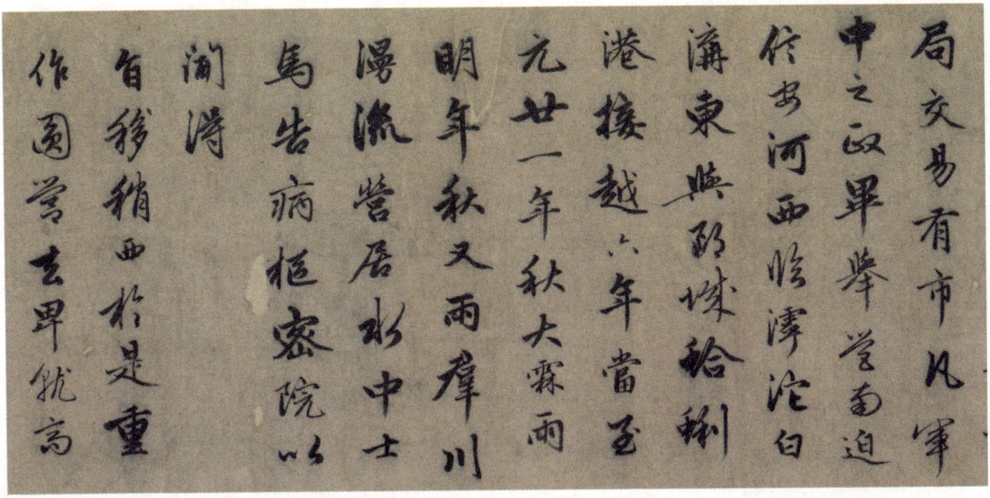

●元赵孟頫书《明肃楼记》（局部）　卷

日月光天德；

山河壮帝居。

这副楹联是夸耀忽必烈的功德如日月之光，赞美都城雄伟壮丽，为江山添色。忽必烈对这副楹联很满意，于是就让赵孟頫做了官。

赵孟頫的名联还有很多，再举一例。扬州有个姓赵的富翁，盖了一座明月楼，一直找不到一副称意的楹联。一天，赵孟頫路过扬州。富翁邀请赵孟頫到明月楼赴宴，谈诗作赋，并请求赵孟頫给明月楼写一副楹联。赵孟頫当即写下了一副千古名联：

春风阆苑三千客；

明月扬州第一楼。

富翁看到如此精彩的楹联，便将一把紫金壶赠送给了赵孟頫。这副楹联也一时被人争相传诵。

宋元两代，由于楹联尚处于萌芽时期，创作和应用都不普遍，所以总的成就不算高，思想内容不够深广，艺术上所达到的水平还不高。不过，值得注意的是，这一时期盛行起来的词和曲两种文学形式，都为明清两代楹联的发展和鼎盛准备了良好的文化条件。

第二节　明代：楹联的生长期

明代的楹联创作进一步发展。其中，主要有三个原因。一是当时社会文化进一步发展，小市民阶层不断增加，楹联被广泛应用到了社会生活的各个方面，举凡节庆、馈赠、题署以至哀挽、祝寿，都可见其身影。最迟至明代中后期，举凡州府县衙、宫殿庙宇、楼堂馆舍，已经可见“园阁联”“衙宇联”。二是跟明朝统治者的大力提倡有关。明朝的开国皇帝朱元璋虽然出身低微，戎马半生，但却非常喜爱题联属对，大力提倡和创作楹联，留下了许多妙联佳话。在明代，皇帝给臣子赏赐楹联以示褒奖，朝臣进献楹联以讨好皇帝的事例屡见不鲜。三是明代有更多的文人投入到楹联创作中来。明代楹联创作队伍，相比宋元时期更加壮大，因此明代楹联作品在数量上较宋元有了极大的突破，保存下来的数量也极为可观。明代楹联别集的出现，正是楹联在明代得到较大发展的侧面印证。例如李开先[1]的《中麓山人拙对》《中麓山人续对》、乔应甲的《半九亭集》、傅山的《霜红龛楹联》都是楹联史上的重要著作。

探讨明代楹联，朱元璋是无论如何都绕不开的人物，他被人称为“楹联天子”，在中国楹联史上有着极其重要的地位。朱元璋对楹联发展的最重要的功绩在于其推动了春联的普及。“春联”这个名称，就是朱元璋提出来的。朱元璋定都金陵之后，有一年的除夕之夜突然传旨：所有人家的门上都要张贴一副春联。他亲自微服出行，观赏为乐。在朱元璋的大力提倡下，楹联以春联的形式普及起来，上行下效，一时蔚然成风。每逢除夕，家家户户都贴春联，这样就形成了我国的一种风俗。至此，楹联和桃符门神最后完成了历史的分化。

朱元璋不仅提倡春联，自己也是楹联高手。其创作的楹联有的气势磅礴，想象丰富；有的清隽雅丽，富有诗情；有的含义深远，论古策今，使人读后感到才情不俗，格律工严，诚大手笔。他褒扬徐达的一副楹联气势雄浑：“破虏平蛮，功贯古今人第一；出将入相，才兼文武世无双。”朱元璋还有一副非常优美的书写秦淮河的楹联：“佳山佳水，佳月佳风，千秋佳地；痴色痴声，痴情痴梦，几辈痴人。”

[1] 李开先（1502—1568），汉族，山东济南人。明代文学家、戏曲作家。字伯华，号中麓子、中麓山人及中麓放客。嘉靖八年（1529）进士，历官户部主事、吏部考功主事、员外郎、郎中，后升提督四夷馆太常寺少卿。嘉靖二十年（154），目睹朝政腐败，抨击夏言内阁，被罢官。他壮年归田，“龙泉时自拂，尚有气如虹”，希望朝廷重新起用，但又不肯趋附权贵，所以只能闲居终老。他的文学主张和唐宋派接近。他推崇与正统诗文异趣的戏曲小说，主张戏曲语言“俗雅俱备”“明白而不难知”。

●朱元璋坐像

明朝的楹联名家还有解缙、徐渭、杨慎、祝允明等人。他们的出现，推动了中国楹联史的进一步发展。

解缙（1369—1415），字大绅，一字缙绅，号春雨、喜易，江西吉安府吉水（今江西吉水）人，明代大臣，文学家。洪武二十一年（1388）中进士，永乐年间官至内阁首辅、右春坊大学士，参与机要事务。解缙自幼颖悟绝人，文章雅劲奇古，诗豪宕丰赡，书法小楷精绝，行、草皆佳，尤擅长狂草，与徐渭、杨慎一起被称为明朝三大才子，著有《解学士先生集》等，主持编纂《永乐大典》[1]。

[1]《永乐大典》是明永乐年间明成祖朱棣先后命解缙、姚广孝等主持编纂的一部集中国古代典籍之大成的类书。初名《文献大成》，后明成祖亲自撰写序言并赐名《永乐大典》。全书22877卷（目录60卷，共计22937卷），11095册，约3.7亿字，汇集了古今图书七八千种。

解缙7岁那年，父亲带他到长江游泳，父亲将衣服脱下，挂在江边的老树上，随口说道：“千年古树为衣架。”那会儿，解缙已经跳入江里，畅快地游起泳来。听到父亲的话，立马对了一句：“万里长江作浴盆。”父亲听后很高兴，知道自己的儿子有才能，所以时常叮嘱他潜心读书，对他的前途充满希望。

解缙成年后，有一年写春联，他看自家对面是曹尚书府的一园翠竹，于是就在大门上贴出了这样一副楹联：门对千竿竹；家藏万卷书。曹尚书看了，认为这是讽刺曹家有竹无书，不是书香门第，很是气恼，立即命家人把竹子砍了。解缙见此，便在原联后面续添两字：门对千竿竹短；家藏万卷书长。

解缙去考试时，旁边的考生是一位富家子弟。那人看见解缙穿了一件土里土气的绿袄，便嘲笑他：“出水蛤蟆穿绿袄。”解缙看那纨绔子弟身穿红色长衫，马上反击回去：“落汤螃蟹罩红袍。”在场的考生听见二人用对子来讥讽对方，而解缙对得又快又好，不由得交头接耳称赞解缙的反应之快。

解缙中解元而后中进士，深受永乐皇帝的赏识。不过，有一位尚书却嫉妒他，总想着让解缙出一回丑。有一天，尚书请了几个权贵和解缙一起到府中作诗，却不让解缙从大门入府，而是要他从旁边的小门进来。解缙恼火，站在大门前不肯动。尚书过来，不怀好意地说道：小子无才嫌地狭。解缙立刻冷笑道：大鹏展翅恨天低。

尚书大吃一惊，没有料到解缙这么快就对出来了，只好让他从大门进来了。然而在席间，尚书又和权贵们联合在一起，故意刁难解缙，出了很多楹联，但都没有难倒他。酒过三巡，尚书终于想到了一个绝妙的楹联，认定解缙肯定对不出来。他得意地说道：天当棋盘星作子，谁人敢下。这上联确实妙，宏伟大气。只见，解缙想了一会儿，对出了下联：地作琵琶路作弦，哪个能弹。众人一听，和上联结合在一起，只觉旷达开阔，堪称绝妙。解缙的楹联才华，也就越来越被世人所钦佩。

徐渭（1521—1593），初字文清，后改字文长，号青藤老人，文学家、书画家，浙江绍兴府山阴（今浙江绍兴）人。他多才多艺，是中国“泼墨大写意画派”创始人、“青藤画派”①之鼻祖，其画能吸取前人精华而脱胎换骨，开创了一代画风；书善行草，写过大量诗文，被誉为“有明一代才人”。

① 青藤画派是明代徐渭创立的画派，该派画作兼绘山水，纵横不拘绳墨，画人物亦生动，其笔法更趋奔放、简练，干笔、湿笔、破笔兼用，风格清新，恣情汪洋，自成一家。

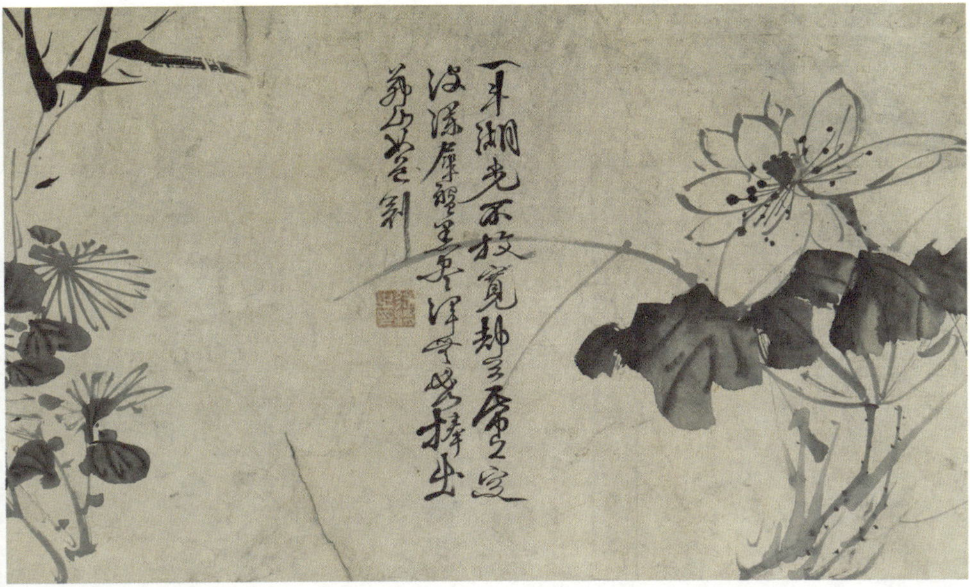

明徐渭写生　卷

明徐渭画竹 卷

无求不着看人面；
有酒可以留客谈。

这是徐渭自题室联。徐渭有着疾恶如仇的精神和热情豪放的性格。这副楹联所倾吐的正是他那“磊块不平之气”，所表现的正是他的“强心铁骨”。因为他生性洒脱，不喜逢迎，故而仕途坎坷，一生清贫。他平日粗衣素食，有酒则饮，73 岁时在贫困交迫中去世。此联上联正是他这种性格的真实写照，他决不会为求人而去“看人面”攀附迎合。正由于这样，俗者称其为“怪”，识者赞其有“强心铁骨”。

徐渭另有一首赠人的联作，可以与此室联共赏。其联云：“世间无一事不可求，无一事不可舍，闲打混亦是快乐；人情有万样当如此，有万样当如彼，要称心便难脱洒。”究竟什么事“可求”，什么事“可舍”，哪些事“当如此”，哪些事“当如彼”，确实耐人寻味。

义利关头三岔路；
乾坤窝里一家人。

这副楹联极富哲学意味，隐喻“生死”二字。上联写生，下联写死。燕京义冢位于北京白家庄，是浙江同乡埋葬客死京都人士的地方。原有匾额“东越义庄”四字。此联乃徐渭题于义庄门首的。上联说人生在世，在那义与利相矛盾的三岔路口，就看各人选择的方向了。有些人为了利而忘义，走向了身败名裂的道路。有些人为了义而抛弃利，成为受人尊敬的圣贤。下联说人死后埋在这天地之间，还不是一家人吗？这就是说，不管什么人，争名争利，为圣为贤，到头来都是一抔黄土，供人凭吊而已。这虽流露出消极思想，但对义冢来说，是颇为确切而妥当的。徐渭的这副楹联只有 14 字，但蕴含的道理颇深。在撰写艺术上，这首楹联对仗极工，“三岔路”对“一家人”，偏正词组相对，尤以“三”“一”两字，使主题显得愈加突出，表现了作者很高的艺术才能。

杨慎（1488—1559），明代楹联大家、文学家，名慎，字用修，号升庵，四川新都（今成都市新都区）人。正德六年（1511），杨慎中状元，后授翰林院修撰、经筵讲官，为官清廉、刚正不阿。杨慎一生勤奋好学，博涉百家，其诗、词及散曲创作水平很高，尤以《临江仙·滚滚长江东逝水》名扬于世。他生平著述达百余种，后人辑为《升庵集》。

乱竹堆成世界；
把茅盖住虚空。

杨慎被贬云南，好友刘赞原本要在县文庙[1]为其接风洗尘，因权贵们反对，后改在城西的皈依寺举办。接风时，杨慎为老和尚咏联于望月楼。因闻皈依寺为会川胜景，明永乐建有“盘松浮图”，杨慎观之，“盘松形如华盖，高耸丈余，下可环坐，乃数百年之物也”。于是便以盘松为题，欣然命笔，题写了上面的楹联。

清人沈德潜评杨慎联有八字：“随题赋形，一空

[1] 祭祀孔子的庙，唐玄宗封孔子为大成至圣文宣王，因此称孔庙为文宣王庙。明代以后称其为文庙。

依傍。”在上联中，杨慎从俯视的角度，把盘松覆盖的地面，夸张为“世界”，把遍地松枝的投影描绘成“乱竹”；下联他取仰视的角度，说盘松像把茅草，盖住了虚空。一俯、一仰，视角不同，景致各异，其妙已极。

明代另有许多经典的楹联传世。兹举数例如下。

祝允明[1]题扬州凝翠轩联：

四面有山皆入画；
一年无日不看花。

王守仁题杭州于谦祠的楹联：

赤手挽银河，公自大名垂宇宙；
青山埋白骨，我来何处吊英贤。

左光斗的自题述怀联：

风云三尺剑；
花鸟一床书。

顾宪成题东林书院的楹联：

风声、雨声、读书声，声声入耳；
家事、国事、天下事，事事关心。

明代的楹联如满天繁星，以上是窥一斑而知全豹，可以在一定程度上反映明代楹联创作的水准与艺术特点。

[1] 祝允明（1460—1526），字希哲，号枝山，又号枝指生，长洲（今江苏苏州）人，明代著名文学家、书法家，与唐寅、文征明、徐祯卿并称“吴中四才子”。祝允明擅诗文，为文多奇气，为诗潇洒多妍，尤工书法，楷书师法赵孟頫、褚遂良，并从欧、虞而直追“二王”，其草书师法怀素、黄庭坚，笔走龙蛇，恣意洒脱，代表作为《祝氏集略》《太湖诗卷》《箜篌引》《前后赤壁赋》等。

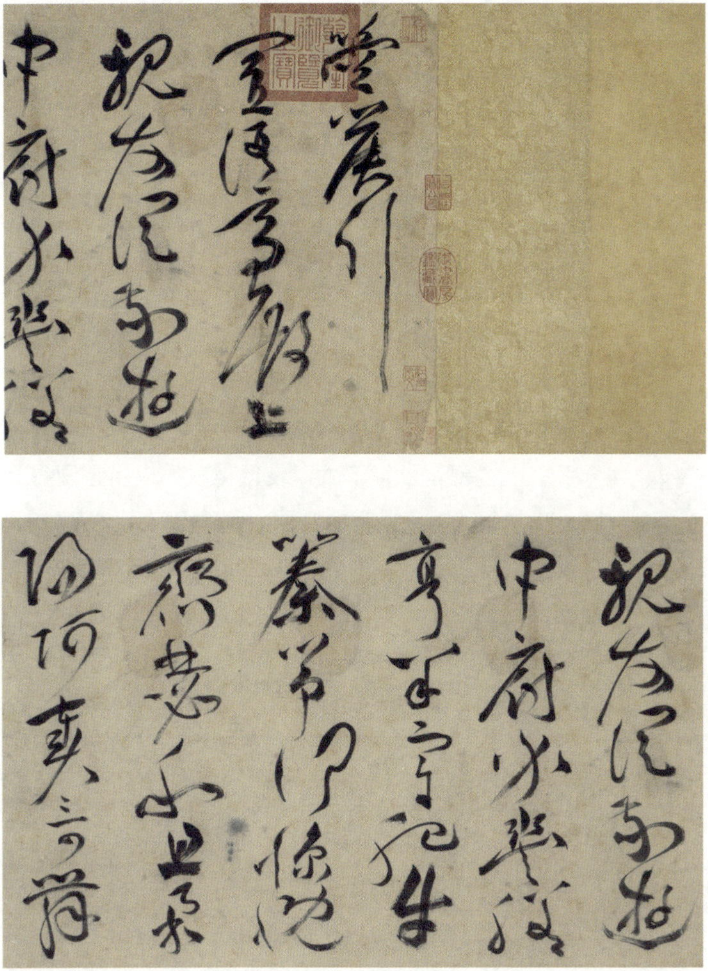

●明祝允明杂书诗帖（局部）　卷

第三节　清代：楹联的成熟期

清代是楹联的成熟期，尤其是康乾盛世[1]，国泰民安、经济繁荣、文化发展，楹联艺术更加成熟。孙髯翁的昆明大观楼长联和梁章钜的《楹联丛话》的出现，就是明证。

清代楹联的成熟主要有以下几个方面的表现。一是和明朝统治者一样，清朝的统治者也非常重视楹联。康熙、雍正、乾隆都注重文学，喜欢吟诗作对，提倡并亲自撰写楹联。当时紫禁城内官门楹联就有一百二十多副。上行下效，使得楹联的应用范围得到进一步的扩大。从皇帝的宫殿、官署衙门到文人书斋、别墅厅堂，乃至寒士茅舍，以至庙宇亭榭、名胜古迹，处处可见长短不一、情趣各异的楹联。二是楹联种类进一步丰富。当时楹联的种类，包括但不限于春联、寿联、挽联、名胜联、行业联、装饰联、应制联、交际联、集句联等。三是楹联的内容更加广泛深刻，抒情言志，写景状物，述史记事，宣传鼓动，歌颂评赞，批判讽刺，社会生活的各方面内容都在楹联中得到了反映。四是楹联的形式丰富多样，不拘一格，它突破了五言、七言为主的格律诗的句式，创造出了许多新形式，有诗句，也有散句；有短联，也有长联，非常灵活自由。清代的长联数量与质量，都达到了较高的高度。五是文人学士以楹联赠答，成为文坛的一种风尚。孙髯翁、郑板桥、纪昀、曾国藩诸人，就是其中的杰出代表，清代也因此有了诸多经典楹联。六是清代涌现了一大批楹联大师，诸如阮元、梁章钜、林则徐、曾国藩、左宗棠、彭玉麟、胡林翼、谭嗣同、章

[1] 康乾盛世，又称康雍乾盛世，是清朝的鼎盛时期，经历了康熙、雍正、乾隆三代皇帝，持续时间长达一百三十四年。在此期间，中国社会在封建体制下达到极致，改革最多，国力最强，社会稳定，经济快速发展，人口增长迅速，疆域辽阔。此时期是中国古代封建王朝的最后一个盛世。

太炎、康有为、张之洞、王闿运、钟云舫、赵藩等。

随着楹联成熟期的到来，清代还出现了热衷于汇集楹联、研究楹联的文人，梁章钜就是其中的典型。他所著的《楹联丛话》，是楹联史上绕不过去的巨著。其他如梁恭辰、王渔洋、谭嗣同等人也都写有楹联专著。

清代楹联名家群星璀璨。他们创作了众多的名联，犹如一串串闪光耀眼的艺术明珠，在文学史上闪烁着夺目的光彩。限于篇幅，本节主要介绍康熙帝、乾隆帝、林则徐、钟云舫等楹联名家。

康熙皇帝（1654—1722），顺治十八年（1661）继承皇位，14 岁亲政，是清代颇有作为的皇帝，也是中国历史上一位杰出的封建君主。他自 5 岁开始读书，一生学习勤奋。举凡史乘、诸子百家、数理、佛教经论、道书，无不涉猎。他的楹联大气，意境深远，品格很高。兹举数例如下。

汲古得修绠；
守道无异营。

——题故宫东暖阁

偶在参天一；
闲凭味道腴。

——题中南海澄怀堂

庆云飞宿栋；
嘉树罗青墀。

——题北京潭柘寺旃檀佛楼

波涌湖光远；
山催水色深。
——题杭州西湖湖心亭

到处花为雨；
行时杖出泉。
——题峨眉山报国寺

乾隆皇帝（1711—1799），重视文治，本身也擅长诗、书法，喜好游览名胜，每到一处，往往题辞书联，留下了许多经典楹联。

深心托豪素；
怀抱观古今。

这是乾隆题写故宫三希堂的楹联。三希堂，取自“士希贤，贤希圣，圣希天”之意。这个楹联，属于旧时楹联中常见的集句联。上联出自南北朝诗人颜延之的《五君咏》：“向秀甘淡薄，深心托豪素。探道好渊玄，观书鄙章句。”所谓“豪素”，也就是笔和纸，乾隆借此表明自己对书画的醉心。下联则出自南北朝时诗人谢灵运[1]的《斋中读书》：“卧疾丰暇豫，翰墨时间作。怀抱观古今，寝食展戏谑。”借此表明乾隆自己博古通今，胸怀旷远。

胜赏寄云岩，万象总输奇秀；
清阴留竹柏，四时不改茏葱。

[1] 谢灵运（385—433），名公义，字灵运，小名客儿，陈郡阳夏县（今河南省太康县）人，东晋至刘宋时期大臣、佛学家、旅行家，山水诗派鼻祖。他少好学，博览群书，工诗善文。其与颜延之并称“颜谢”，是第一位全力创作山水诗的诗人。兼通史学，擅长书法，翻译佛经，并奉诏撰写《晋书》，辑有《谢康乐集》。

这是乾隆题皇家园林的楹联。上联说，精美的大自然比不上精心构造的“云岩”，此处风景的“奇秀”，令人啧啧称叹。下联说，四时交替变化，但是这里却一直生长着青翠茂盛的草木，让人心旷神怡。上联凸显人工，下联体现自然，两者相互辉映，颇见构思之妙，结构之精。

生全孝，死全忠，拼此身报答君亲，
忍辱含冤，志士仁人今感泣；
朝在潮，夕在汐，凭浩气流行江海，
御灾捍患，吴山越水古英灵。

此为乾隆题伍子胥庙的楹联。伍子胥当年为了报仇，忍辱含冤，帮助吴国称霸，最终攻入楚国，报仇雪恨。伍子胥对吴国十分忠心，但是不被夫差理解，最终伍子胥含冤而死，在民间传说里成了“潮神”。上联赞美的是伍子胥给父亲报仇的孝心和对吴国的“忠心”，生死之间，对比鲜明，让后人无比感动。下联赞美的是伍子胥死后化为潮神，在天地间留下了浩然之气，为老百姓“御灾捍患”，造福人间。

指云际千峰，兴怀蜀道；
听松间万籁，顿入梵天。

这是乾隆题梵香寺来远斋的楹联，楹联之妙，在于从“来远”二字兴发，巧妙融入名字而无痕迹，颇见用心。楹联体现了悠然念远和超然脱俗之意，与佛门的禅意相互贴合，松与云的意象，恰恰与作者心中的情思形成映照，足见功力。

纪昀（1724—1805），曾任《四库全书》馆总纂官。他不仅是国学大师，而且是楹联圣手。他作联极尚工巧，令人赞叹不已。他与乾隆皇帝之间有许多关于楹联的故事。

花甲重开，外加三七岁月；
古稀双庆，又多一个春秋。

乾隆老年的时候开了个千叟宴[1]，各地八十以上者都进宫同贺。席间，有位老者，看起来年纪很大，乾隆就问他高寿，那老人答道：“141 岁。”

[1] 康熙第一次举行千人大宴，赋《千叟宴》诗一首，故得宴名。千叟宴最早始于康熙年间，盛于乾隆时期，是清宫中规模最大、与宴者最多的盛大皇家御宴，在清代共举办过 4 次。千叟宴旨在践行孝德，为亲情搭建沟通平台，营造节日气氛。

乾隆趁着酒意，吟出了上联“花甲重开，外加三七岁月”。花甲是 60 岁，重开即一百二十，再加三七二十一，恰好是一百四十一。乾隆说完上联，顺便想考考纪晓岚，就让纪晓岚对个下联，纪晓岚思索片刻，对出了下联“古稀双庆，又多一个春秋”。乾隆大笑道：“对得好，正合朕意。”70 岁为古稀，双庆便是一百四十，再加一个春秋，也恰恰是一百四十一，算是绝对了。

林则徐（1785—1850），字元抚，一字少穆，晚号俟村老人，政治家、文学家、民族英雄。林则徐写下了许多脍炙人口的名联，具有很高的思想水平和艺术水平。他是清代楹联史上的一位重要人物。

苟利国家生死以；

岂因祸福避趋之。

——题家中堂室

攀桂天高，忆八百孤寒，到此莫忘修士苦；

煎茶地胜，看五千文字，个中谁是谪仙人。

——题福州贡院

不图钱原非易事；

太要好也是私心。

——自题

应视国事如家事；

能尽人心即佛心。

——自题

家少楼台天地起；

案余灯火有天知。

——自题书房

钟云舫（1847—1911），清末著名的巴蜀才子，为楹联艺术作出了巨大贡献，一生中创造楹联5000多副，创造了楹联的“马蹄韵”[1]。也因此，钟云舫被今人誉为“联圣”。他创作的楹联作品，100字以上的长联就达30多副。在清代楹联越写越长的趋势中，他所写的许多长联代表了当时长联的最高水平。

[1] 马蹄韵，又叫马蹄格，是以马蹄行进规律为喻，对对联格律一般规律的总结，是对联格律的最标准形式。

其长联的代表作有1612字的《拟题江津县临江城楼联》[1]。它是全国第一长联，气势恢宏，对仗工整，用典贴切，享誉当时。钟云舫将自己创作的楹联《振振堂联稿》8卷，在江津两次印行。该书收有楹联1850副，且有不少长联，是研究中国楹联的重要资料。

钟云舫不仅精于长联，堪称一代圣手，而且他的短联也写得非常精彩。其中，多有抨击社会不良现象，为升斗小民发声的。

吏治牧羊夸猛虎；
军家捕鼠养馋猫。

谋生梦好鸡常破；
索债人多犬不闲。

满腔子都是恻隐；
一肚皮不合时宜。

过苦年，苦年过，过年苦，苦过年，年去年来今变古；
读书好，书好读，读好书，书读好，书田书舍子而孙。

总的说来，楹联发展在清代进入了成熟期，楹联创作称得上达到了一个黄金时代。这就为楹联发展在近现代进入繁盛期，奠定了一个坚实的基础。

[1] 特截取其部分内容以观钟云舫长联创作特点：地当扼泸渝、控涪合之冲，接滇黔、通藏卫之隘，四顾葱葱郁郁，俱围入画江城。看南倚艾村，北褰莲盖，西撑鹤岭，东敞牛栏，熖纵横草木烟云，尽供给骚坛品料。敧斜栋桷，经枝梧魏、晋、隋、唐。仰睇骇穹墟，缠鬼宿间，矮堞颓堙，均仗着妖群祟夥。只金瓯巩固，须防劫火懵腾；范冶炉锤，偏妄逞盲捶瞎打。功名厄运数也，运数厄运名也。对兹浑浑茫茫，无岸无边，究沦溺衣冠几许？登斯楼也，羽者，齿者，赢者，介者，脰臆鸣者，旁侧行者，岔翅扶抢、喜啮攫扪者，迎潮搗搗趋去，拂潮搗搗趋来，匣然坌集，而乌、兔撼胸，掷目空空，拍浪汹汹，拿橹嚯嚯，挝鼓冬冬，奮以霹雳，骤以丰隆……

第四节　近现代：楹联的繁盛期

进入近现代，我国楹联的内容有所更新，且随着文化的普及，楹联创作也被广大群众所掌握，形成了名人与百姓共同创作、争芳斗艳的局面。楹联的学术地位也在提升，越来越多的学者开始关注楹联。联话编撰渐成风气，民国初期吴恭亨所编《对联话》为杰出代表。关于楹联作法指南之类的书越来越多，对楹联的理论探讨越来越深入。楹联发展，可谓进入了繁盛期。

中华民国成立以后，楹联发展的鲜明的特点是楹联与革命斗争相结合，楹联成为革命志士与人民大众反帝反封建、同国民党斗争的一种文化武器，成为启蒙民众的一种精神力量。尤其在五四运动中，爱国师生和广大人民群众利用楹联为武器痛斥北洋军阀政府，痛悼遇难的爱国者，表现了觉醒的中国人民反帝反封建的坚强决心。例如当时有一副名联，传诵一时，“卖国求荣，早知曹瞒遗种碑无字；倾心媚外，不期章惇余孽死有头”。矛头直指卖国贼曹汝霖、章宗祥。

新中国成立以后，我国人民的社会生活发生了根本性质的变化，楹联发展进入了有史以来最好的时代。由于人民群众经济的改善和文化水平的提高，以及对新生活无限热爱的感情，自编自写楹联的人越来越多，而且所写的都是工农群众和知识分子的新生活、新思想。楹联增添了新的色彩，洋溢着新的时代气息，渗透了劳动的汗水和泥土的芬芳，逐渐变得通俗易懂、生动活泼，形成了具有新生命和新格调的社会主义楹联。

尤其是改革开放以来，楹联的创作进入了全盛时期。在全国人民建设社会主义物质文明和精神文明的新形势下，广大群众自发掀起了楹联创作的热潮。特别是 1984 年 11 月，中国楹联学会成立，带动了全国各地楹联组织大量成立。全国各地开展了大量与楹联相关的活动，如征联、送春联、采风等。2014 年 5 月，中宣部领导在全国楹联工作会议上明确提出，把中国楹联学会作为党的宣传工作的常规军、正规军、主力军。2016 年春节，中宣部专门下发通知，要求全国城乡在春节期间“贴春联、挂灯笼”。这些都是影响楹联进一步发展的重要因素。

其中，辛亥革命领导人创作的楹联、无产阶级革命家创作的楹联，是这个时期楹联发展的重要收获，下面分享数则，以飨读者。

（一）辛亥革命领导人创作的楹联

辛亥革命领导人常常将楹联作为战斗檄文。一大批洋溢着革命精神的楹联，批判了清廷的腐败，歌颂了革命烈士的献身精神，激励人民奋起反抗。它们具有巨大的文学价值和历史价值。辛亥革命的领导人中，有很多是楹联名家，诸如孙中山、黄兴等。这些革命家的楹联堪称一首首壮丽的史诗。

孙中山是伟大的革命先行者，辛亥革命的主要领导者，中华民国的创始人。他学识渊博，精于创作楹联。他在多年的革命生涯中，创造了大量的精彩楹联，留下了很多流传青史的楹联。

愿乘风破万里浪；
甘面壁读十年书。

这是青年时期的孙中山创作的言志联，并悬挂于故居大门，充分地表达他的革命豪情与矢志探寻真理的决心。一个革命者的形象跃然纸上。

江户矢丹忱，感君首赞同盟会；
轩亭洒热血，愧我今招侠女魂。

1907 年，革命志士秋瑾[1]被清廷逮捕。她英勇不屈，在绍兴就义。辛亥革命成功后，孙中山亲临秋瑾就义处悼念，追忆她为推翻清政府而捐躯的革命精神，并写下了如上楹联。上联追忆与秋瑾在日本江户结下的深厚革命情谊，下联缅怀秋瑾为革命“抛头颅，洒热血”的牺牲精神，情真意切，催人泪下。

[1] 秋瑾（1875—1907），字竞雄，号鉴湖女侠，浙江绍兴人。中国女权和女学思想的倡导者，近代民主革命志士。她是为推翻数千年封建统治而牺牲的女烈士，为辛亥革命做出了巨大贡献；提倡女权女学，为妇女解放运动的发展起到了巨大的推动作用。1907 年 7 月 15 日凌晨，她从容就义于绍兴轩亭口。

平生慷慨班都护；
万里间关马伏波。

1916 年，讨袁护国军将领蔡锷病逝，人们陷入哀痛之中，孙中山闻讯泣下，写下此联。上联中“班都护”指东汉名将班超；下联中的“马伏波”，指东汉马援。他们都是安邦定国的著名将领，以他们来代喻蔡锷，孙中山对蔡锷的丰功伟绩之赞美就寓于字里行间了，同时也深切地表达了对蔡锷英年早逝的悲痛之情。

黄兴（1874—1916），字克强，湖南长沙人。他与孙中山等创立中国同盟会；南京临时政府成立，任陆军总长。黄兴是一位文武双全的革命家，精通撰联。

劝诸君努力加餐，每饭莫忘天下事；
看先贤画齑断粥，立身端在秀才时。

这是1903年他在长沙明德中学任教时所撰楹联，勉励学子关心天下大事，学习先贤刻苦勤学的精神。

好算得四十余年天下英雄，陡起野心，假筹安两字美名，一意进行，居然想学袁公路；
仅做了八旬三日屋里皇帝，伤哉短命，援快活一时谚语，两相比较，毕竟差胜郭彦威。

袁世凯开历史倒车，称帝。结果，内外交困，众叛亲离。他也于1916年6月6日忧惧而死。一时，全国上下，人心大快。黄兴的这副嬉笑怒骂的挽联很是辛辣，嘲讽了袁世凯倒行逆施，不得人心，最终自食其果。

（二）无产阶级革命家创作的楹联

无产阶级革命家，多以楹联抒豪情，咏壮志，斥顽敌，悼战友，颂祖国，庆胜利，有如时代的号角、战斗的誓言。他们留下了大量慷慨壮美、传诵不衰的佳联妙对。这些经典的楹联，堪称“红色楹联”，气贯长虹，字里行间充满了血与火、爱与恨，以及为革命而献身的革命乐观主义情怀，令人肃然敬慕。

自信人生二百年；
会当水击三千里。

这副楹联是毛泽东[1]在1917年撰写的。“水击三千里”的典故，出自《宋书·宗悫传》，宗悫年少之时，有人问其志向，他答道：“愿乘长风破万里浪。”当时，毛泽东畅游湘江之后，诗兴大发，写下此联明志，抒发了他无畏风浪、勇往直前的革命豪情。如今读来，令人精神焕发。

[1] 毛泽东（1893—1976），字润之，笔名子任。湖南湘潭人。中国人民的领袖，伟大的马克思主义者，伟大的无产阶级革命家、战略家、理论家，中国共产党、中国人民解放军和中华人民共和国的主要缔造者和领导人，马克思主义中国化的伟大开拓者，近代以来中国伟大的爱国者和民族英雄，中国共产党第一代中央领导集体的核心，领导中国人民彻底改变自己命运和国家面貌的一代伟人。

敌进我退，敌驻我扰，敌疲我打，敌退我追，游击战里操胜算；
大步进退，诱敌深入，集中兵力，各个击破，运动战中歼敌人。

此联是毛泽东所撰。在中央苏区的一次军民动员大会上，毛泽东为参会人员书写了这副有关游击战、运动战规律的楹联。全联46个字，言简意赅，通俗易懂，朗朗上口，方便记忆。也只有集诗人、政治家、军事家、哲学家于一身的毛泽东才能写出这样的楹联。

烟雨楼台，革命萌生，此间曾著星星火；
风云世界，逢春蛰起，到处皆闻殷殷雷。

此联是董必武[1]所撰，时值中共一大闭幕。董必武触景生情，心潮澎湃，感慨万千，写下这副楹联。“星星火”与“殷殷雷”隐喻革命之火、革命之声，极具象征意义。全联概括了中国革命的起源，表现出董必武对革命必将蓬勃发展的信心，是一副文采斐然、振奋人心的上佳楹联。

列为无产者；
宁不革命乎？

此联是邓小平 1939 年在行军途中所撰，是一副非常精彩的嵌名联。无产阶级的革命导师列宁的名字，被巧妙地嵌于楹联之首。全联言简义丰，与邓小平的讲话、行文风格一脉相承，体现了邓小平坚定的革命信念与坚强的革命意志。

在新城，演新戏，欢迎新同志，迎接新胜利；
除旧貌，破旧习，打倒旧军阀，摧毁旧世界。

此联是陈毅在 1928 年 12 月所撰。当时，陈毅率领的红四军和彭德怀率领的起义部队，在新城胜利会师。在这个喜庆的时刻，陈毅感慨万千，提笔写下此联。全联语言通俗易懂，却又含义颇丰，充满鼓舞人心的力量。官兵们一看就懂，无形中给他们增添了革命的动力与勇气。

[1] 董必武（1886—1975），原名董贤琮，又名董用威，号壁伍，湖北省黄安县（今红安县）人，中国共产党的模范领导者，中国共产党的创始人之一，中华人民共和国的缔造者之一，杰出的无产阶级革命家、马克思主义的政治家和法学家，中国共产党第一代领导集体的成员和国家重要领导人。

红军中官兵夫衣着薪饷一样；
白军里将校尉饮食起居不同。

此联是朱德所撰。当时，朱德与井冈山的红军战士一起欢度春节。朱德写下了这副楹联，通过浅显易懂的语言，揭示了红军与白军的区别，歌颂了红军官兵平等、上下一心的革命本色。

唇亡齿寒，辅车相依；
披发缨冠，众志成城。

此联是刘少奇[1]为抗美援朝书画义卖展览会所撰，既阐明了抗美援朝的重大意义，又说明了书画义卖的深层原因，揭示了只要全国人民同心协力，一定能战胜美帝国主义的道理。此联针对性强，鼓舞人心，同时又具有教育意义。

在这些红色楹联中，既看到老一辈革命家的文采与情怀，又看到他们的做人行事的风格，还能领悟到其中的深刻哲理。今天读来，仔细回味，仍然充满新意。

[1] 刘少奇（1898—1969），生于湖南省宁乡县（今宁乡市），伟大的马克思主义者，伟大的无产阶级革命家、政治家、理论家，党和国家主要领导人之一，中华人民共和国开国元勋，以毛泽东同志为核心的党的第一代中央领导集体的重要成员。

第三章

经典楹联（一）

第一节 修身楹联

儒家自古讲究“修身、齐家、治国、平天下”，这种思想也在潜移默化中影响了楹联的创作。修身楹联，是传统文化中修身进德、励志图强的途径之一，主要可以分为：自题、自勉、励志。修身楹联最初多是四书五经的句子，创作者从先贤大哲的名句中摘录上下联，巧妙地集成一副楹联。明清时，作者独立创作的修身楹联多了起来。这些楹联旨在提高自身的道德修养，时刻激励和警策自己。它们往往闪烁着睿智的光芒，具有思想震撼力。思想上的内涵与楹联的艺术魅力（优美的节奏、奇妙的韵味）相互融合，产出了许多堪称文质兼美、内容与形式高度统一的修身楹联。

修身楹联，在当今社会依然有着重要的意义。其中许多楹联都可以作为我们的座右铭，作为我们修身养性的利器以此警诫和勉励自己，激励自己奋发向上、自强不息。思想道德教育不仅仅要求内容上的正确性，还要求表达形式上的生动形象，让教育对象有兴趣接受，入耳入脑。因此，令人喜闻乐见的励志修身楹联何以深受欢迎，就不言自明了。例如“传家有道唯忠厚；处世无奇但率真”“欲除烦恼须无我；历尽艰难好作人”“处己何妨真面目，待人总要大肚皮”等。修身楹联对于青少年来说作用突出，可以让其“三省吾身”，如听良师训导，在潜移默化之中陶冶性情，提高修养。有的名联甚至可以影响青少年的一生。

养心莫善寡欲；
至乐无如读书。

此为著名将领郑成功的一副自题楹联。郑成功（1624—1662），初名森，字大木，明朝末年生于福建南安，因辅佐南明抗击金朝有功，被唐王赐姓朱，其收复台湾的功绩更是彪炳史册。这副楹联中的“寡”是形容词的使动用法，翻译为“使……寡”，与“读”对仗。而“欲”动词活用为名词“欲望”，与“书”对仗。其内容对我们十分具有启发意义。想要修身养性，最重要的是节制自己的欲望。想寻找最快乐的事情，终究还是读书，所谓“读书乃天下第一乐事”。上联说，寡欲可以养心；下联说，读书可以使人快乐。郑成功带兵之余也不忘读书，昼金戈铁马，夜秉烛读书，从不贪图享乐，为国奉献了自己的一生。

一失足成千古恨；
再回头是百年身。

这是明朝江南四大才子之一唐寅的一副著名的

自题联。唐寅（1470—1524），字伯虎，又字子畏，晚年自号六如居士，又因为筑室桃花坞，因此又号桃花庵主[1]。这副名联与唐寅人生中的一个重大挫折有关。他在会试时，牵涉科场舞弊案，皇上下诏将其入狱。后虽查无实据，但他也被贬谪为吏。他感到羞耻，没有去就任，写下了这副千古名联。同时，另有版本为“一失脚成千古笑，再回头是百年人”。这副楹联告诫我们要万分谨慎地把握自己的行为和操守，因为一旦不小心犯了重大错误，就会形成永远抹不掉的人生污点，沦落为千古笑柄。人生没有回头路，没有彩排。修身如守城，不容一点闪失。

世事洞明皆学问；
人情练达即文章。

这副楹联出自四大名著之一《红楼梦》的作者曹雪芹。曹雪芹，名霑，字梦阮，号雪芹，清朝汉军正白旗人。这副楹联出自《红楼梦》第五回，从人生的高度来阐释“何为学问”“何为文章”。上联说到，人世间的一切事情，如果能深刻、透彻地了解，就是掌握了一门博大精深的学问；下联说到，通晓人情世故，处理好各种复杂的人际关系，就相当于作了一篇“大文章”。此联重在启发人们阅读人生这本“无字之书”，向生活学习。

[1] 关于桃花庵，唐寅有七言古诗一首，现抄录如下：
桃花庵歌
桃花坞里桃花庵，
桃花庵里桃花仙。
桃花仙人种桃树，
又摘桃花换酒钱。
酒醒只在花前坐，
酒醉还来花下眠。
半醒半醉日复日，
花落花开年复年。
但愿老死花酒间，
不愿鞠躬车马前。
车尘马足贵者趣，
酒盏花枝贫者缘。
若将富贵比贫贱，
一在平地一在天。
若将贫贱比车马，
他得驱驰我得闲。
别人笑我忒疯癫，
我笑他人看不穿。
不见五陵豪杰墓，
无花无酒锄作田。

明唐寅观瀑图 轴

醉舞狂歌五十年花中行樂
月中眠漫勞海內傳名字誰
信腰間沒酒錢書本自慚
稱學者衆人疑道是神仙
些須做得工夫處不損胸前
一片天　與西洲別幾三十年
偶爾見過因書鄙作并
圖請教病中殊無佳
興草草見意而已
友生唐寅

明唐寅西洲话旧图　轴

处己何妨真面目；

待人总要大肚皮。

这是乾隆皇帝题在峨眉山[1]的一副对联，非常贴切作联的场所。同时，它也可以作为一副修身联，或作为人生的格言。由于种种原因，人们在各种场合需要带上种种面具，扮演种种角色，长此以往，人们可能把自己的真面目都忘记了。人总是容易宽容自己，而对别人很苛刻。正如古希腊的一个神话所说，普罗米修斯创造了人，给每个人挂上两只口袋，一只装别人的缺点，另一只装自己的。装着别人缺点的口袋挂在前面，另一只挂在后面。因此人们总看见别人的缺点，自己的却瞧不见。这或许就是一种“人性的弱点”，我们应当克服，应该怀有一个能容下别人缺点的大肚量。

[1] 峨眉山，位于四川省西南部、四川盆地的西南边缘，是中国“四大佛教名山”之一，地势陡峭，风景秀丽，素有“峨眉天下秀”之称，万佛顶为峨眉山最高峰，海拔3099米，高出峨眉平原2700多米。《峨眉郡志》云：“云鬘凝翠，鬒黛遥妆，真如螓首蛾眉，细而长，美而艳也，故名峨眉山。”

忍一时风平浪静；

退一步海阔天空。

这是一副非常好的涵养性情的楹联。作者是彭世昌，号香久，清朝咸丰年间进士，江西吉安人，有著作《圣学入门》等书行世。人皆有七情六欲，自然会有“心中无名之火熊熊燃烧”的时刻，这个时候，我们须提醒自己要忍。生气是用别人的错误惩罚自己。在怒火中烧的时候，我们要告诉自己“忍”，要通过转移注意力来将怒火平息，不要做出过激行为。等情绪平静下来再做反应，这样我们才能理性解决问题。

并且，有时候只要我们愿意“退一步”，那么很多外界的矛盾都“烟消云散”，不复存在了。有时候，退也是一种进，“以退为进”不失为一种解决问题的办法。

事能知足心常惬；
人到无求品自高。

此联被纪晓岚盛赞，盛誉为“斯真探本之论，七字可以千古矣”，抓住了修身养性的根本，是流传千古的楹联。其作者是陈锷，字养愚，号白崖，清浙江钱塘人，乾隆年间进士。此联告诉人们，如果我们能够知足，那么心灵自然常乐。世间事不如意十有八九，如果我们的眼睛随时都紧盯着不如意的事情，那么很难做到快乐。如果我们多看看那些如意的事情，我们的心灵就能常常保持心满意足的状态，幸福指数自然而然也会得到提升。同时，一个人如果欲望太多，那么必然会更多地屈从于外部世界。很多时候，种种欲望就是迫使人违背心灵，向外界低头的根本原因。

能受苦方为志士；
肯吃亏不是痴人。

这副楹联是清朝学者、书法家梁同书（1723—1815）的名作。梁同书字元颖，号山舟，晚年自署不翁、新吾长翁，大学士梁诗正之子，钱塘（今浙江杭州）人，著有《频罗庵遗集》。梁同书于乾隆十二年（1747）

中举人，十七年（1752）特赐进士，官侍讲。世人有谁的生活不受挫折，人生不受磨难，能够越挫越勇，战胜各种困难，才能算得上有志之士。凡是不能打败自己的困难，都会让自己变得更强大。在人际交往中，能够懂得吃亏是福的人，往往是有智慧的人。世界上很多事情都是辩证的，很多厚道人吃了很多亏，但是命运却以另一种方式补偿了他。一个“能受苦”“肯吃亏”的人，就是一个成熟的人。

求其真善美；
养我精气神。

这副楹联是著名诗人、书画家马萧萧所撰。马萧萧，1921 年生于山东安丘，名振，曾任中国楹联学会会长、名誉会长，著有楹联集《马萧萧联稿》等。真善美是一种人生的理想追求，正如日本学者黑田鹏信所言：“知识欲的目的是真；道德欲的目的是善；美欲的目的是美。”精气神与中国传统文化密切相关。古人认为：天有三宝“日、月、星”，地有三宝“水、火、风”，人有三宝“精、气、神”。全联重在表达一种理想的人生境界：一生要为追求真、善、美而努力、奋斗；不断涵养自己的精气神。

虚心竹有低头叶；
傲骨梅无仰面花。

这副楹联具有辩证思维，作者是清朝著名文人、书画家郑板桥（1693—1766），他名燮，字克柔，清江苏兴化人，乾隆年间进士，精于画竹，“扬州八怪”[1]之一，著有《郑板桥全集》。此联巧妙地运用了拟人的手法，将竹与梅的姿态象征人的高尚品德。竹子主干中空，隐喻人的虚心。因此，其叶也低头。梅花枝干色泽如铁，像隐士有一身的傲骨；但是梅树的花朵，却并不仰天而开，依然保持谦逊。正所谓“有傲骨而无傲气”，这不正是为人处世的高标人格吗？

天下断无易处之境遇；
人间哪有空闲的光阴。

这是一副阐述珍惜光阴的楹联。作者是一代名臣曾国藩（1811—1872），原名子城，字伯涵，号涤生，湖南湘乡人，道光年间进士，编练湘军，与太平军苦战，最后攻破天京（今南京），官至两江总督，谥号文正，后人尊称为曾文正公，著有《曾文正公全集》。此联平易如话，而道理却极不简单。上联说没有谁的人生一辈子都一帆风顺，每个人都会遇到不如意的境遇。只有坦然面对这些艰难的遭遇，把困难当作垫脚石，人生才能获得成功。下联说世界上最珍贵的东西就是光阴。《淮南子·原道训》有言：“故圣人不贵尺之璧，而重寸之阴，时间得而易失也。”生命短暂，不能让这些光阴白白溜走，应该珍惜一分一秒来创造生命的奇迹。全联洋溢着积极向上、催人奋进的精神，可作为人生的励志联。

[1]“扬州八怪”，是清雍正、乾隆年间活跃于扬州地区的一批反时风、倡个性的书画家总称，在中国画史上针对“扬州八怪”的具体代表人物说法不一，较为公认的为金农、郑燮、黄慎、李鱓、李方膺、汪士慎、罗聘、高翔等八人，另有人认为阮元、华岩、闵贞、高凤翰、李勉、陈撰、边寿民、杨法等也可并入。这些画家在绘画上大胆创新，追求标新立异的审美创作，突出自我意识。自我意识的追求和世俗的审美趣味的完美融合，使得这些人的作品少了士大夫创作的精细，多了几分任意的野性之美，对水墨写意画的技巧与意境的发展作用突出，成功在画坛上竖起了独特的旗帜，产生了广泛的影响。

人生惟酒色机关，须百炼此身成铁汉；

世上有是非门户，要三缄其口学金人。

这是清朝才女钱守璞写给丈夫张骐的一副修身联。钱守璞，原名璞，字寿之，号莲因，清浙江钱塘人，善于写诗作画。丈夫张骐外出为官，她写下这副楹联送给丈夫。男人只有经过酒色的考验，才能把自己炼成经得住诱惑的钢铁汉。世界上有太多的是是非非，很多都是由于言语不慎招致的。所以，为人处世，应当学会“三缄其口”，学会谨言慎语。这里还有一个有趣的故事。据汉刘向[1]《说苑·敬慎》记载：“孔子之周，观于太庙，右阶之前，有金人焉。三缄其口，而铭其背曰：‘古之慎言人也，戒之哉，戒之哉！无多言，多言多败。’”全联合起来就是劝告丈夫修身养性，要破除酒色，要“逢人且说三分话，未可全抛一片心”，以此来提升自身修养，远离各种是是非非。

[1] 刘向（前77—前6），原名刘更生，字子政，沛郡丰邑（今江苏省徐州市）人。汉朝宗室大臣、文学家，楚元王刘交（汉高祖刘邦异母弟）之玄孙，阳城侯刘德之子，经学家刘歆之父，中国目录学鼻祖。曾奉命领校秘书，所撰《别录》，是我国最早的图书分类目录。今存《新序》《说苑》《列女传》《战国策》《五经通义》。编订《楚辞》，与儿子刘歆共同编订《山海经》。

有志者事竟成，破釜沉舟，百二秦关终属楚；

苦心人天不负，卧薪尝胆，三千越甲可吞吴。

这副楹联是明朝文学家金声所作，后来被附会成蒲松龄的作品而脍炙人口。金声（1589—1645），初名成光，字正希，号赤壁，明休宁人，崇祯年间进士，官至右都御史，后来因为不屈于清军，英勇就义，著有《金太史文集》。此联的用典极为精彩，令人读后热血沸腾。越王勾践被吴王夫差战败后，卧薪尝胆，吃尽人间苦头，终于打败夫差，一雪前耻。西楚霸王项羽面对强大的秦军，毫不畏惧，破釜沉舟，不成功便成仁，终究以少胜多，以弱胜强。全联语气斩钉截铁，掷地有声，表现了作者的坚韧不拔的意志和对未来充满信心的乐观主义精神，不愧为一副流芳百世的励志名联。

各勉日新志；

共证岁寒心。

这副楹联是著名学者、教育家蔡元培所撰。蔡元培（1868—1940），字鹤卿，号孑民，光复会发起人，同盟会成员，1916 年任北京大学校长，有《蔡元培文集》行世。“九一八”事变后，蔡元培与宋庆龄等爱国志士组建进步组织——中国民权保障同盟[1]。蔡元培思想先进，在北京大学校长任上时，积极支持新文化运动，对不同的学术思想讲究“兼容并包”。这副楹联是刻在他赠送给毕业生的铜尺之上的。联语中的“日新”出自《礼记·大学》“苟日新，日日新，又日新”，有日日进步之意。联语中的“岁寒”出自《论语·子罕》：“子曰：‘岁寒，然后知松柏之后凋也。’”“岁寒心”有不畏风霜冰雪之意，表达的是一种不畏艰难的人生意志。全联表达的是：希望毕业生走上社会，要不断精进，不断提高自己；同时，在奋斗的过程中，要无畏苦难，勇于战胜困难，为了理想一往无前。

[1] 土地革命战争时期，由爱国民主人士发起建立的以争取民权为主旨的进步组织，1932 年 12 月，由宋庆龄、蔡元培、杨杏佛等知名进步人士在上海发起成立。同盟的最高执行机构是临时全国执行委员会，宋庆龄任主席，蔡元培任副主席，杨杏佛为总干事。同盟除在上海设立总部外，还在全国几个重要城市设立分会。同盟通过组织各种活动，发表言论，来争取人民权利，反对国民党当局的专制统治，特别是开展争取爱国的革命政治犯的权利和公民政治权利的斗争。反对帝国主义侵略，特别是抵抗日本侵略，也是同盟的另一大目标。为此，同盟与其他进步团体一起，成立了国民御侮自救会。1933年6月，杨杏佛被暗杀，中国民权保障同盟的工作因无法继续开展而被迫解散。

富贵须自守，虽高不危，虽满不溢；
才德无他长，有功勿伐，有能勿矜。

这副楹联是清代学者顾翰所撰。顾翰（1783—1860），无锡人，字木天，号简塘，嘉庆年间举人，主讲东林书院，有《补诗品》等著作行世。上联的“虽高不危”出自《管子》[1]：“天下所持，虽高不危。”意思是：只要与天下人同乐，地位再高也不会招致祸患，因为他被天下人所拥护。下联的“勿伐”“勿矜”出自《老子》：“不自伐，故有功；不自矜，故长。夫惟不争，故天下莫能与之争。”有功劳有能力，却不自吹不自擂，这就是最好的才与德。人如果能够自守、知足，那么地位再高，也不会“高处不胜寒”。人最大的品德，其实就在于谦虚、不傲气。

浅狭一心，到处便招尤悔；
因循二字，从来误尽英雄。

这副楹联是明代学者吕坤所撰。吕坤（1536—1618），字叔简，自号抱独居士，万历年间进士，官至刑部左侍郎，有《呻吟语》等作品传世。“浅狭”意指见识浅，气量浅。“尤悔”意指过失。这两个词语出自《汉书》：“浅为尤悔，深作敦害。”“因循”意指守旧法而不加变革。它出自《汉书》：“秦兼天下，建皇帝之号，立百官之职，汉因循而不革。”全联强调的是要心胸宽广，见识远大，否则将招致诸多失误与懊悔；要杜绝因循守旧，与时俱进，勇于创新，

[1]《管子》记录了春秋时期齐国政治家、军事家管仲及其学派的言行事迹。《汉书·艺文志》将其列入子部道家类，《隋书·经籍志》将其列入法家类。史学家章学诚说：“《管子》，道家之言也。”据学者研究，该书是先秦时期各学派的言论汇编，内容很庞杂。它以黄老道家为主，既提出以法治国的具体方案，又重视道德教育的基础作用；既强调以君主为核心的政治体制，又主张以人为本，促进农工商业的均衡发展；既有雄奇的霸道之策，又坚持正义的王道理想；既避免了法家忽视道德人心的倾向，又补充了儒家缺乏实际政治经验的不足，在思想史上具有重要地位。

这样才能成长为一个顶天立地的大英雄。

厚性情，薄嗜欲；
直心思，曲文章。

这副对联是清代学者朱克敏所作。朱克敏(1792—1873)，字时轩，兰州人，清道光优贡生，曾为蓝田玉山书院山长。“厚性情”意指宅心仁厚，待人厚道，出自《后汉书》：“厚性宽中近于仁。”“薄嗜欲”意指清心寡欲，淡泊名利，出自《战国策》[1]：“用民之所善，节身之嗜欲，以百姓。”“直心思”“曲文章”意指做人要爽直，写文章要尺水兴波，曲折有致。全联的意思是做人性情要忠厚老实、心地善良，用理性驾驭感性，善于控制欲望。作诗文要讲究起伏跌宕，曲径通幽。正所谓：“文似看山不喜平。”作者独具匠心，举重若轻，寥寥十二个字，概括了做人的修养、做人与作文之间的关系，并且“厚”与“薄”、“直”与“曲”两两相对，极具巧思，韵味丰富，凝练精警，启人心智。此联对仗极其工整，除了上下联之间对仗，上下联的内部也对仗。这种上下联的对仗也被称为“自对”。“性情”“嗜欲”“心思”“文章”均为名词，“厚”“薄”“直”“曲”均为形容词用作动词。

每闻善事心先喜；
得见奇书手自抄。

[1]《战国策》，又称《国策》，为西汉刘向编订的国别体史书，原作者不明，一般认为非一人之作。资料大部分出于战国时代，包括策士的著作和史料的记载。原书名不详，成书推断也并非一时。刘向编订后，删去其中明显荒诞不经的内容，按照国别，重新编排体例，定名为《战国策》。全书共三十三卷，分十二国的“策”论。内容以战国时期策士的游说活动为中心，同时反映了战国时期的一些历史特点和社会风貌，是研究战国历史的重要典籍。

此联是明朝“江南四大才子”之一祝允明所撰。祝允明（1461—1527），字希哲，号枝山，苏州人，弘治年间举人，官至应天府通判。其诗书俱佳，尤以狂草闻名于世，著有《怀星堂集》等作品。上联书写的是一种良好的心态，每当听到别人有好事，不仅不生嫉妒之心，而且感到愉快，对“好人好事”有见贤思齐之意。下联写见到没读过的好书，就不辞辛劳，亲手抄写，以慰平生读书之志。全联对仗精工，“每”与“得”，都是副词；“善事”“奇书”皆为名词；“闻”“见”“喜”“抄”都是动词。全联充分表现了作者为人处世、修身治学的进取精神。

得好友来如对月；
有奇书读胜看花。

此联是清朝学者王文治所撰。王文治（1730—1802），字禹卿，号梦楼，镇江人，乾隆年间进士，官翰林侍读，曾任云南姚安知府，著有《梦楼诗集》。全联流露出一种“往来无白丁”“奇书细品鉴”的闲情雅致，好友来访，宛如一轮清新高洁的明月，令人欣喜不已；得到一本好书细细品读，其乐趣胜过了观赏名花奇卉。来好友，读奇书，乃至与好友“奇文共赏析”，真是人生的一大幸事、乐事[1]。所以，作者也生出“如对月”“胜看花”的感触。联语表达了作者的高雅情趣和诗书情怀。

人生得一知己足矣；

❶ 古代民间流传的人生四大幸事分别是“久旱逢甘雨，他乡遇故知，洞房花烛夜，金榜题名时”，其实人生幸事、乐事无处不在，无时不有，它取决于你的选择及你对生活的态度。一个乐观的人在人生失意时也能看到跳跃的曙光，而一个悲观的人即使身处光明之中，仍会觉得烈日灼人。

斯世当以同怀视之。

这副楹联是清代学者何溱所撰。何溱字方谷，号瓦琴，杭州人，擅长金石篆刻，有著作《益寿馆吉金图》行世。“人生得一知己足矣”出自《三国志》[1]。虞翻刚开始时被孙权器重，但后来他因爱说真话，常常直言劝谏而触怒了孙权被流放到边陲。虞翻虽然以书籍来安慰自己的心灵，但是依然感到孤独，时常怀念诸多旧友。一个人常常独自感慨：“生无可与语，死以青蝇为吊客。使天下一人知己者，足以无恨。”下联中的“同怀”意指同胞兄弟姐妹或者志同道合的朋友。“斯世当以同怀视之”，化用大诗人陆机的名句：“修身悼忧苦，感念同怀子。”全联的意思是：人生有一知己，此生足矣。今生今世都会把知己当作同胞兄弟相待，亲密无间。这是一首关于友情的赞歌，表达了对知心朋友的深厚友情，正所谓“同声相应，同气相求”。这副楹联非常有名，鲁迅先生特别喜欢，还曾书写此联送给志同道合的瞿秋白。从楹联格律上分析，这是一副古文句式的流水对，属于宽对。

[1]《三国志》，二十四史之一，由西晋史学家陈寿所著，是记载三国时期曹魏、蜀汉、东吴史实的纪传体断代史，是二十四史中评价最高的“前四史”之一。

第二节　题赠楹联

题赠楹联是对联的一种，多流行于上流社会和知识分子阶层，通常用来赠予他人以表达敬佩、仰慕、颂扬、怀念、勉励之情，此类对联的作用与赠言、赠诗相同，故又简称题赠联。

题赠联大致分为三类：一是赠答联，常见于上下级、长晚辈或同窗、同僚之间的相互往来；二是赠贺联，通常在有喜讯传来或有其他重大事件发生时，结合实际情况撰写赠送；三是自题联，常常用于抒发自己的怀抱与理想。题赠联出现的形式分为两种：一种是以书面文字的形式呈现，主要题写在条幅、礼品、匾额、书籍上；另一种则是以口头语言形式出现，一般是在日常交谈过程中即兴创作的，口头表达出来并赠予对方。题赠联具有言简意深的特点，在思想文化素养较高的人群中颇为流行，多用于评人论文，阐理述志，一些朗朗上口的题赠联极容易成为人们乐于称道的格言名句，并在后世得以流传。题赠联的联语，思想境界和艺术境界都较高，富有思想启发意义，是中华传统文化的瑰宝之一。

万卷编成群玉府；
一生修到大罗天。

此联为梁同书赠纪昀所撰。梁同书与安徽亳州梁巘、会稽（浙江绍兴）梁国治并称“三梁”，为大学士梁诗正之子，天生颖异过人，端厚稳重。该联运用了两个典故，颂扬才子纪晓岚修《四库全书》的功绩，暗喻他的道德、文章已达到极高的境界。上联“万卷编成群玉府”中的“群玉府”指帝王藏书的处所。下联“一生修到大罗天”中的“大罗天”指的是道教中在三清之上的最高天。“唐段成式谓道家列三界诸天数，与释氏同，但名异。三界外曰四人境，为常融、玉隆、梵度、贾奕四天。四人天外曰三清，即大赤、禹余、清微。三清上曰大罗。”全联对仗工整，上联中的“万卷”与下联中的“一生”都是数词加名词成对；“群玉府”和“大罗天”是专有名词相对。上联讲述了纪昀将纷繁复杂的史籍资料进行统合整理，使它们像帝王藏书处所里的书一样有序，一是说明这工作量之大，二是说明完成情况很可观。下联便直接表达了作者对纪昀的敬佩之情，颂扬他劳苦功高。文字直白豪爽，易理解。

不信美人终薄命；
古来侠女出风尘。

此联为蔡锷赠小凤仙的对联。蔡锷（1882—1916），原名艮寅，字松坡，湖南邵阳人，近代伟大的爱国者，著名政治家、军事家、民主革命家，中华民国初年杰出的军事领袖。蔡锷一生中，做了两件大事：一件是辛亥革命时期在云南领导了推翻清朝统治的新军起义；另一件是积极参加了反对袁世凯称帝、维护民主共和国政体的护国军起义。武昌起义后，蔡锷在滇响应独立，为都督，后被袁世凯羁縻。袁世凯称帝后，他秘密离京，发动反袁战争。1916 年 9 月，蔡锷以喉疾赴日治疗，不效而卒。小凤仙，原名朱筱凤，后改名为张凤云、张洗非。她本为浙江杭州一旗人武官之女，父死，其流落沪、京，后被迫在北京陕西巷云吉班为妓，民国初年在北京红极一时。蔡锷在北京做官，为袁世凯所忌。一日蔡锷心烦意乱，前去八大胡同散心，被老鸨引到了小凤仙处，闲聊几句，没想到二人十分投机，小凤仙便趁机道：“都是泛泛之辞，不甚切合情景心态，似无什么称心如意的。你是非常人物，不知肯不肯赏我一联？”不等蔡锷点头，小凤仙便取出宣纸，将笔递到蔡锷手上。蔡锷便洋洋洒洒写下：“自是佳人多颖悟；从来侠女出风尘。”在上款题“凤仙女史灿正”。后来，蔡锷将此联改写为“不信美人终薄命；古来侠女出风尘”。上联中的“薄命”意为天命短促，命运不好，出自宋代苏轼《薄命佳人》：“自古佳人多命薄，闭门春尽杨花落。”全联大意为：不相信漂亮的女子命运都是不好的，从古至今拥有侠义心肠的女子都是出自风尘。上联一反古人“红颜薄命”的说法，表达了对知己的美好祝愿。下联夸赞对方虽出身风尘，但却有古代侠女的性情。此联字里行间都流露出作者对小凤仙的赏识。

计利当计天下利；
求名应求万世名。

此为于右任赠蒋经国的对联。于右任（1879—1964），原名伯循，字诱人，尔后以“诱人”谐音“右任”为名，别署骚心、髯翁，晚年自号太平老人，陕西三原人，中国近现代政治家、教育家、书法家。于右任曾赴日本加入同盟会，回国后在上海创办《神州日报》《民呼日报》《民立报》等，宣传革命。上联意为：如果算计利益的话，应该算计天下的利益，而不能只看到个人的私利。下联意为：如果求取名声的话，应该求得流传万世的大名声，而不是只追求一时的虚名。全联体现了“公”“大”二字之意，从联语中足可见作者胸襟的博大和开阔。

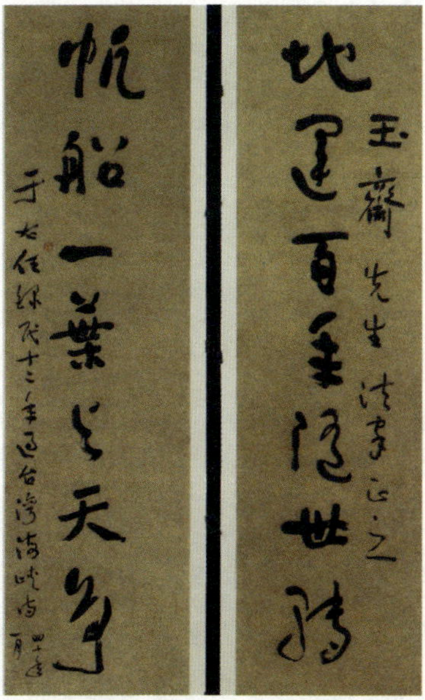

●民国于右任草书

大海有真能容之度；
明月以不常满为心。

此为郭沫若赠唐锋的对联。郭沫若（1892—1978），本名郭开贞，字鼎堂，号尚武，乳名文豹，笔名除郭沫若之外，还有麦克昂、郭鼎堂、石沱、高汝鸿、羊易之等，是中国现代作家、历史学家、考古学家。1962 年郭沫若游普陀山时，唐锋为导游。应唐锋之请，郭沫若回京后书此联寄赠，联语中表达了对对方胸怀宽广、谦虚谨慎的勉励。上联写大海有真能容物的器量。大海能容纳百川，可知其度量之宽阔。下联写月亮在一个月中仅圆一天，绝大多数日子是不自满的，明月以不常圆满作为自己的心意。满是相对的，不满是绝对的，符合实际。此联以拟人化手法写大海和明月，实际上意在鼓励人，用以教育人要心不自满，才能不断有所增益，不断提高自己。

读万卷书，行万里路；
综一代典，成一家言。

此为龚自珍赠好友魏源[1]的对联。龚自珍（1792—1841），字璱人，号定盦（一作定庵），晚年居住在昆山羽琌山馆，因此又号羽琌山民，清代思想家、诗人、文学家和改良主义的先驱者，曾任内阁中书、宗人府主事和礼部主事等官职。龚自珍主张革除弊政，抵制外国侵略，曾全力支持林则徐禁除鸦片，48 岁辞官南归，次年卒于江苏丹阳云阳书院。上联“读万卷书，行万里路”引用古人名言名句，寓含读书要联系实践的道理；下联指出做学问要在综合前人典籍的基础上，融会贯通，去伪存真，努力有所发现，然后自树其帜，“成一家言”。“成一家言”意为形成自成体系或派别的一套学问，语出汉司马迁《报任安书》：“欲以究天人之际，通古今之变，成一家之言。”全联大意为：读万卷书，行万里路，则学问可成；然后综合一代的典籍，总结出自成体系的一套学说。这是龚自珍对至交魏源中肯的评价，流露出了其对魏源

[1] 魏源（1794—1857），名远达，字默深、墨生、汉士，号良图，汉族，湖南省邵阳市人。清代启蒙思想家、政治家、文学家。道光二年（1822）举人，道光二十五年（1845）始成进士。官高邮知州，晚年弃官归隐，潜心佛学，法名承贯。近代中国“睁眼看世界”首批知识分子的代表。

的赏识和认可，更体现了对对方的了解，侧面反映出二人的感情深厚。

天下得一知己，可以不恨；
胸中无万卷书，未必能文。

此为梁鼎芬赠盛景璇的对联。梁鼎芬（1859—1919），字星海，一字心海，又字伯烈，号节庵，别号不回山民、孤庵等，晚清文学家、藏书家、诗人。梁鼎芬为光绪年间进士，官至湖北按察使，主持广雅、钟山等书院，为汪康年聘任的《昌言报》的主笔，有著作《节庵先生遗诗》。盛景璇，又名盛九，字澹逋，擅长作诗作画，尤其擅长画梅花和山水画。上联“天下得一知己，可以不恨”意思是人生在世，能有一个知心朋友，那么此生也可以算是没有遗憾了，形容知己难得。而作者很幸运，有盛景璇这样的知己。下联“胸中无万卷书，未必能文”是指如果没有阅览过千万卷诗书，怎么能够下笔写得出好文章呢？表达了作者对友人文学才华和满腹学识的推崇与敬佩之情。全联中，二人深厚的友谊跃然纸上，实在是叫人艳羡不已。

世间桃李尽出公门，何须腊尽始芳菲，满眼无非春色；
天下鱼龙尽归学海，不待时来方变化，启口即是雷声。

此联为李渔赠程文宗的对联。李渔（1611—1680），原名仙侣，字谪凡，号天徒，后改名渔，字笠鸿，号笠翁，别号觉世稗官、笠道人、随庵主人等，明末清初文学家、戏剧家、戏剧理论家、美学家，素有才子之誉，世称“李十郎”。李渔自幼聪颖，极擅长古文词。明崇祯十年（1637），李渔考入金华府庠，为府学生。程文宗，字蕉鹿，名汝璞，江南合肥人，清顺治四年进士，曾任户部郎中、贵州学政、浙江提学道等。李渔与之私交甚笃。上联“世间桃李尽出公门”取自《资治通鉴·唐纪·武后久视元年》：“天下桃李，悉在公门矣。”“芳菲”，也指花草的芳香。《乐府诗集·阳春歌》：“春草正芳菲，重楼启曙扉。”上联的意思是说程蕉鹿桃李满天下，一年四季皆为春色，非自然界的春色所能比拟。下联中“鱼龙”比喻未成名和已成名的才士。“鱼”，比喻平庸的人物。“龙”，比喻优秀的人物。“变化”这里指鱼变化为龙，比喻世事或人的根本性变化。“雷声”指雷鸣般的声音。“不待时来方变化，启口即是雷声”，赞誉师生随时有机缘化龙腾飞。先生已经是桃李满天下，并不是冬天去了才散发出芬芳来，因为任何时候都是满眼的春色。全联想象丰富，引喻精当，誉人而不觉直露，爱才而不失亲切。

菜根滋味知君惯；
潭水交情爱我深。

此联为余应松题赠好友汪西芝所作。余小霞，原名余应松，字小霞，擅长写诗和联语，有《乙庚笔记》，嘉庆进士，曾任广西三防塘主簿，大滩司巡检，桂州通判。汪西芝，曾任巡检。上联“菜根滋味”指的是蔬菜根部的微苦滋味，出自宋朝儒生汪革之语“人就咬得菜根，则百事可成”。下联“潭水交情”取自唐代李白的诗歌《赠汪伦》：“桃花潭水深千尺，不及汪伦送我情。”全联的意思为：古人说：“咬得菜根，则百事可成。”对于这种滋味，我知道你已经非常习惯了；李白有诗云：“桃花潭水深千尺，不及汪伦送我情。”你对我的感情之深，也赶得上汪伦与李白了。这一对联的妙处在于作者将上下联紧密切合，用汪西芝的姓来做文章，构思可谓精巧至极。上联的“菜根滋味”，出自作者在上联便用与所赠之人同姓的汪革之语，即“菜根”来赞誉汪西芝能恪守清贫之道，为人清正廉洁。而下联的“潭水交情”，余应松则用了李白的《赠汪伦》来暗指所赠之人、与汪伦同姓的汪西芝，此处作者将自己和汪西芝比作了李白与汪伦，两人之间的情谊则为“潭水交情”，含蓄蕴藉，余味深长，隐含“君子之交，其淡如水”的哲理。此联切入丝毫不露痕迹，正是作者写作的高明之处。

万卷古今消永日；
一窗昏晓送流年。

此联出自宋代陆游的《题老学庵壁》。陆游（1125—1210），字务观，号放翁，越州山阴（今浙江绍兴）人，尚书右丞陆佃之孙，南宋文学家、史学家、爱国诗人。陆游一生笔耕不辍，诗词文具有很高成就，其诗语言平易晓畅、章法整饬谨严，兼具李白的雄奇奔放与杜甫的沉郁悲凉，尤其饱含爱国热情，对后世影响深远。陆游将自己的书房命名为“书巢”并题写了这副楹联。上联中“万卷古今”比喻书数量之多，内容涉猎之广。“永日”意为尽日，消磨整天时间；下联“昏晓”，犹朝夕，也指明暗，出自唐代杜甫《望岳》：“造化钟神秀，阴阳割昏晓。”而“一窗昏晓”则比喻读书神情专注，从早到晚。全联的意思为：在万卷书中消磨自己整整的一天，南窗下让自己生命的河流静静地流过。此联精练准确地概括了作者终身与书为伴，以书启迪人生的读书生涯，也体现了作者读书到老不倦、爱国至死不渝的精神。

海为龙世界；
天是鹤家乡。

此联创作于 1953 年，画家齐白石画了一幅《松鹤太阳图》，并题了这副对联送给毛泽东。齐白石（1864—1957），原名纯芝，字渭青，号兰亭，后改名璜，字濒生，号白石、白石山翁、寄萍堂上老人等，祖籍安徽宿州砀山，生于湖南长沙府湘潭（今湖南湘潭），是近现代中国的绘画大师。新中国成立后，齐白石感到新中国有大海、天空那样的广阔领域可以任自己施展才能，因此题此联表达自己的感受、志向和胸怀。上联指出海洋是龙的世界。龙只有生活在广阔的海洋之中才能任性适情，施展自己的本领。下联指出天空是鹤的家乡。鹤能高举远飞，非高远的天空不能任其自由飞翔。对联以比喻说明必须创造条件才能使有志之人发挥自己的特长，展示自己的才能。齐白石借此深情地流露出了自己对新中国的感恩与颂扬。

有关家国书常读；
无益身心事莫为。

此联为徐特立勉励青年的对联。徐特立（1877—1968），又名徐立华，原名懋恂，字师陶，中国革命家、教育家，湖南善化（今长沙县江背镇）人。他是毛泽东和田汉等著名人士的老师，被尊为“延安五老”之一。1911 年，徐特立参加辛亥革命，1927 年加入中国共产党，同年 8 月参加南昌起义，1931 年 11 月当选为中华苏维埃共和国中央执行委员会委员，1934 年参加长征。新中国成立后，徐特立曾任中央人民政府委员会委员，1968 年 11 月 28 日在北京逝世，享年 91 岁。上联意为要常读有关国家的书籍，要求青年关心国家大事，以便投身到保卫国家和建设国家的斗争中去。下联则教导青年不做无益于身心健康的事情。青年时期是身心成长的关键时期，关系着人的一生，因此做事是否有益身心健康至关重要。联语浅明亲切，语重心长地鼓励青年们要立大志，有理想，关心国家兴亡，教育人读书要利国利己，常读有关国家的书本，不做无益于身心健康的事情，摒弃庸俗的低级趣味，充分体现了徐特立对青年一代的殷切期望和关怀。

自闭桃园称太古；
欲栽大木拄长天。

此联为杨昌济于北京故居所题。杨昌济（1871—1920），又名怀中，字华生，伦理学家、教育家。杨昌济出生于湖南省长沙县，后求学于岳麓书院，拥护康梁变法主张，参加南学会、不缠足会等组织，先后留学日本、英国，主攻教育学、哲学、伦理学。上联的“桃园”指桃林，出自晋潘安仁《西征赋》：“问休牛之故林，感征名于桃园。”下联的“大木”指大树。全联是说把自己交代给学校，为国家培养栋梁之材；自闭桃源不问世事，只为专心育人。在杨昌济先生的努力下，毛泽东、蔡和森和萧子升等真的都成了大才，为国家发展作出了卓越贡献。全联抒发了他决心以教书育人为天职，培养经国济世之才的激越情怀。

读书养气十年足；
扫地焚香一事无。

此联为俞樾所撰。俞樾（1821—1907），字荫甫，自号曲园居士，清末著名学者、文学家、经学家、古文字学家、书法家。他治学以经学为主，旁及诸子学、史学、训诂学，乃至戏曲、诗词、小说、书法等，可谓博大精深，所著凡五百余卷，称《春在堂全书》。上联是说读书可以养气，可以养志，可以养性，可以养才华。与世无涉，闭门读书，十年可以小成。下联则说每天扫地焚香做这些雅事，虽无一事却十分清闲。

全联表明作者一心向学，不问世俗，为人风雅，向世人展现了一位超凡脱俗的雅士形象。

清风有意难留我；
明月无心自照人。

此联为王夫之拒绝清廷拉拢时所撰。王夫之（1619—1692），字而农，号姜斋，别号一壶道人，湖南衡阳人，明末清初杰出的思想家、哲学家，与方以智、顾炎武、黄宗羲同称明末四大学者。王夫之学问渊博，对天文、历法、数学、地理学等均有研究，尤精于经学、史学、文学。王夫之孤高耿介，为了事业和理想，从来不为利禄所诱，不受权势所压，即使历尽千辛万苦，也矢志不渝。明朝灭亡，他在家乡湖南衡阳抗击清兵失败后，隐居石船山[1]，从事思想方面的著述。他晚年身体不好，生活又贫困，在他71岁时，清廷官员来拜访这位大学者，想赠送些吃穿用品。王夫之虽在病中，但认为自己是明朝遗臣，拒不接见清廷官员，也不接受礼物，并写了这副对联，以表自己的情操。上联的“清风有意”指清朝极力拉拢，确为“有意”，下联的“明月无心”指在明朝出仕失败，实乃“无心”。全联是说清朝政府有收服他的心意却难以留住他，明朝虽然已经灭亡但依然是照亮他人生的灯塔。全联体现了作者坚定地拥明反清的不屈气节。

沧海日，赤城霞，峨眉雪，巫峡云，

[1] 石船山，简称船山，在今湖南省衡阳市曲兰镇。明末清初思想家王夫之晚年居此，筑土室曰观生居，杜门著书，学者称之为船山先生。王夫之《船山记》中谓船山“山之岑有石如船，顽石也，而以之名”。

洞庭月，彭蠡烟，潇湘雨，武夷峰，庐山瀑布，
合宇宙奇观，绘吾斋壁；
　　少陵诗，摩诘画，左传文，马迁史，
薛涛笺，右军帖，南华经，相如赋，屈子离骚，
收古今绝艺，置我山窗。

此联为清代邓石如于碧山书屋所题。邓石如（1743—1805），初名琰，因避清仁宗讳，遂以字行，更字顽伯，号完白山人、笈游道人等，清代乾嘉时期著名碑学大师，工书法、篆刻，对清代中后期书坛有巨大影响，著有《完白山人篆刻偶存》等书。上联意思是沧海的日，赤城的栖霞（浙江天台十景[1]之一），峨眉山的大坪霁雪（峨眉十大胜景[2]之一），巫峡的云，洞庭湖的月，江西彭蠡湖的烟，湖南潇湘的雨，武夷山的峰，庐山的瀑布，把天地间这些奇观都画到我的书斋墙壁上。下联是说杜甫的诗，王维的画，左丘明的《左传》，司马迁的《史记》，诗人薛涛的信笺，王羲之的字帖，庄子的《南华经》，司马相如的赋，屈原的《离骚》，收录这些自古至今的绝艺，放置于我的书房内。这副对联上联写景，天下奇观，历历在目；下联论文，古今奇书，皆藏于我胸。此联构思奇特，用词精致，气势磅礴，抒发了作者宽广的胸襟和寄情文苑的情怀，令人赞叹。

[1] 此十景为：赤城栖霞、双涧回澜、华顶归云、石桥雪瀑、寒岩夕照、桃源春晓、琼台夜月、清溪落雁、螺溪钓艇、南山秋色。

[2] 清代诗人谭钟岳将峨眉山胜景概括为十景：金顶祥光、象池月夜、九老仙府、洪椿晓雨、白水秋风、双桥清音、大坪霁雪、灵岩叠翠、萝峰晴云、圣积晚钟。

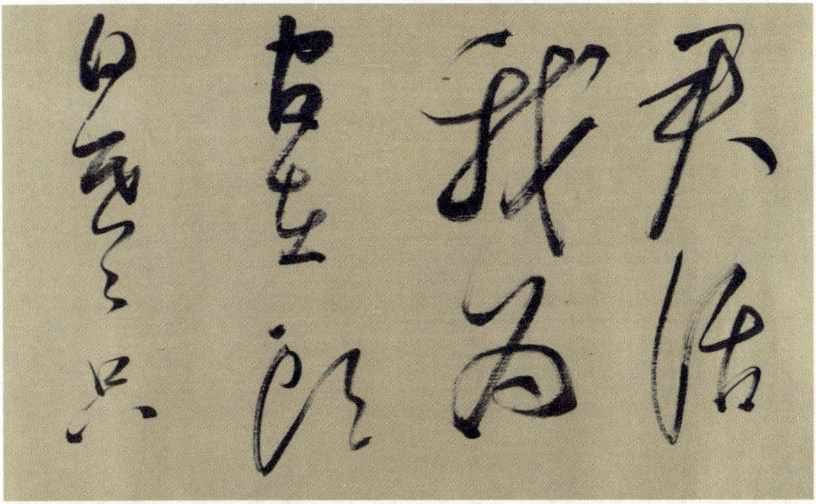

●明董其昌书杜甫诗（局部）　卷

●宋人画杜甫《丽人行》（局部） 轴

●唐王维千岩万壑（局部）　卷

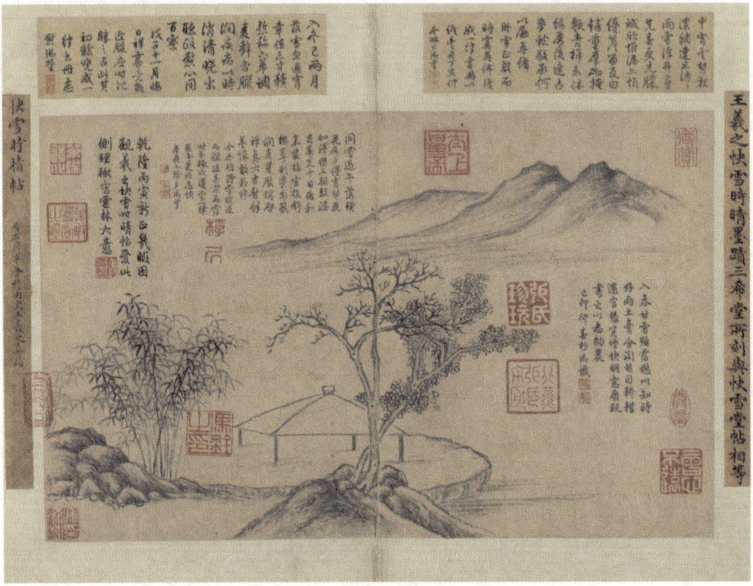

●晋王羲之快雪时晴帖（局部）　册

千里过师从枕席；
一生报国托文章。

此联为史可法所撰。史可法（1602—1645），字宪之，号道邻，明河南祥符（今开封）人，明末抗清名将。顺治二年（弘光元年，1645），清军大举围攻扬州城，不久后城破，史可法拒降遇害。其后人收其著作，编为《史忠正公集》。上联语出东汉班固《汉书·赵充国传》：“治湟狭中道桥，令可至鲜水，以制西域，信威千里，从枕席上过师，十一也。”上联意思是军队从桥上渡河，如在枕席上通过那样安稳且容易，下联表明自己以文报国的志向。这副楹联上联透露自己带兵打仗的自信，下联表明自己的志向，全联体现了作者领兵作战出众，文采斐然，一心报国的形象。

胸中锦绣三都赋；
笔底烟霞五岳云。

此联为张伯英所撰。张伯英（1871—1949），字勺圃、一字少溥，谱名启让，别署云龙山民、榆庄老农，晚号东涯老人、老勺、勺叟，书法家、金石鉴赏家、诗人、学者，是著名画家齐白石之师，代表作品《和汉云山楼共话》《又中秋》等。上联中的《三都赋》是西晋文学家左思[1]所写的都城赋，曾因文采出众而留下“洛阳纸贵”的佳话，而下联“笔底烟霞五岳云”则是说自己妙笔生花，描写景物跃然纸上。

[1] 左思（约250—305），字泰冲，齐国临淄（今山东临淄）人，西晋著名文学家。其《三都赋》颇被时人称颂，造成“洛阳纸贵”的局面。另外，其《咏史诗》《娇女诗》也很有名。其诗文语言质朴凝练。后人辑有《左太冲集》。

全联强调写作者必须“胸中有锦绣”，才能“笔底有烟霞”，推崇勤于积累才能妙笔生花的写作态度。

苦心未必天终负；
辣手须防人不堪。

此联为汪龙庄所撰。汪龙庄（生平年），本名汪辉祖，字焕曾，号龙庄，清代乾嘉时期的良吏，辞官回乡后，应浙江巡抚之召，共商萧山西江塘事，为萧山水利、百姓长治久安作出了卓越贡献，著有《元史本证》《读史掌录》《楚中杂咏》《龙庄四六稿》《史姓韵编》等。上联“苦心”指苦心经营，下联“辣手”指手段毒辣，“不堪”指不能承受。上联是说现实残酷，很多有志之士，付出了太多，却没有成功，但上天不会辜负所有人，只要你肯努力、不怕艰辛，天未必会负你。下联告诫我们为人害人之心不可有，但是防人之心不可无，对虚伪的君子和猥琐的小人必须要提防，毕竟人心难测。全联告诉我们不管现实如何残酷，我们都要全力以赴做好每一件事，在生活中不能轻信小人，但也不能有害人的坏心思，这才是为人处世的正确态度。

宠辱不惊，看庭前花开花落；
去留无意，望天上云卷云舒。

此联为陈继儒自题联。陈继儒（1558—1639），字仲醇，号眉公、麋公，明朝文学家、画家，工诗善文，书法学习苏轼和米芾，兼能绘事，屡次皇诏征用，皆以疾辞。陈继儒论画倡导文人画，持南北宗论，重视画家修养，赞同书画同源，有《梅花册》《云山卷》等传世。著有《陈眉公全集》《小窗幽记》[1]《吴葛将军墓碑》《妮古录》。上联“宠辱不惊”最早出自西晋潘岳《在怀县作诗二首》其二“宠辱易不惊，恋本难为思”，下联中的“去留无意”出自明代洪应明的《菜根谭》。全联深刻道出了人生对事对物、对名对利应有的态度，宠辱不惊是对于一切荣耀和屈辱都泰然处之的境界，可以平静地欣赏花开花落。对于所有的得失都不放在心上，便可以安然观看云聚云散。作者不应皇诏入仕，豁达风流，淡泊名利。该联兼有“不以物喜，不以己悲”和大丈夫能屈能伸的人生态度，一直备受人们称赞。

心术不可得罪于天地；
言行要留好样与儿孙。

此联为袁崇焕所撰。袁崇焕（1584—1630），字元素，号自如，明末抗清名将，曾多次击败后金的进犯，有《袁督师遗集》存世，今人辑有《袁崇焕集》。解京师之围后，魏忠贤余党弹劾袁崇焕，皇太极又趁机实施反间计。崇祯三年（1630）八月，袁崇焕被朱由检认为与后金有密约而遭凌迟处死，并抄没家产，实则家无余财。此联大意是说：心术不可违背天地意志，言行举止要给子孙做榜样。这里的“心术”可以理解为居心、心计，“天地”可以理解为

[1]《小窗幽记》是明代陈继儒（一说陆绍珩）创作的小品文集，刊行于天启四年（1624）。全书分为醒、情、峭、灵、素、景、韵、奇、绮、豪、法、倩十二卷，共一千五百余则，内容涉及修身、养性、立言、立德、为学、致仕、立业、治家等各方面，主要表达的是文人雅士淡泊名利、宁静致远、超凡脱俗的内心世界和精神追求。《小窗幽记》文字清雅，格调超拔，论事析理，独中肯綮，为明代清言的代表作之一。

万物运行的规律、规则。此联主要是提醒人们要心存良善，如果心术不正违背万物运行的规律、规则，就会受到惩罚，为人父母者应当谨言慎行，为子女起好表率作用。中国人自古以来就重视家庭，家庭是一个人人生观、价值观、世界观形成的重要场所，该联强调了家庭教育[1]的重要性。

第三节 养生楹联

当传统的养生知识融入楹联，带有浓厚中国传统文化色彩的养生楹联便诞生了。在当下浮躁的现代社会，融知识性、实用性、趣味性于一体的养生楹联对人们追求平和生活、保持身心健康具有深刻的启示意义，值得细细品赏。

养心源如水里；
读羲经春风中。

此为吴宽自题“亦乐园”联。吴宽（1435—1504），字原博，号匏庵、玉亭主，官至礼部尚书，世称匏庵先生，谥号“文定”，明代名臣、诗人、散文家、书法家。上联的“心源”，指心性，佛教谓心为万法之源，故有此说法。金朝王颐中《丹阳真人语录》云：“清静者，清其心源，静为静其气海。心源清则外物不能挠，故情定而神明生焉。……是以澄心如澄水”。吴宽认为，修养心源应如同水一般，汲取水之德性和灵性，能够顺其自然，应其自然。老子有

[1]“家庭是人生的第一个课堂”，重视家庭教育，培育良好家风，秉承家训指引，无论是对个人成长，还是对民族的延续与发展来说，都意义重大，正如马伯庸所说：“一个家族的传承就像是一件上好的古董。它历经许多人的呵护与打磨，在漫长岁月中悄无声息地积淀……”而这种积淀正是铸造我们立人强国的根基，它会让我们明白我们的来源，并看清未来前进的方向。

言："上善若水，水善利万物而不争，处众人之所恶，故几于道。居善地，心善渊，与善仁，言善信，政善治，事善能，动善时。夫唯不争，故无尤。"养心源也应心如止水、澄心如澄水，固守正道，不为世俗利害所动。如此方能万缘不染，体静心清。下联的"羲经"，即《易经》[1]的别称。《易经》是中国传统的"五经"之一，蕴藏着丰富的养生智慧。读羲经"如坐春风"，即如同聆听良师的教诲或与品德高尚而有学识的人相处并受其熏陶一样。养心源如澄水清静，读羲经如春风舒适，两者相结合必更加有助于人们养德、养神与养气，进而养生。

[1]《易经》是阐述天地世间万象变化的古老经典。包括《连山》《归藏》《周易》三部易书，其中《连山》《归藏》已经失传，现存于世的只有《周易》。它是中华民族智慧的结晶。其从整体的角度去认识和把握世界，把人与自然看作一个互相感应的有机整体，即"天人合一"。

不思八九；
常想一二。

此联由书法家于右任书写。南宋词人辛弃疾有云："叹人生不如意事，十常八九。"人生在世，悲凉事居多，倘若要求十全十美，必定令人痛苦。因此，于右任尝试以乐观的心态劝说世人，不需妄想十全十美，而应常想生活中称心如意的一两件事，这才是最好的养生心态。用现代话来说，便是"放过自己"。与自己和解，才能拥有更加温柔、强大的内心和满意的生活，从而修养身心、延年益寿。

知止则不殆；
安闲更得宜。

明张路画老子骑牛　轴

此联选自《中国唐诗联集成》，现代学者谷向阳等编著。谷向阳（1944—2021），曾任北京大学书法协会副会长，中国书法家协会会员，中国楹联学会副会长兼书法艺术委员会主任等职。上联出自白居易《高仆射》："玄元亦有训，知止则不殆。"这里的"玄元"指老子；"玄元亦有训"指《老子》的"知足不辱，知止不殆，可以长久"。意为：知道满足就不会遭受屈辱，知道休止就不出现危险，这样才能保持长久。这是老子贵生爱生思想的重要体现。此外，本联中的"知止"指要懂得适可而止，无论做什么事情，都需有"度"，过度反而会适得其反，养生亦然。知止使人淡定与从容，是智慧、修养、道德的综合体现；知止使人抵住诱惑，坚守本色；知止使人平安顺遂，避免过犹不及的风险。下联语出白居易的《偶作寄朗之》："自到东都后，安闲更得宜。""安闲"有安静清闲、安逸舒适之意，"得宜"则指称心安逸。唐大和年间，白居易曾几次为太子宾客分司东都（洛阳），清闲舒适的工作环境使白氏心满意足，这也正是养生所需的良好内外环境。

淡泊明志心当健；
平易近人道不孤。

此为中国诗人刘大白的赠友联。"淡泊"意指恬淡，不追逐名利、生活俭朴。《东观汉记·郑均传》："好黄老（指黄帝、老子，即好黄老之学），淡泊无欲，清静自守。""明志"，即表明心志。诸葛亮《诫子书》：“夫君子之行，静以修身，俭以养德，非淡泊无以明志，非宁静无以致远。”上联指的是，恬淡寡欲方能有清明高远的志向。不汲汲于名利、不戚戚于得失，身心才会健康。淡泊是心理养生的“保健品”，淡泊明志则是人生的最高境界。下联的“平易近人”，指态度谦逊温和，使人容易亲近。白居易《策林》：“故周公歎叹曰：‘大夫平易近人，人必归之。’”另外，“道”，指道德、道义。语云：“德不孤，必有邻。”意思是：“有德之人，态度谦逊、和蔼可亲的人，人们必然会与之相聚为伴。”由此可见，良好的人际关系和人缘基础对于个人的身心健康和事业有成至关重要。

白菜青盐糙米饭；
瓦壶天水菊花茶。

此联出自郑板桥绘画作品精选。去过江苏兴化郑板桥故居的人可知，他故居的厨房里就挂有这副对联。粗茶淡饭的生活，于郑板桥而言，不仅富含情趣，对健康亦大有裨益，这也表达了他追求质朴、简单，不愿受名利所累的人生观念。时代变迁下，粗茶淡饭也有了新的含义，过去是拮据，如今是养生。“白菜青盐糙米饭”置于现代语境中，便是倡导日常饮食中不要大鱼大肉，多吃膳食纤维，少盐，搭配粗粮。由此可见郑板桥的养生观念非常科学。

现代医学已证实，多油多盐、过于精细的饮食习惯，对血管和内脏并不友好。《中国居民膳食指南（2016）》[1]对油盐的摄入量、饮食搭配等，给出了详细的推荐：油盐有度，成人每日盐摄入量不应超过 6 克（约平装满一啤酒瓶盖的量），添加糖的摄入量每天不超过 50 克，烹调油每日推荐摄入量为 25 ～ 30 克。搭配合理，全天菜品有个最佳荤素比，大致为 1:3 或 1:4，主食中，粗粮和细粮的比例，约为 1:3。食材多样，每人每天应摄入一斤蔬菜、半斤水果、50 ～ 150 克全谷物及杂豆类、50 ～ 100 克薯类。每天尽量吃够 12 种食物，每周摄入的食物种类不应少于 25 种，且颜色尽可能多样。

我得宛丘平易法；
只将食粥致神仙。

此联选自陆游《食粥》。原诗为：“世人个个学长年，不悟长年在目前。我得宛丘平易法，只将食粥致神仙。”意为：世间的人都想学习长寿的方法，却不曾明白长寿的秘方近在眼前。我得到了诗人张耒的平和简易的养生方法，只需食用粥便可以长寿似神仙。

诗中的宛丘指的是宋代诗人张耒。张耒（1054—1114），字文潜，与黄庭坚、晁补之、秦观并称“苏门四学士”。陆游在诗的序文中说：“张文潜有食粥说，谓食粥可以延年，余窃爱之。”因张居所在宛丘，又撰有《宛丘集》，故陆以此称其名。张耒在《粥记·赠邠老》一文中曾说：“今劝人每日食粥，以为养生之要，必大笑。大抵养性命，求安乐，亦无深远难知之事，正在寝食之间耳。”粥能畅胃气，生津液，每日

[1] 2001 年出版的《社区预防保健医师必读》中指出，中国的膳食指南基本原则有八项，分别为食物要多样、谷类为主；多吃蔬菜、水果和薯类；常吃奶类、豆类或其制品；经常吃适量鱼、禽、蛋、瘦肉，少吃肥肉和荤油；食量与体力活动要平衡，保持适宜体重；吃清淡少盐的膳食；饮酒应限量；吃清洁卫生、不变质的食物。

起，食粥一大碗……最为饮食之妙诀也。

●宋刘松年西园雅集（局部） 卷

本卷描绘的是宋代雅士高僧苏轼、黄庭坚、米芾、圆通大师等于王诜西园风雅聚会的场景。

粥清淡而富有营养，有补脾和胃、清肺强身、疗疾等功效，食粥能使肠胃更加健康，有益于延年益寿，因此清代名医王士雄[1]早已在《随息居饮食谱》中指明："粥饭为世间第一补人之物。"享年80多岁的清代养生家曹庭栋也指出："竟日食粥，不计顿，饥即食，亦能体强健，享大寿。"

[1] 王士雄，字孟英，号梦隐（一作梦影），又号潜斋，别号半痴山人、睡乡散人、随息居隐士，祖籍浙江海宁，迁居钱塘（今杭州），中医温病学家。其毕生致力于中医临床和理论研究，对温病学说的发展作出了承前启后的贡献，尤其对霍乱的辨证和治疗有独到的见解。他重视环境卫生，对预防疫病提出了不少有价值的观点。

无求便是安心法；

不饱真为却病方。

此联的撰写者存在两种说法，一说是清末两江总督张之洞所撰，一说是早于张之洞出生百余年的清代文学家袁枚在《随园诗话补遗》卷六中已收录，此处不做争论。此联强调养生应做到“无求”和“不饱”。上联中的“无求”并非“无为”，而是“知足无求”，即人生在世应当“知足无求”，这样才能懂得适可而止，不会因需求过度而受辱，也不会因贪求而身心俱损。下联中的“不饱”是指饮食要有节制，遵循“食不过饱”的饮食规律。在作者看来，节制饮食能有效阻止细胞膜退化，促进人体内环境均衡稳定，这样有助于增强免疫力和延缓衰老。“无求”和“不饱”一个体现在心理，一个体现在生理，前者养心，后者养身。采取如此内外结合的自我调养方式，便能够获得较为适度的生活体验。

懂得节制是古人的一种养生哲学，节制欲望以养心，节制饮食以防病。一经对比，古人是吃两口便饱，现代人是饱了还能再吃两口，常把“忙死了”“撑死了”挂在嘴边，长期吃过饱，肥胖、心脑血管疾病、胃肠不适等都易找上门。因此，保持每餐七八分饱，不仅能控制身材，还是防病抗癌的重要手段。

最有味卷中岁月；
定自称花里神仙。

此联摘自清同治状元、官至大学士的陆润庠的

“世补斋”自书联。此联云：“读书取正，读易取变，读骚取幽，读庄取达，读汉文取坚，最有味卷中岁月；与菊同野，与梅同疏，与莲同洁，与兰同芳，与海棠同韵，定自称花里神仙。”上联讲的是读书之益：读《尚书》[1]懂得“五福”“六极”之别，可享顺天而得的幸福；读《易经》则知“穷则变，变则通”；读《离骚》领会屈原的幽情和其坚持理想、至死不屈的品格；读《庄子》生出旷达，明长生安体乐意之道；读《汉书》，弘扬正气，坚定意志。读万卷书最能知晓今古，从中充分领略岁月的情趣。下联则以花明志：似菊花随遇而安，“春露不染色，秋霜不改条”；似梅花“枝疏而风韵洒落，株老而苍劲古朴”；似莲花“出淤泥而不染，濯清涟而不妖”；似兰花“虽无艳色如娇女，自有幽香似德人”；似海棠蕴藉含蓄，“爱惜芳心莫轻吐，且教桃李闹春风”。花被视为美的象征，总是生机盎然，像是大自然馈赠的精英，因此人们也往往涵咏花的品性，汲取美的营养，陶冶性情，并在花中感悟人生。

[1]《尚书》，最早书名为《书》，是一部追述古代事迹著作的汇编。分为《虞书》《夏书》《商书》《周书》。因是儒家五经之一，又称《书经》。

清邹一桂画菊花轴

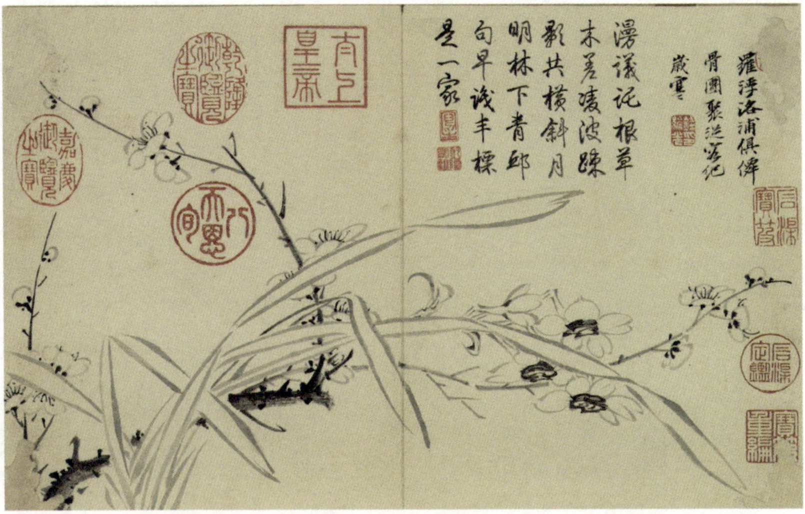

●清陈书杂画　册　梅花水仙

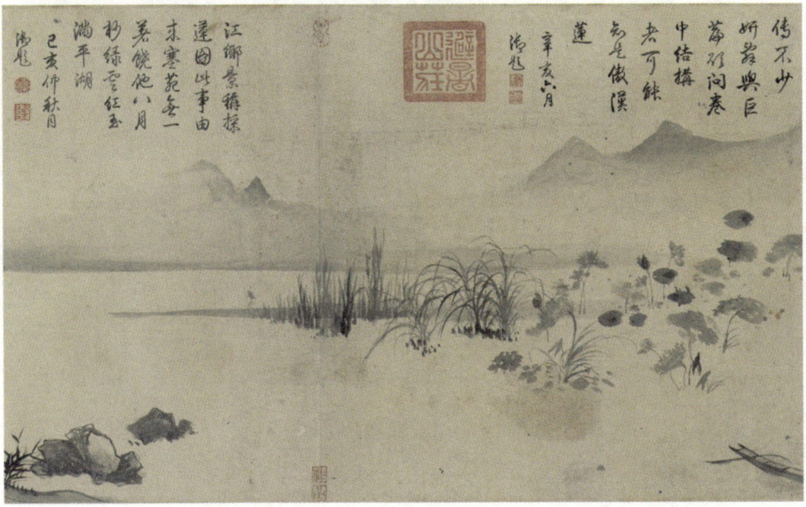

●明唐寅采莲图（局部）　卷

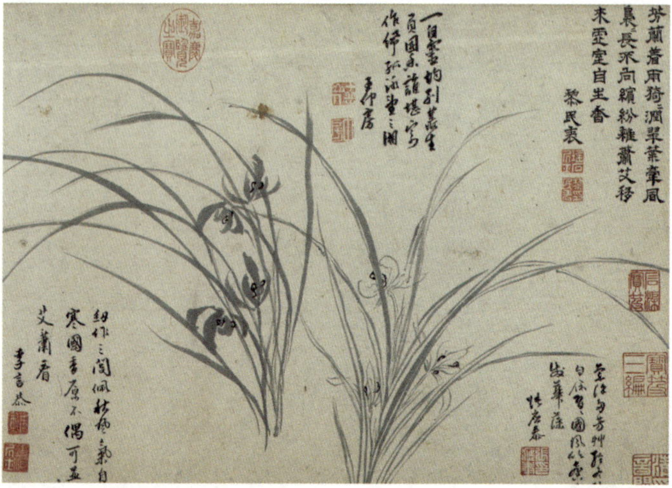

明周天球墨兰（局部） 卷

食防难化常思节；

衣必宜温莫懒增。

此为宋代哲学家邵雍[1]所撰。早在2400多年前，墨子已提出了“量腹而食，度身而衣”的原则。上联中，“食防难化”说的便是饮食要有度，以免积食。养胃消食十分重要，而当前中国有3亿多人存在功能性消化不良、易胀气、打嗝、腹泻等问题。此类人在饮食上要注意以下细节：细嚼缓咽，每餐不少于15分钟；多吃细软、不易胀气、含纤维少的食物；少吃辣椒、胡椒等刺激性大的调味品；少吃酸味重的水果，如柠檬、杏等；烹调多用炒、炖、煮、蒸，少用油炸和煎；吃肉、豆制品时，充分煮烂。下联则是强调防寒保暖。多穿衣不仅保暖，更能预防心脑急症、保护关节。尤其是天冷时，更应重点护好头、颈、背、腰、膝盖和

[1] 邵雍（1012—1077），字尧夫，自号安乐先生、伊川翁等，谥康节。北宋理学家、数学家、诗人，与周敦颐、张载、程颢、程颐并称“北宋五子”。他曾出游河、汾、淮、汉，少有志，喜刻苦读书并游历天下，并悟到“道在是矣”，而后师从李之才学河图、洛书与伏羲八卦，学有大成，并著有《皇极经世书》《观物内外篇》《先天图》《渔樵问对》《伊川击壤集》等。

双脚。出门戴上帽子、围巾；夏天则避免空调直吹身体引发头痛等身体不适，进而影响身体健康。

梳头浴脚长生事；

临睡之时小太平。

此联为宋朝陶谷所作。早在一千多年前的北宋已有先人发现了睡前养生的技巧：梳梳头、泡泡脚、静下心、打打坐，既能调理气血、疏通经络，又能促进睡眠。其一，头梳千遍，病少一半。现代中医认为，头部汇聚了人体十二经脉，有近 50 个穴位，常梳头可强身健体。建议用宽齿的牛角梳或鬃毛梳，也可直接用手指，从前发际线一直梳到颈后的发根处，梳至头皮热、胀、麻即可，最好每天梳三次，分别在早起后、午休时、临睡前。其二，睡前泡脚，胜吃补药。脚底有丰富的末梢神经和毛细血管，常用热水泡脚，既可驱赶疲劳，又能御寒暖体。睡前用 40℃左右的温水，泡至身体微微出汗即可，时间一般不超过 20 分钟；泡脚时可用双手揉搓脚底，泡后立即擦干双脚，穿上睡眠袜。需注意，小孩、糖尿病患者不宜泡脚。其三，静心打坐，安神助眠。“临睡之时小太平”说的便是睡前静心的重要性。睡前有心事、想事情，就容易焦虑、紧张，导致入睡困难。每天睡前在床上打坐片刻，可静心助眠。具体方法为：盘腿而坐，双手自然垂膝，全身放松，慢慢进入忘我、放空的状态，时长可由几分钟循序渐进，身体适应之后再逐渐增加至半小时。

气恼酿成病；

快乐延寿命。

这是一副养生谚语联。中国历代养生家无不意识到恼怒对健康长寿的危害，因而戒怒就成了历代养生家的共识。上联意为恼怒容易酿成疾病。从病理学角度来看，恼怒特别是暴怒可导致高血压、心悸、失眠、困乏甚至心脏病等，因此先有《黄帝内经》[1]云：“夫百病之始生也，皆生于风雨寒暑，清湿喜怒。喜怒不节则伤藏。”后有曾国藩强调：“养生以少恼怒为本。”下联则讲快乐使人长寿，与上联相衔接，既能避免愤怒，又可延年益寿。宋代享寿92岁的诗人龚明之在《期颐堂·并序》中写道：“不服丹砂不茹芝，老来四体未全衰。有人问我期颐法，一味胸中爱坦夷。”这启示我们：在养生中，尤要注意保持心理的平静、坦荡、快乐，如此才能寿享遐龄。而应当如何自寻其乐呢？李渔在《闲情偶寄·颐养部》中说：“乐不在外而在心，心以为乐，则是境皆乐。”这说明快乐是一种心境，一种带有浓厚的主观色彩的感受与体验，是可以人为调节的。一个人若能怀有一个好心情，牢记“快乐使人长寿”的理念，便掌握了生命的主动权。古人最爱的寻乐方式，可能要数“读书”和“睡觉”了，相比之下，身处信息社会的现代人，身处一种“买书如山倒，看书如抽丝；晚上不想睡，早上不想起”的连锁状态是非常不健康的，需要人们重视起来并加以改正。

[1]《黄帝内经》又称《内经》，是中国最早的几部医学典籍之一，与《难经》《伤寒杂病论》《神农本草经》合称“中国传统医学四大经典”，被称为“医之始祖”。《黄帝内经》全书包括《素问》与《灵枢》（又名《针经》）各9卷，共计18卷，162篇，部分章节已年久失传。其中《素问》以黄帝和天师岐伯问答的形式，着重阐述脏腑、经络、病因、病机、病症、诊法、治疗原则及针灸等内容；《灵枢》作为《素问》的姊妹篇，则叙述针灸、经络、卫生保健等方面的问题。相传此医学典籍为黄帝所作，但实际作者为谁已无可考究，冠以“黄帝”之名，意在溯源崇本，说明中国医药文化发祥之早。一般认为，全书约成书于西汉时期，非一时之言，亦非一人所作，而是由中国历代黄老医学家传承增补集结而成。

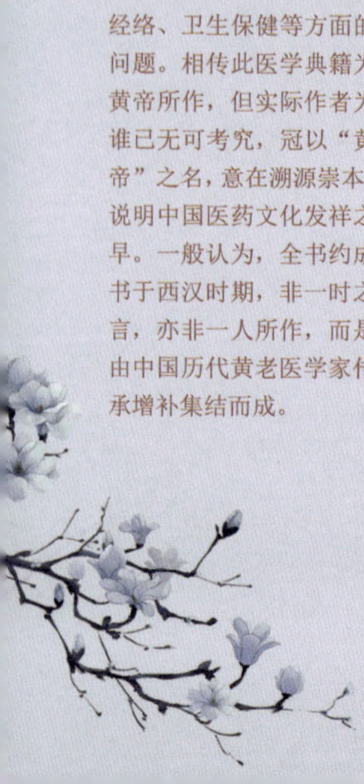

闲中觅伴书为上；
身外无求睡最安。

此联为刘墉题苏州耦园还砚斋联。刘墉（1720—1805），字崇如，号石庵，山东诸城人，清代政治家、书法家。他以奉公守法、清正廉洁闻名于世，谥号文清。从上联可以看出，在刘墉看来，“万般皆下品，惟有读书高”，书是灵魂的居所，精神的家园，舍去功利、闲时看书能够使人心旷神怡，豁然开朗。现代研究也表明，读书能给身体和心理带来实实在在的好处：每周读书 3.5 小时的人，比不读书的人早亡风险低 23%。下联中，“身外无求”是指不为外在的功名利禄所束缚，便可睡得安心；倘若过分在意身外之物，整日奔竞浮躁，则难以安稳入睡。不管什么年代，“一觉到天亮”都是人们共同的追求，“睡最安”是难能可贵的养生之道。此联体现了作者用读书以修身养性，舍名利以睡好觉的脱俗心境和情趣。

看庭前花开花落；
随天边云卷云舒。

此联为明代洪应明所撰，由陈继儒收录在《小窗幽记》中，原句应为“宠辱不惊，闲看庭前花开花落；去留无意，漫随天边云卷云舒”。花开花落是岁月轮回变迁的常态，而变化本就是世事的本质。上联借用花开花落，指为人做事应视宠辱如花开花落般平常，才能处变不惊。下联使用云卷云舒进行对仗，指在面对得失去留时，应如看待云卷云舒变幻一般正常，这样才能淡然处之。此联旨在指出，当面对人生得失时，应抱有“得之坦然，失之淡然，顺其自然，争其必然”的豁达心态，如此方是修身养性的良方。

优游乐闲静；
恬淡养清虚。

这是姜宸英自题书斋真意堂联。姜宸英（1628—1699），字西溟，号湛园，明末清初书法家、史学家，“江南三布衣”[1]之一，年七十始举进士，著有《湛园集》《苇间集》《海防总论》。其书斋名“真意堂”，取自陶渊明《饮酒》诗“此中有真意，欲辨已忘言”之意，再结合此联内容，可知其是一位达观之士。上联的“优游”，谓悠闲自得。语本《诗经·大雅·卷阿》：“伴奂尔游矣，优游尔休矣。”清代王韬《淞滨琐话·自序》：“优游恬适，舒畅怡悦，所以养乎心者也。”闲静，即安闲宁静，语本《荀子》：“形体好佚而安重闲静莫愉焉。”上联意为过着随遇而安、悠闲自得的生活可以愉悦心情。下联的“恬淡”，即清静淡泊，语本《庄子·天道》：“夫虚静恬淡寂漠无为者，天地之平而道德之至……无为则俞俞，俞俞者忧患不能处，年寿长矣。”汉代王充《论衡·定贤》亦云：“恬憺无欲，志不在于仕，苟欲全身养性为贤乎？是则老聃之徒也。”后多用以指不热衷于名利。清虚，即清静虚无。三国魏阮籍《首阳山赋》：“且清虚以守神兮，岂慷慨而言之。”北齐刘昼说：“恬和养神，则自安于内；清虚栖心，则不诱于外。神恬

[1]“江南三布衣”除了姜宸英之外，还有朱彝尊、严绳孙二人。朱彝尊（1629—1709），字锡鬯，号竹垞，又号醧舫，浙江秀水（今浙江嘉兴市）人，清代著名文学家、学者、藏书家。朱彝尊善诗词，其诗清丽自然，与王士祯并称为“南朱北王”；其词作创作注重字词声律，开创“浙西词派”。著有《曝书亭集》《明诗综》《词综》等。
严绳孙（1623—1702），字荪友，号秋水，晚号藕荡渔人，江苏无锡人，清代诗人、画家。严绳孙生性淡泊，崇尚自然，善诗词，其诗多为吟咏自然山水之作，创作上强调发乎于情，作词亦以自然为宗，著有《秋水集》等。

心清，则形无累矣。”这是指，只要恬淡无欲，清虚栖心，追求精神的安宁，就能达到养神全形的效果。

这里的清静养神，并非指人清心寡欲、无知无欲，而是应当摒除杂念、专心致志，先获得精神静谧，由此方可获得身心愉悦之道。

万事莫如为善乐；
百花争比读书香。

此为清代乾隆年间进士顾光旭所撰写的养生对联。顾光旭（1731—1797），字华阳，号晴沙，江苏无锡人。“君子莫大于与人为善。”这是中国人恪守的由来已久的古老训示，是一种积淀于中华文化的道德精神。上联意为：世间万事都没有为善能使人快乐，与人为善、助人为乐带来的精神上的欢愉、轻松和幸福感对为善者十分有益，有利于其保持良好心态，进而有益于健康长寿。下联意为：读书的异香是百花所不能企及的。此处表明读书能够令人忘掉悲观、忧愁和烦恼，变得乐观、开朗和豁达，心胸开阔，从而对疾病也起到抵抗作用，减少疾病的侵袭。此联旨在强调“为善乐”和“读书香”乃是养生之法宝，也是塑造高远人格的途径。

闲看秋水心无事；
静听天和兴自浓。

此为集句联，选自清代梁章钜《楹联丛话》。梁章钜（1775—1849），字闳中，号茝邻，晚号退庵，福建福州人。他是首个向朝廷提出以“收香港为首务”的督抚，也是坚定的抗英禁烟派人物。其晚年从事诗文著作，共著诗文近70种，尤其在楹联方面成就显著，被称作楹联学开山之祖。上联出自唐代皇甫冉《秋日东郊作》诗：“闲看秋水心无事，卧对寒松手自裁。”“心无事”是指人的心胸要坦荡旷达，“得而不喜，失而不忧”“生而不说，死而不祸”，一切顺乎自然，这样便可心如止水、静看秋水。《庄子》[1]有《秋水》篇，借河伯与北海若的对话，说明“万物一齐，孰短孰长”，意为万物都是一样的，无所谓这个长那个短。并根据“万物一齐”的道理，告诉人们应顺其自然，不应强求。

下联出自唐代刘禹锡《和仆射牛相公见示长句》：“静得天和兴自浓，不缘宦达性灵慵。”所谓“天和”，即自然和顺之理，或天地之和气。“兴自浓”即静中见真境，会趣明道。清代王士祯赠友联云：“淡如秋水闲中味；和似春风静后功。”水本无味，又言秋水，更增几分清凉之味；春风最柔，又言静后之风，由此可窥到作者内心世界的淡泊，心里平静方可观看自然美景。《庄子·知北游》：“若正汝形，一汝视，天和将至；摄汝知，一汝度，神将来舍。”意为若你形体淳朴，视觉集中，天道和顺之理就体现在你身上；若你心智收敛，思想专一，才能神安气定，而非神不守舍。

第四节　巧对楹联

巧对楹联，是各类楹联中最具魅力的一种。因其

[1]《庄子》又名《南华经》，是战国中后期庄子及其后学所著道家学说汇总。《庄子》对工具理性也进行了深刻批判。《庄子》进一步提出了“得意忘言”的观点。到了汉代以后，尊庄子为南华真人，因此《庄子》亦称《南华经》。其与《老子》《周易》合称“三玄”。《庄子》一书主要反映了庄子的批判哲学、艺术、美学、审美观等。其内容丰富，博大精深，涉及哲学、人生、政治、社会、艺术、宇宙生成论等诸多方面。

风格妙趣横生，故又称“巧联”“妙联”“奇联”。巧对楹联又被称为故事联，顾名思义，每一副对联背后都暗含着不同的故事，主人公大都聪慧幽默，有些是文人大家，有些是民间神童。世人尽言“众多文学体裁中，唯有楹联最能显示汉语言文字的魅力”，其原因之一就是楹联善于利用各种辞格来丰富自己的表现力。而辞格的演变方式主要有如下三种：一是根据文字形、音、义的变化；二是根据词汇或短语的排列、摹状、显隐的变化；三是根据数字、方位词、颜色词的特殊用法。下文挑选的巧对楹联中有很多使用了这三种方式所演变而来的辞格。接下来就让我们一起了解巧对楹联，以此体悟中华传统文化魅力以及中国人的智慧。

陈亚有心终是恶；
蔡襄无口便成衰。

此联由陈亚和蔡襄两人互相戏谑而来。陈亚，字亚之，维扬（今江苏扬州）人，咸平五年（1002）进士，尝为杭州於潜令，守越州、润州、湖州，官至太常少卿。其家有藏书数千卷，名画数十轴，为平生之所宝。晚年退居，有“华亭双鹤”怪石一株，尤奇峭，异花数十株，列植于所居。亚好以药名为诗词，有药名诗百首，其中佳句如“风月前湖夜，轩窗半夏凉”颇为人所称道。据宋代阮阅的《诗话总龟》[1]记载：“陈亚，字少卿，亚善诗，滑稽尤甚。尝与蔡君谟会于金山僧舍，酒酣，君谟戏题于屏间曰：‘陈亚有心终是恶。’亚即索笔对曰：‘蔡襄无口便成衰。’”这个

[1]《诗话总龟》，阮阅编撰，共十卷。《诗话总龟》原书《诗总》，编成于宋徽宗宣和年间。孝宗乾道三年（1167）前，以《诗话总龟》之名行世，与原本已略有不同。据胡仔《苕溪渔隐丛话前集》序：“绍兴丙辰，余侍亲赴官岭右，道过湘中，闻舒城阮阅昔为郴江守，尝编《诗总》，颇为详备……后十三年，余居苕水，友生洪庆远从宗子彦章获传此集。余取读之，盖阮因古今诗话，附以诸家小说，分门增广。”又前集卷十一：“闽中近时又刊《诗话总龟》，此集即阮阅所编《诗总》也……其《诗总》十卷，分门编集，今乃为人易其旧序，去其姓名，略加以苏黄门诗说，更号曰《诗话总龟》，以欺世盗名耳。”今本前集五十卷，基本为阮氏本人所辑；后集五十卷，恐为阮氏之后书坊杂凑而成，成书当在南宋光宗时代。《诗话总龟》与《苕溪渔隐丛话》《诗人玉屑》并称为宋代三大诗话。

故事的意思是说，两人酒后互相打趣，蔡襄嘲讽陈亚是“恶人”，陈亚嘲讽蔡襄是“衰人”，看似嘲讽对方，其实是两位友人之间的玩笑话。此副楹联的巧妙之处在于，利用了人名的字形进行延伸，用“拆字格”来形成趣味。“亚”字如果加上心，那就是“恶”字。而“襄”字没有口，就成“衰”字。这样的趣味互怼也从侧面反映出了二人友谊深厚，给后人留下了一段佳话。

三光日月星；
四诗风雅颂。

这副楹联是宋朝大学士苏轼与辽国使臣的对子。苏轼[1]（1037—1101），字子瞻，一字和仲，号铁冠道人、东坡居士，眉州眉山（今四川省眉山市）人，祖籍河北栾城，北宋文学家、书法家、美食家、画家。元丰三年（1080）苏轼因“乌台诗案”被贬黄州，晚年因新党执政被贬惠州、儋州，宋徽宗时获大赦北还，途中于常州病逝。宋高宗时追赠太师，宋孝宗时追谥“文忠”。

宋神宗年间，苏轼在杭州做了三年知府，政绩显著，奉旨回京供职。恰逢辽国派遣使者来访中原，出句要苏东坡答对，上联是“三光日月星”，此处的“三光”指日、月、星三种发光的天体。语出《庄子·说剑》：“上法圆天，以顺三光。”辽国使者认为，这是副绝对，因为，联语中的数量词，一定要用数量词来对。上联用了个“三”字，下联就不应重复。而“三光”之后只有三个字，那么，无论用哪个数目来对，

[1] 苏轼作为中国历史上少有的大文豪，除以才华横溢闻名外，还以深情、旷达闻名。宋英宗治平二年（1065），苏轼妻王氏病死，年仅 27 岁，身在密州的苏轼无法前往妻子的坟前述衷肠，阴阳两隔让人肝肠寸断。此种背景下，苏轼写下了情意浓厚的悼亡词。

江城子

乙卯正月二十日夜记梦

十年生死两茫茫，不思量，自难忘。千里孤坟，无处话凄凉。纵使相逢应不识，尘满面，鬓如霜。

夜来幽梦忽还乡，小轩窗，正梳妆。相顾无言，惟有泪千行。料得年年肠断处，明月夜，短松冈。

苏轼一生仕途坎坷，命运多舛，在《自题金山画像》中他曾写下：“心似已灰之木，身如不系之舟。问汝平生功业，黄州惠州儋州。”但纵使人生坎坷多难，但苏轼始终能淡然处之，使人生充满禅意，现以《定风波》为例观之：

定风波

三月七日，沙湖道中遇雨。雨具先去，同行皆狼狈，余独不觉。已而遂晴，故作此词。

莫听穿林打叶声，何妨吟啸且徐行。竹杖芒鞋轻胜马，谁怕？一蓑烟雨任平生。

料峭春风吹酒醒，微冷，山头斜照却相迎。回首向来萧瑟处，归去，也无风雨也无晴。

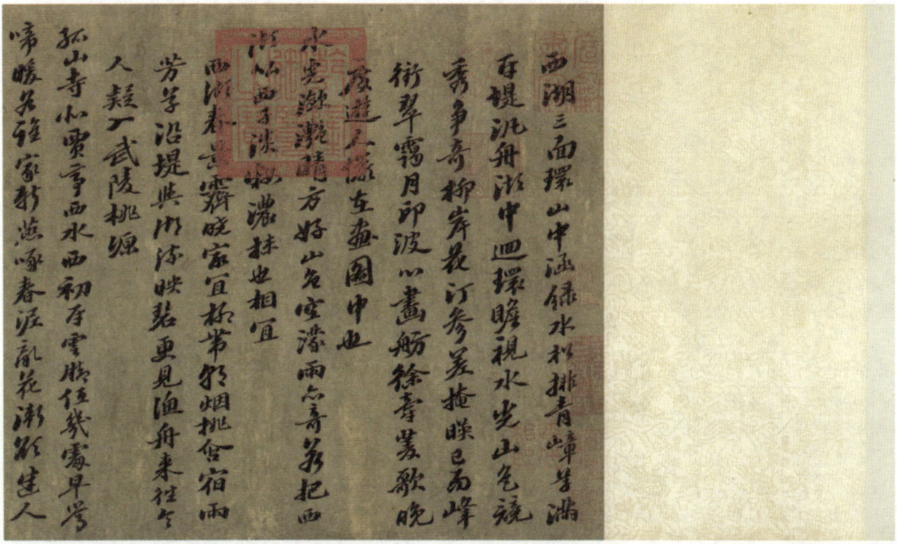

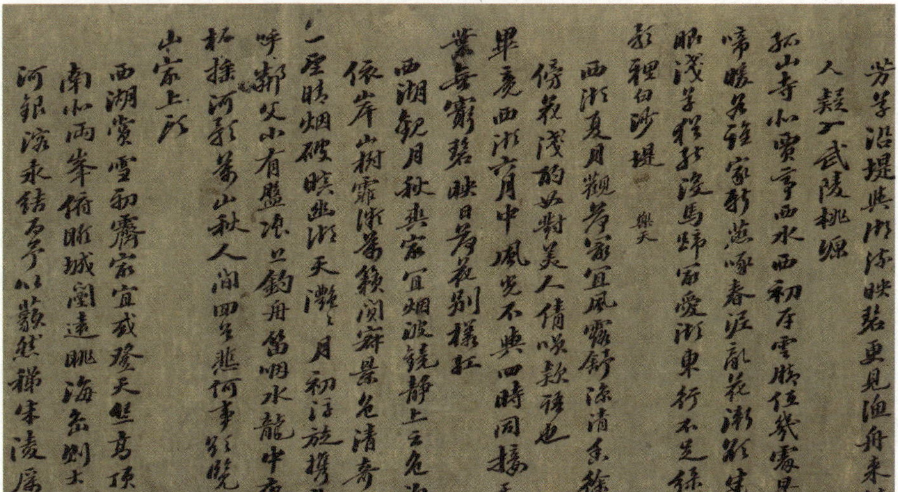

●宋苏轼西湖诗（局部）　卷

后面跟着的字数，也都只能为三个字。此联看似简单，实际上却不易对答。出句的数字恰与后面的事物数量相符，而对句所选数字对应事物都会多于三或少于三。然而，才华横溢又聪明绝顶的苏东坡却只是稍加思索，就对出下联：“四诗风雅颂。”此处的“四诗”指：《诗经》[1]的四体，即国风、大雅、小雅和颂，常简称为“风雅颂”。该楹联妙在“四诗”只有“风雅颂”三个名称，因为《诗经》中有“大雅”“小雅”，合称为“雅”。加之“国风”“颂”共四部分。苏东坡的对句妙语天成，既挫伤了辽国使臣的傲慢和盲目自信，又彰显了宋朝的人才辈出，让人钦佩不已。

冻雨洒窗，东二点西三点；

切糕分片，上七刀下八刀。

此联出自明朝神童杨一清。杨一清（1454—1530），字应宁，号邃庵，别号石淙，祖籍云南安宁，明代官吏，历经成化、弘治、正德、嘉靖四朝，为官五十余年，官至兵部、户部、吏部尚书，后为内阁首辅，号称“出将入相，文德武功”，才华堪与唐代名相姚崇媲美。据记载，杨一清八岁的时候英宗皇帝出了一个上联“冻雨洒窗，东二点西三点”召他作对，杨一清对下联“切糕分片，上七刀下八刀”。皇帝和群臣听了，莫不称奇。其实这是一副拆字联，上联，拆的是“冻”“洒”二字，上联中“冻雨洒窗”表面说冰冷的雨水打到窗上，东东西西，两点三点，纷纷乱乱，实则“冻”是“东”字边二点，“洒”是“西”

[1]《诗经》，是中国古代诗歌的开端，最早的一部诗歌总集，收集了西周初年至春秋中叶（前11世纪至前6世纪）的诗歌，共311篇，其中6篇为笙诗，即只有标题，没有内容，称为笙诗六篇（《南陔》《白华》《华黍》《由庚》《崇丘》《由仪》），反映了周初至周晚期约五百年间的社会面貌。

字边三点，出句因果联系，又暗含机关。机敏过人的杨一清，对答道“切糕分片，上七刀下八刀”，拆的是“切”“分”二字，是说切糕时七刀八刀的，一片片切开，其实还是呼应机关，用横“七”“刀”合为一“切”字，竖“八”“刀”合为一“分”字。这副楹联出得巧妙，对得更是精绝，足可见杨一清被称为“神童”，果然名不虚传。

水部火灾，金司空大兴土木；
南人北相，中书君什么东西。

此联出自清朝才子纪昀之口。纪昀（1724—1805），字晓岚，别字春帆，号石云，道号观弈道人、孤石老人，直隶河间府献县（今河北省沧州市献县）人，清代文学家、官员。清乾隆十九年（1754），纪昀考中进士，官至礼部尚书、协办大学士、太子少保，曾任《四库全书》总纂官。纪昀病逝后，因其“敏而好学可为文，授之以政无不达”（嘉庆帝御赐碑文），谥号“文达”。乾隆年间，京城工部（又称水部）失火，皇帝命一位姓金的司空召集瓦工木匠重新建造。

于是京城中就有人以此事撰了上联：“水部火灾，金司空大兴土木。”联中将“金、木、水、火、土”五行五个字统统用上，而且安排妥当，说清楚了现实生活中发生的一件大事。要想对出下联，难度很大，一时之间无人能解。有位内阁中书舍人，想起了被称为楹联大师的老乡纪昀，便放言：“要对此联，非纪昀不可。”

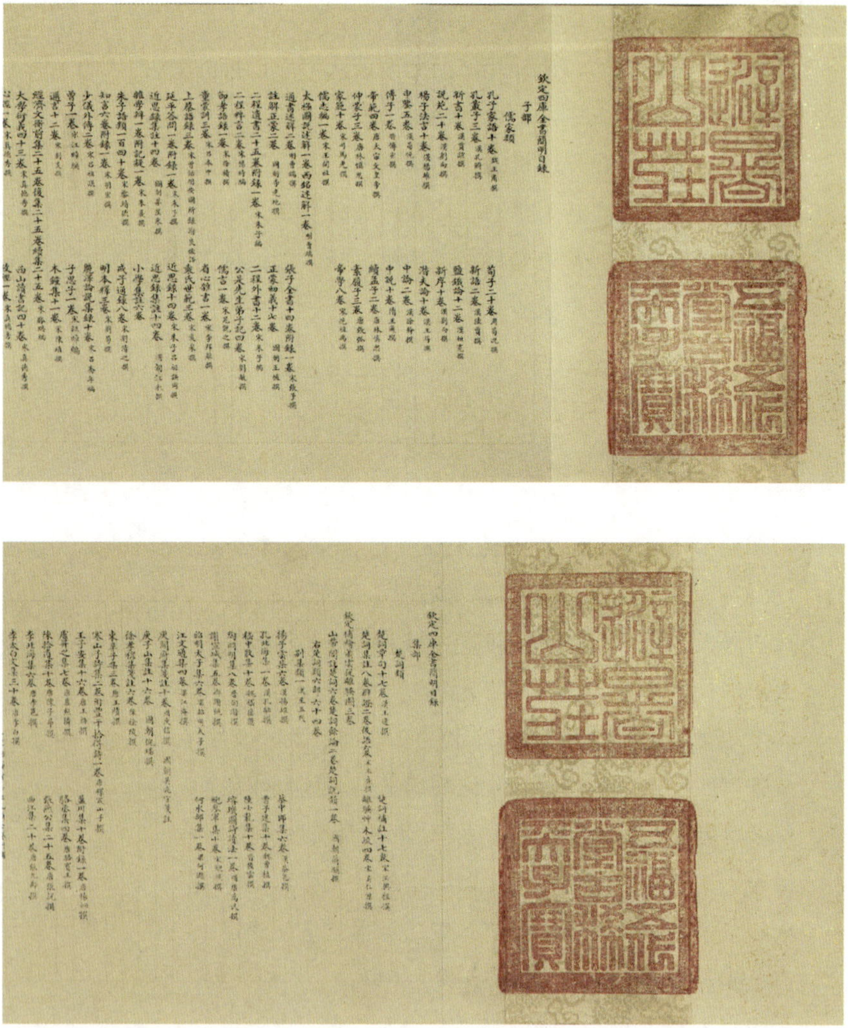

●清纪昀《四库全书简明目录》（三）（局部） 卷

纪昀说：“要对不难，只是要多多得罪阁下了。”中书舍人说：“但对不妨。”纪昀应口而出：“南人北相，中书君什么东西。”这中书舍人为南方人，却在北京为相，故曰南人北相。弄得这位中书舍人十分尴尬。可这确是一副妙对，用“南、北、中、东、西”五方对上联的五行，也同样说明一件事，十分工巧。纪昀的才思敏捷实在叫人钦佩不已。

辇辈同车，夫夫竟作非非想；
究宄同穴，九九还将八八除。

此联是何彦升为嘲讽一位唐姓官员所作。何彦升(1860—1910)，乳名恬生，字秋辇，江苏江阴人，光绪十五年（1889）副贡生。他潜心好学，亦能文章，兼通列国语言文字，作为参赞出使俄国，回国后历任直隶按察使、甘肃布政使、新疆巡抚等职。据吴恭亨《对联话》介绍，清末宣统年间，有留学归来的一唐姓翰林致书甘肃布政使何秋辇，谈有关宪法研究会的事，误将“秋辇”写成了“秋辈”，又将“追究”的“究”错为“宄”。何立即撰此联以示嘲讽。这副楹联运用了离合手法。联语指出对方“辇”与“辈”、“究”与“宄”不分，前二字虽均属“车”部，但各自上半部有“夫”“非”之别；“究”“宄”虽都有“九”，但一个为“穴”头，多了一个“八”，另一个为宝盖头，区别很明显。此联道出，唐某之所以写错别字，一是存心草率，缺乏严肃认真的态度；二是想入非非，全凭自己主观臆断办事。

眼珠子，鼻孔子，珠子还在孔子上；
眉先生，须后生，后生更比先生长。

此联出自周渔璜与恩师的对答。周渔璜（1665—1714），贵州贵阳人，清初著名学者、诗人，康熙年间进士，后入翰林院，授侍读学士，曾主试浙江，任顺天学政，著有《桐野诗集》。周渔璜考中了进士后回家省亲，亲朋好友把他的老师高老先生也请来一起吃酒，但高老先生被安排坐在周渔璜的下位，心里很是不满，却又不好意思直言。于是便借着对句为由，发泄不满的情绪，张口说出一上联："眼珠子，鼻孔子，珠子还在孔子上。"周渔璜听罢便知自己的老师是话里有话，随即起身鞠躬敬酒，并不慌不忙地接起了下句："眉先生，须后生，后生更比先生长。"高老先生听罢也忍不住拍掌称赞："对得好，不愧是我的高徒啊。"这副楹联是中国楹联艺术中非常典型的谐音双关联。"珠"字谐音"朱"，指宋代著名理学[1]家朱熹。上联意思是借鼻子和眼睛上下的位置不同，指出朱熹并不比孔子高，以此暗示周渔璜虽然坐在老师的上座，并不一定高过老师；下联意思是借眉毛和胡子的生长先后不同，说明胡子虽然比眉毛生的晚，但却比眉毛长得长，暗示青出于蓝而胜于蓝。从此联不难看出周渔璜对恩师敬重却也对自己的才学自信满满，胆识过人。

蔺相如、司马相如，名相如，实不相如；
魏无忌、长孙无忌，汝无忌，我也无忌。

[1] 理学是两宋时期产生的主要哲学流派，又称道学。理学是中国古代最为精致、最为完备的理论体系，其影响至深至巨。理学的天理是道德神学，同时成为神权和王权的合法性依据，至南宋末期被采纳为官方哲学。重要的理学家有"北宋五子"、朱熹、柴中行、陆九渊等人。他们的哲学的中心观念是"理"，把"理"说成是产生世间万物的精神的东西。理学的出现对后世政治、文化产生了深远影响。

此联为明代大文学家李梦阳出句，对句是一个与他同姓同名的考生所对。李梦阳(1473—1530)，字献吉，号空同，明代中期文学家，复古派前七子的领袖人物。其善工书法，得颜真卿笔法，结体方整严谨，不拘泥于规矩法度。他强调复古，提倡“文必秦汉，诗必盛唐”。李梦阳所倡导的文坛“复古”运动盛行了约一个世纪，后为袁宗道、袁宏道、袁中道三兄弟为代表的“公安派”所替代。有一次朝廷举办科举考试，任命李梦阳为主考官，他在监考期间，看到了一个学生的名字叫李空同。巧的是李梦阳的号就叫作空同，古代对于同名十分讲究，一个小小的学子的名居然和自己的号相同，这让他很是不满。于是李梦阳想出一个比较刁钻的联让这个考生对，想要戏弄考生让他出丑，便说出上联“蔺相如、司马相如，名相如，实不相如”;此处“蔺相如”是战国时期的赵国人，有“完璧归赵”及“渑池之会”的故事。“司马相如”是西汉辞赋家，字长卿，蜀郡成都（今四川成都）人，著有《子虚赋》《上林赋》等。李梦阳本以为这样刁钻的对联这考生对不出来，谁知这考生聪慧过人，才思泉涌，思索一会儿就对出下联“魏无忌、长孙无忌，汝无忌，我也无忌”。此处“魏无忌”指战国时魏国的贵族，是魏昭王的小儿子。“长孙无忌”指唐太宗文德皇后之兄。考生的对句实在是绝妙，联中共嵌入四个人名，后边又将名字运用了转类的手法，既不卑不亢地回敬了李梦阳，文辞又非常得体。这样工巧精妙的楹联，谁看了不夸呢？

●元人上林羽猎图（局部）　卷

●以《上林赋》为题材创作的沉香木雕

稻草捆秧父抱子；

竹篮装笋母怀儿。

此联为熊廷弼所撰。熊廷弼（1569—1625），字飞白，号芝冈，湖广江夏（今湖北省武汉市江夏区）人，明朝将领、军事家。万历二十六年（1598），熊廷弼考中进士，起家保定推官，迁监察御史；万历三十六年（1608），授右副都御史、巡按辽东，请求屯田；万历四十七年（1619），萨尔浒之战后，出任兵部右侍郎、辽东经略，招集流亡，整肃军令，制造兵器，浚壕缮城，巩固守备。明熹宗即位，天启元年（1621），熊廷弼再任辽东经略，与广宁巡抚王化贞不和，终致兵败，坐罪下狱，卷入党争。天启五年（1625），熊廷弼坐罪被处死，时年五十七岁。上联“稻草捆秧父抱子”中的“稻草”指的是收获了稻米的秸秆，用稻草捆扎水稻的秧苗，就好像父亲抱着孩子；下联“竹篮装笋母怀儿”中“竹篮”是用老年的竹子编织而成，用竹篮盛装竹笋，就好像母亲怀着儿子。这副楹联采用譬喻法的艺术技巧，以稻草稻秧、竹篮竹笋来体现父母与孩子深厚的骨肉亲情。

以父作马；

望子成龙。

此联由林则徐所作。林则徐（1785—1850），字元抚，又字少穆、石麟，晚号俟村老人、七十二峰退叟、栎社散人等，福建人，中国清代后期政治家、文学家、思想家、民族英雄。林则徐一生遍历地方，治绩卓著。虽在两广抗击西方入侵，但其对于西方的文化、科技和贸易持开放态度，主张学其优而用之。由他主持编译的《四洲志》❶及魏源编撰的《海国图志》❷，对晚清的洋务运动乃至日本的明治维新都具有启发作用。相传林则徐小时由父亲背着送进私塾学习，塾师见状出了上联“以父作马”，林则徐灵机一动顺口以成语“望子成龙”作答，“望子成龙”的意思是希望自己的子女能在学业和事业上有成就，出自清代文人文康《儿女英雄传》第三十六回：“无如望子成名，比自己功名念切，还加几倍。”塾师听了林则徐的对答，叹他为捷才。这类巧对被称为谐趣联，即词意精妙、构思奇巧、诙谐风趣、饶有意味的楹联，它常借助双关、变读、回文、镶嵌及文字增损、离合等特殊修辞手法来表现。

谁谓犬能欺得虎？
焉知鱼不化为龙？

此联为丘濬应对官宦所作。丘濬（1420/1421—1495），字仲深，号琼台，明广东琼山（今海南海口）人，景泰年间进士，孝宗时，累官文渊阁大学士，参预机务，卒谥“文庄”，有《琼台会稿》《大学衍义补》。丘濬幼时跟着老师在乡里一官宦人家私塾中读书，由于他聪明好学，深得老师喜欢。而官宦人家的孩子却最不喜欢读书，只要老师外出，就偷偷跑出去玩儿。某日下雨天，老师说：“我出对子给你们对，

❶《四洲志》系道光十九年（1839）林则徐在广东主持禁烟时，为了解西方情况，组织幕僚将英人慕瑞所著的《世界地理大全》翻译成中文，后经润色，编译而成。书中介绍了世界四大洲三十余国的地理、历史、政情，是当时中国第一部相对完整、较系统介绍世界地理志的图书，对唤醒当时闭关自守的封建社会，开风气之先，促使人们睁眼看世界起到至关重要的作用，林则徐也因此被誉为“睁眼看世界的第一人”。

❷《海国图志》是魏源受林则徐的嘱托在《四洲志》的基础上先后征引了历代史志、中外古今各家著述等材料编著而成，初稿共50卷，后拓编至100卷。《海国图志》是一部系统介绍世界历史、地理、政治情况、科技知识的综合性图书，书中提出了“师夷长技以制夷”的重要思想，主张学习西方先进的科学技术，对当时的中国乃至日本的政治、学术产生了重要影响。

看你们谁能对得上。”接着说出上联:“点雨湿肩头。”丘濬脱口答道：“片云生足下。”这个下联暗含自己将来会步上青云的意思，老师十分赞赏。官家公子对不上，觉得既羞愧，又恼怒，便回家哭着把这件事告诉了他父亲。他父亲大怒，把丘濬召来，又出个楹联考他：“谁谓犬能欺得虎？”意思是：“谁说狗能欺负虎？”把自己的儿子比作虎，把丘濬比作狗。丘濬立即答道：“焉知鱼不化为龙？”意思是：“怎知鱼有朝一日不能变成龙？”相传黄河鲤鱼跳过龙门即化为龙，古人常以此比喻某人科举中第，一下由平民变成高官。这位做官的听了丘濬的话，很吃惊，明白他将来怕是不同凡响，便说好话安慰一番，送他回去了。丘濬面对强大势力，临危不惧，有勇有谋，实在让人赞叹不已。

鹦鹉能言难似凤；
蜘蛛虽巧不如蚕。

此联为王禹偁对某太守所撰。王禹偁（954—1001)，字元之，宋代诗人、散文家，宋初有名的直臣。北宋太平兴国八年（983），王禹偁考中进士，历任右拾遗、左司谏、知制诰、翰林学士，因敢于直言讽谏，屡受贬谪。宋真宗即位，授知制诰、黄州知州，世称王黄州。

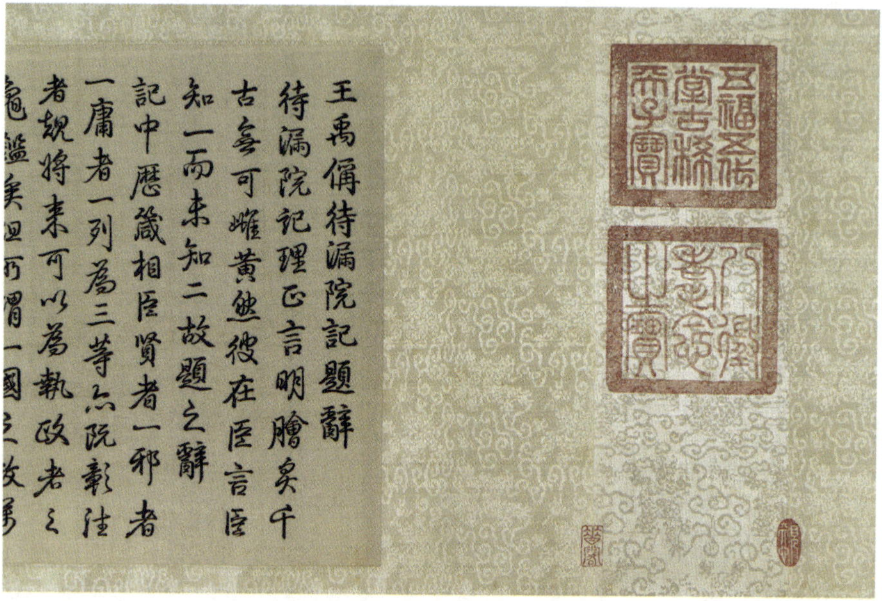

●清人缂丝乾隆书王禹偁《待漏院记》题辞（局部）　卷

王禹偁自幼慧聪，小小年纪便善于吟诗作对，6岁能作诗，7岁能写文章，被邻居们称为“神童”。有一年，当地的太守宴请宾客，王禹偁也在受邀之列，酒过三巡后，太守兴致来袭，想着大家一起对对子助兴，于是太守吟出了一上联“鹦鹉能言难似凤”，意思是：鹦鹉善于学习人们讲话，却是人云亦云，所以永远比不了百鸟之王的凤凰。太守话音一落，宾客们面面相觑，此时，稚嫩的王禹偁对出了下联“蜘蛛虽巧不如蚕”，意为：蜘蛛虽能巧妙地吐丝织网，但总不如蚕吐的丝能造福苍生。小王禹偁这下联应对堪称经典，世人都知道蜘蛛善于结网，而蚕善于吐丝，两者有相似之处，但所吐之物却天差地别，联语从两种常见的小动物身上挖掘出了不平常的哲理。

平湖湖水水平湖；
无锡锡山山无锡。

此联源于朱琦题锡山，见梁章钜《巧对补录》。“太湖名珠”江苏无锡原名“锡”，地名的来源是周、秦时代这个地方有一座锡山，盛产锡矿，因此得名，到了汉代，锡山采掘枯竭，因此就把此地改名为无锡，沿用至今。清末，有个无锡人，到了浙江平湖县去做县令，此人甚有才名，但是却被传贪污严重，当地巡抚本来是要弹劾他，但怜他有才，于是出了个上联让他来对。上联：“平湖湖水水平湖，未餍所欲。”这位平湖县令一看，这上联显然是讽刺他贪污啊，但上联中的句首并不好对，平湖湖水都直陈其事，平湖恰好有湖，水面当然是平的，中间又有顶真的修辞格。于是，思前想后，他以自己是无锡人对出了下联：“无锡锡山山无锡，空得其名。”下联无锡人替自己辩解，无锡的锡山虽然名字有锡，但显然已经不再产锡了啊，我可没有贪污过啊。于是巡抚的弹劾从此作罢。此联语言明白、晓畅、平易近人，显得文从字顺。

起病六君子；
送命二陈汤。

此联作者不详。“起病六君子”，“六君子”指的是以杨度为首的来自筹安会的六人，“起病”指的是袁世凯因这六人开始生病。从表面上看，杨度、孙毓筠、严复、李燮和、胡瑛以及刘师培六人都是拥护袁世凯的人，要知道历史上袁世凯就是接受了他们的劝谏才选择了称帝建立民国政权的。可正是因为袁世凯走了这一步，这也就意味着袁世凯已经走上了死路，因此称为“起病”。“送命二陈汤”，“二陈汤”指的是袁世凯身边的亲信陈树藩、陈宧以及汤芗铭。他们虽然表面上是袁世凯的心腹，但是等到大难临头的时候根本就不管袁世凯，直接选择了逃跑。在举国开始讨伐袁世凯之时，这三位心腹不仅没有帮助袁世凯，而且还选择投向了反袁世凯的阵营之中。他们的背叛行为可以说给了袁世凯最致命的一击，之后袁世凯一病不起，因此称为“送命”。

一弯西子臂；
七窍比干心。

此联相传为卫泾所撰。卫泾，字清叔，昆山历史上第一位状元，后来一直做到了相当于副宰相的参知政事，死后被追赠太师，谥号“文节”，所以被尊称为“卫文节公”。在明代陆容的《菽园杂记》[1]中就出现了这句话。原文是：“一弯西子臂，七窍比干心。”咏藕诗也。联语巧用两位古人的典故，上联以“西子臂”来比喻鲜藕的外观形象，下联以“比干心”比喻藕的内部结构。一为美女，一为名臣，对得极为工巧。

牛头喜得生龙角；

[1]《菽园杂记》是明代陆容所编撰的史料笔记。共十五卷。此书是关于明代朝野掌故的史料笔记，多有可与正史相参证并补史文之阙者。书中还有众多有关作者故里太仓的人事、方言和风俗的记载和考辨。还可以读到有关郑和下西洋的记载、梁山伯与祝英台的故事，以及明代浙江的银课数量、盐运情况等。

狗口何曾出象牙。

此联为纪昀回讽惠明和尚所对。一天，纪晓岚出门前让婢女帮他梳上髻，形似蝉头，此时，一位名叫惠明的和尚前来化缘，看到纪晓岚的头型隐隐发笑，走上前去，笑着说："五公子，都说你联语对得好，我出一联可否？"纪晓岚欣然接受，于是惠明和尚用手拨了拨纪晓岚的髻，挑衅地出了一上联"牛头喜得生龙角"，纪晓岚瞬间明白了和尚讥讽自己的意思，于是白了老和尚一眼，张口对道："狗口何曾出象牙。"这副楹联直截了当，通俗易懂。纪昀反应迅速，可见其天资聪颖。

望江楼，望江流，望江楼上望江流，江楼千古，江流千古；

印月井，印月影，印月井中印月影，月井万年，月影万年。

此联为布衣之士李吉玉所对。李吉玉，四川什邡县（今什邡市）人。据今人所编《楹联集锦》记载，相传清代的时候，江南某地有一位名士，游览四川成都望江楼薛涛故居时，触景生情，写了一句上联：望江楼，望江流，望江楼上望江流，江楼千古，江流千古。这位名士在成都住了半年，日日登上望江楼，天天苦思冥想，却始终对不出理想的下联，因此，郁郁回乡去了。多年来，到望江楼的游客成千上万，却无人续出下联。直到 1920 年，李吉玉在什邡县城北外的珠市坝漫步散心，偶然看见坝内有一口古井，井旁有清代嘉庆年间竖立的一块大碑，上书：“古印月井”四个大字。李吉玉触景生情，他忽然想起望江楼那一句清人联句，乘兴拟了下联：印月井，印月影，印月井中印月影，月井万年，月影万年。此联工稳贴切，动词和方位词的对仗也很工整，声态自然，真可谓“文章本天成，妙手偶得之”。

眼皮堕地，难观孔子之书；
呵欠连天，要做周公之梦。

此为徐广文对唐万阳的楹联，明代人徐广文，性情狂放，善调谑，机智聪敏。他年轻时，曾与侍御唐万阳一起游历。一天晚上，二人坐在灯下，广文打瞌睡，万阳将他叫醒一起对对子，随即出了上联：“眼皮堕地，难观孔子之书。”广文轻松应答出了下联：“呵欠连天，要做周公之梦。”万阳听了大笑。“眼皮堕地”和“呵欠连天”意思相近，都表示困意，符合广文的状态，“孔子”又和“周公”相对，这副楹联对仗十分工整，风格诙谐幽默，但又难掩二人的才华。

鸭母无鞋空洗脚；
鸡公有髻不梳头。

此为林则徐对某私塾老师的楹联。林则徐少时聪明伶俐，一天放学回家，路过一池塘，但见众乡人对着池塘里游来游去的鸭子，欲作对取乐。其中一私塾老师吟出上联“鸭母无鞋空洗脚”，众乡人却对不出下联。此时，在旁的林则徐思索了一会，对道：“鸡公有髻不梳头。”众人皆啧啧称奇。下联中的“髻”意为在头顶或脑后盘成各种发型，此处指公鸡的鸡冠。此联的想象天真烂漫，充满了童趣，对仗则十分工整。“鸭母”对“鸡公”以方言相对，尤为亲切。以小见大，林则徐少时就聪慧过人，成年后更是栋梁之材。

水水山山处处明明秀秀；
晴晴雨雨时时好好奇奇。

此为黄文中题杭州西湖[1]天下景亭的楹联。黄文中（1890—1946），字正心，后改字中天，甘肃洮阳镇人，东京明治大学经济学学士，曾加入同盟会，回国后任甘肃省教育厅一科科长，并在各大、中学校兼课。他抨击军阀专制，批评时政，倡导民主自由，有“民主斗士”之称。1931年后黄文中避居杭州，为西湖景观题写了多副名联，为一代楹联大家。1933年，生不逢时的黄文中辗转来到西湖，在这里寓居了三年，先后为西湖题写十七副楹联，而在诸联中，这副最为有名。这副杭州西湖景联，全联采用叠字手法，生动表现出了西湖如诗如画的秀丽景色。这副联在录入时没有断句，于是在广泛流传中衍生出了多种读法，可任意断句，能顺着读、倒着读，还能跳着读，颇为奇妙。然而无论怎么读，通过叠字的巧妙使用，给人的明快之感显露无疑，且自然而来的音律感，更使人体会到明快之中流动之质。

[1]“水光潋滟晴方好，山色空蒙雨亦奇。欲把西湖比西子，淡妆浓抹总相宜。”（《饮湖上初晴后雨二首·其二》）西湖素来以美景称奇，西湖十景（苏堤春晓、曲院风荷、平湖秋月、断桥残雪、花港观鱼、柳浪闻莺、三潭印月、双峰插云、雷峰夕照、南屏晚钟）更是成为杭州的一张城市名片，吸引无数文人游客“竞折腰”。
西湖除了美景外，关于其来历的传说更是趣味横生，惹人遐想。相传，天河边住着玉龙和金凤，它们有一颗晶莹透亮的明珠，被王母娘娘看中后，偷了过去，玉龙、金凤前往理论，并发生了争夺，明珠就这样在争夺中落了下去，化为了西湖。而玉龙、金凤因为不舍明珠，便飞下人间，化作了玉皇山和凤凰山，守护着西湖。

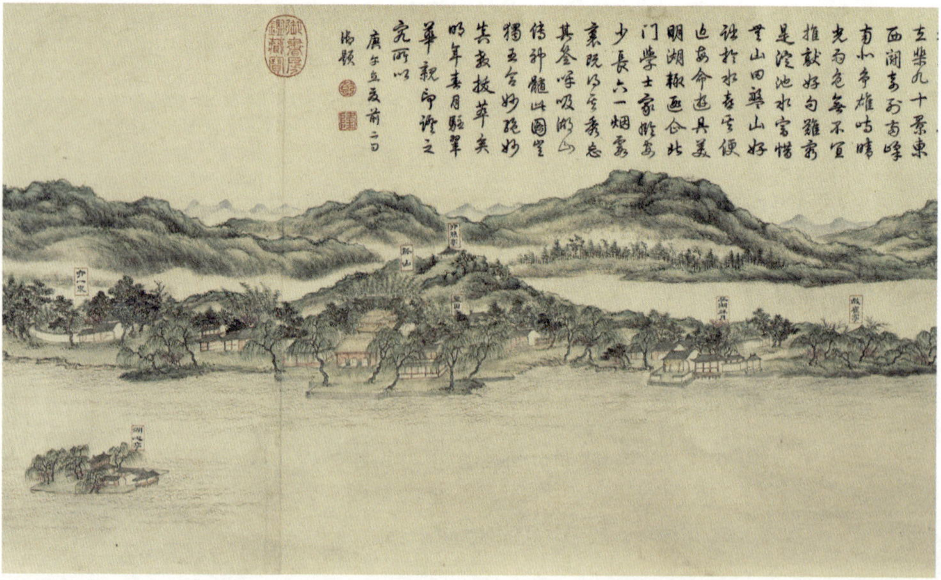

●清董邦达西湖十景（局部） 卷

目旁是贵，瞶眼不会识贵人；
门内有才，闭门岂能纳才子？

此为毛泽东对萧三所作。毛泽东（1893—1976），字润之，湖南湘潭人，伟大的马克思主义者，伟大的无产阶级革命家、战略家、理论家，中国共产党、中国人民解放军和中华人民共和国的主要缔造者和领导人。1909年，毛泽东考入湘乡公立东山高等小学堂读书，得知同学萧三（萧子升的弟弟）有本《世界英雄豪杰传》，便前去借阅。可是，萧三并不乐意将书借给他，但碍于情面不好拒绝，于是萧三便提出只有对出佳句方可借书，毛泽东欣然应允。萧三即兴出了上联："目旁是贵，瞶眼不会识贵人。""目"加"贵"为"瞶"，萧三出的上联显然是拆字组合联，并且字里行间含有取笑毛泽东之意。毛泽东听了，略加思索，便脱口而出："门内有才，闭门岂能纳才子？""门"加"才"为"闭"，毛泽东同样以拆字联相对，且不卑不亢，对得可谓天衣无缝。毛泽东用他的才学和智慧折服了萧三，萧三当即取书借给了毛泽东，二人深厚的友谊也就此萌芽。

绿杨树上鸟声声，春到也，春去也？
春草池中蛙句句，为公乎，为私乎？

此联为毛泽东拜见夏默庵时所对。1917年秋天毛泽东与萧子升到安化游学时，求见该县劝学所所长夏默庵先生，夏默庵是饱学之士，曾毕业于清朝的两湖书院，著有《中华六族同胞考说》《安化诗抄》等书，夏默庵性情高傲，一向看不起游学之人，毛泽东与萧子升曾两次求见，都被夏默庵拒之门外。但两人并不死心，又再次登门拜访、虚心求教，夏默庵被两人的执着所困扰，碍于情面只好将俩人引入书房，并写了一句对联放在桌上，以试探他们的才学。夏默庵的上联是："绿杨树上鸟声声，春到也，春去也？"毛泽东才思敏捷，即兴对答出下联："春草池中蛙句句，为公乎，为私乎？"隐含典故，反诘得体，寓意深邃。对句天衣无缝，精巧谐趣，表达了毛泽东以天下为己任的爱国之情。毛泽东的才情另夏默庵刮目相看，立马转变了态度，厚待了二人。

第四章

经典楹联（二）

第一节 山水楹联

山水楹联，顾名思义，是描写自然山水之美，抒发闲情逸致、人生哲理的楹联。其数量庞大，在楹联中占比很大，是楹联中的一个大类。同时，它也是我国山水文学的一个重要组成部分，是山水旅游中的重要人文资源。

山水楹联主要出现在风景名胜之处，作者往往是文人墨客或名宦名流。山水楹联或是悬挂、张贴在楼台亭阁的楹柱之上，或是镌刻在山崖石壁之上，其文辞之美与风景之美交相辉映。

令人注意的是，许多山水楹联并不纯粹写景。作者的笔锋，常常触及地理环境、历史事件和人物、建筑物等。因此借景抒情、借景说史、借景说理，是山水楹联里常用的手法，往往是写景、抒情、述志、言事、论史、说理融于一体[1]。很多山水楹联都渗入了作者抒发怀抱、登临凭吊、怀古幽思等情感。这些由

[1] 作于宋神宗元丰五年（1082）的《赤壁赋》堪称是借景抒情、借景说理的典范之作。“逝者如斯，而未尝往也；盈虚者如彼，而卒莫消长也。盖将自其变者而观之，则天地曾不能以一瞬；自其不变者而观之，则物与我皆无尽也，而又何羡乎？且夫天地之间，物各有主，苟非吾之所有，虽一毫而莫取。惟江上之清风，与山间之明月，耳得之而为声，目遇之而成色，取之无禁，用之不竭，是造物者之无尽藏也，而吾与子之所共适。”苏轼彼时虽谪居黄州，处境艰难，但却能于自然山水中寻求宽慰之道，忘个人得失，求物我两忘，在描绘山水景物的过程中，抒发了自己的人生哲学，将写景、抒情、议论做到了完美融合，这也使得《赤壁赋》做到了骈散结合，纵横六合，成为难得的佳作。

山水而引起抒发情感的情况在一些山水长联中尤其明显。例如李善济的青城山联，孙髯翁的昆明大观楼联，钟云舫的江津临江楼联等。山水的美育功能，在山水楹联中发挥到了极致：导化性情、启迪智慧、感悟人生等。本节我们将精选泰山、华山、峨眉山等山水名胜的楹联进行赏析。

山水楹联集优美的文学艺术，精湛的书法、镌刻艺术于一身，在给山水增添文化底蕴的同时，其本身也成为一大景观。有些经典的山水楹联，称得上是自然风景的“眼睛”。少了它们，便失去了一种神韵，失去了一种民族的特色之美。

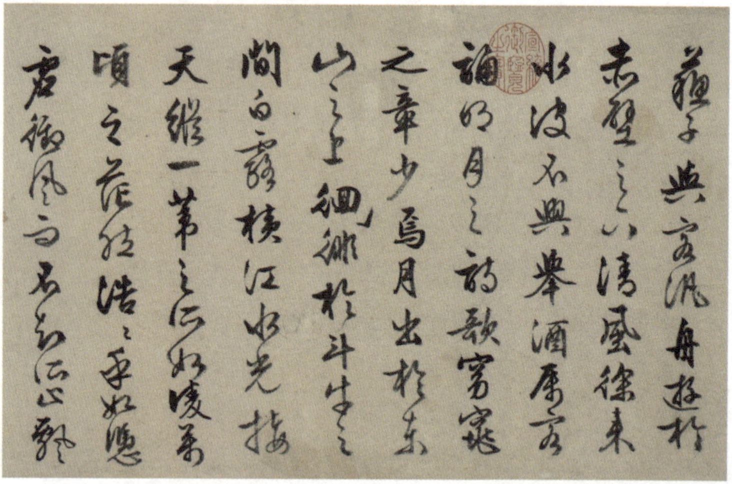

明文徵明书赤壁赋（局部）　卷

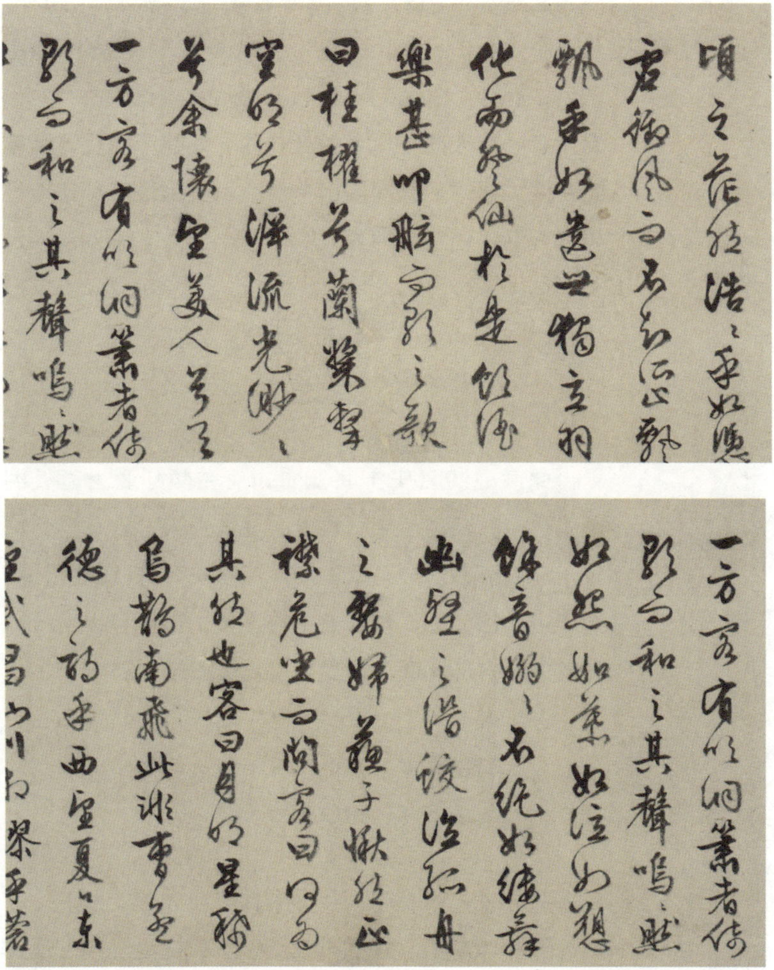

●明文徵明书赤壁赋（局部）　卷

东岳泰山，被尊为“五岳之首”，古称太山、岱宗，也被誉为“天下名山第一”。唐代著名诗人杜甫在《望岳》中有一千古名句“会当凌绝顶，一览众山小”。泰山有一个天阁，原名为升仙阁，始建于明代，清乾隆年间扩建，后来因为山势像壶，又因道家称仙境为“壶天”，遂更名为壶天阁。

登此山一半已是壶天；
造极顶千重尚多福地。

此联是清嘉庆年间泰安知府完颜廷璐为壶天阁所题。完颜廷璐，字曙墀，吉林长白人，曾官温州、台州，清嘉庆二十一年（1816）任泰安知府。此联是说，登半山已临仙境，再攀登更有佳境。游客登山至此，休息之时赏玩此联，自然生发出无限趣味。

门辟九霄，仰步三天胜迹；
阶崇万级，俯临千嶂奇观。

此联悬于南天门，作者不详。在齐鲁大地上，泰山显得极其高峻，有“峻极于天”的说法。其山顶人称“天城”，因此有了四天门的说法：东天门、西天门、南天门、北天门。南天门，又名三天门，古称天关门。该联以南天门为立足点，上联说这里开辟了通向九霄的道路，登山到此，仰首可赏天上胜迹。下联说计算来程，已经过了万级台阶，俯视千峰百嶂，奇观无比。南天门为上山盘道尽处，入门即达玉皇顶[1]。

[1] 玉皇顶，旧称太平顶，又名天柱峰，是五岳之首泰山的主峰之巅，因峰顶有玉皇殿而得名，主祀玉皇大帝。始建年代久远无考，明成化年间重修。神龛上匾额题“柴望遗风”，说明远古帝王曾于此燔柴祭天，望祀山川诸神。相传最初秦始皇曾到此祭天。自秦始皇开始到清代，先后有13代帝王亲登泰山封禅或祭祀，另外有24代帝王遣官祭祀72次。

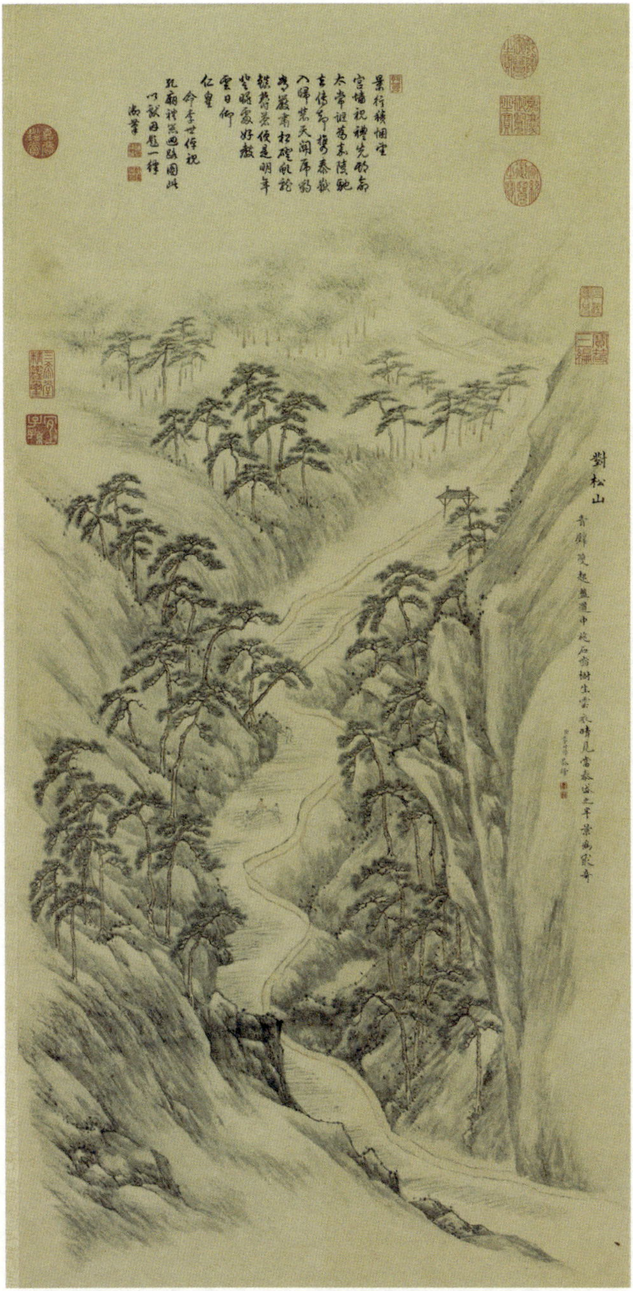

清李世倬对松山图　轴

地到无边天作界；
山登绝顶我为峰。

此联悬于玉皇顶玉皇殿。玉皇顶旧称太平顶，又名天柱峰，是五岳之首泰山的主峰之巅，因峰顶有玉皇殿而得名，主祀玉皇大帝。全联意为即使穷尽大地的广博与深远，也还有天在它之上，即使登上高山绝顶，无路可攀之时，还有自我这座山峰等着自己去战胜。此联写得很有气势，极富哲理，历来为人津津乐道。

一日无心出；
群山不敢高。

此联是萧髯公为玉皇顶所撰，属流水对，含义丰富。上联“无心”，下联“不敢”，以“敢”对“心”，独具巧思。联语将“日”“山”都人格化，活化出泰山的雄伟壮观景色。言下之意，“群山”只比日矮，既写泰山无比之高，却又极其委婉。

华山，即五岳中的西岳，位于陕西华阴，北临黄河，南依秦岭，因远望若花状，故名华山（古时“花”与“华”字相通），自古以来就有“奇险天下第一山”的说法。中华之“华”也源于华山，由此，华山有了“华夏之根”之称。华山景色雄奇，名胜众多，悬崖陡壁，直插云霄。华山之上，楹联众多。

清王原祁华山秋色图　轴

鸳瓦贴云霄，俯挹明星兼玉女；
虎贲卧庭庑，犹强周柏与秦松。

此联是梁章钜（1775—1849）为西岳庙[1]所撰。“鸳瓦”，是鸳鸯瓦的简称。“明星兼玉女”，出自《太平广记·集仙录》：“明星、玉女，居华山，服玉浆，白日上升。”此联从西岳庙的鸳瓦飞檐写起，上联显其高峻入云霄，“明星”“玉女”二峰即在脚下。下联显其古朴雄宏，“周柏”“秦松”掩映婆娑。对仗之巧，耐人品读。

[1] 西岳庙，位于陕西省华阴市。西岳庙供奉西岳华山兵神金天王，是道教主流全真派圣地。西汉元光元年（前134）建集灵宫于黄甫峪口，东汉时迁于现址，后改称西岳庙，为历代帝王祭祀华山之神的要地。寺庙占地面积124000平方米。西岳庙内碑刻极多，现存北周“西岳华山神庙之碑”，明重刻“唐玄宗御制西岳华山碑铭”，明万历刻“华山卧图”，图首附王维、李白、杜甫、陈抟等唐宋名人有关华山的题诗和华山图，还有乾隆御书“岳莲灵澍”石额。1988年，西岳庙入选第三批全国重点文物保护单位。

三峰三霄通，宝掌千秋留蘚迹；
一岳一石作，金天万里矗莲花。

此联是严长明为玉泉院所撰。严长明（1731—1787），字冬有（一作冬友），又字道甫，清江苏江宁（今江苏南京）人，累官至内阁侍读，著有《归求草堂诗文集》等。三峰，指华山三秀峰：芙蓉峰、明星峰、玉女峰。三霄，即云霄。宝掌，即华山的仙掌崖，号称华岳仙掌，是关中八景之一。作者精心剪裁，选择有代表性的华山景物，将华山名峰秀色集于一体，书写出了华山的奇丽与壮观，令人印象深刻。

庐山是中国十大名山之一，位于江西九江。相传殷周时，匡氏七兄弟于此隐居，所以庐山又名匡庐。庐山地区雨量充沛，气候湿润，植被繁茂，幽雅明秀，四季美景令人称绝，自古享有“匡庐奇秀甲天下”之美称。其主峰汉阳峰海拔1474米，以“一山飞峙大江边”的壮美风姿著称于世。

廬山高ミ插天
瀑布千尺飛
其巔劈開玉峽
白龍走空濛萬
古生雲煙七十
老翁戲作詩
不用霜毫用十
指丈山尺樹都
不論辟間彷
彿流寒水
寶親王長春居士題

清高其佩庐山瀑布图　轴

身在庐匡，不见庐山真面目；

足临胜境，方知胜地豁心胸。

此为庐山牯岭清风阁联，作者不详。“庐匡”即匡庐，庐山的别称。上联化用了苏轼名句“不识庐山真面目”，富有哲理。下联胜赞庐山风景之美足以让人心旷神怡。

五老峰高，秀插云霄如玉笔；

三姑石大，响传风雨若金镛。

此为庐山五老峰联，作者不详。“五老峰”位于牯岭东南，五峰屹立，状若五老并坐。三姑石，扣石鸣如钟声，甚为有趣。金镛，即钟，古时的一种乐器。这副对联把五老峰比喻为插入云霄的玉笔，把三姑石比喻为大钟，形象贴切，富有韵味。

峨眉山位于四川峨眉山市，我国四大佛教名山之一，因其“真如螓首峨眉，细而长，美而艳也”而得名。全山纵横两百多千米，雄浑壮观，气象万千，人称“峨眉天下秀”。其自然风光可以用雄、秀、神、奇四字概括。同时，厚重的人文底蕴也为峨眉山增色不少。

众峰齐让佛门高，稽首如来，要分此半轮秋月；

一览尽收天下秀，满心归去，胜游他五岳名山。

此为钟云舫题峨眉山金顶联。钟云舫（1847—1911），名祖棻，号铮铮居士，重庆江津人，清末秀才，善于撰联，尤善撰长联，有“联圣”之称。其长联的代表作有 1612 字的《拟题江津县临江城楼联》。此联既夸赞了峨眉山是佛教圣地，又褒扬了峨眉风景秀丽甲天下。

此地咫尺能进天，懒问天，但闻佛笑；
近水亭间先见月，要留月，不许云飞。

此为峨眉山金顶联，作者不详。突出了峨眉山的高峻，侧面烘托出金顶动人的云月之景及作者对其的无限钟情与迷恋。

江山仍画里；
人物已超前。

此联是陈毅（1901—1972）为峨眉山报国寺所撰。陈毅在赞誉峨眉山依旧美丽如画的同时，阐明了社会在不断发展和进步的主题。通过自然与人类的对比，表现了革命家对人类社会的深刻理解。

青城山在四川都江堰市，山上重峦叠嶂，古树参天，主要寺观有上清宫、天师洞、建福宫等，有“青城天下幽”之美誉，是游览避暑胜地。

心清水浊；
山矮人高。

此联是郑板桥为青城山天师洞所撰。上联以“浊”反衬“清”，越显心清。下联以“矮”反衬“高”，更见人高。全联短小精悍，巧意天成，让人叹绝。真是斯人如此，其联亦如此也。

事在人为，休言万般皆是命；
境由心造，退后一步自然宽。

此联是黄禄祥为青城山天师洞所撰。黄禄祥(1879—1946)，字齐生，号青石，贵州安顺人，近代教育家。此联极富哲理，上联意为人虽命运不同，然自强者须运命，万不可听凭命运之摆布。下联则告诉人们须胸怀大度，方能步入天高地阔、柳暗花明之上乘境地。

新疆天池位于新疆阜康，湖面海拔1900余米，南北长3000余米，东西最宽处1500余米。湖水清澈，晶莹如玉。四周群山环抱，绿草如茵，野花似锦。挺拔、苍翠的云杉、塔松，漫山遍岭，遮天蔽日。1982年，天池被列为第一批国家重点风景名胜区，也是AAAAA级景区。天池四季景色俱佳，古往今来，文人墨客多吟诗赋文，备极赞誉，有“天山明珠”的盛誉。

一池浓墨盛砚底；
万木长毫挺笔端。

此联是郭沫若（1892—1978）为天池所撰，巧妙地运用了比喻，上联将天池当“砚”，池水为“墨”，下联则把树木作“笔”，可谓别出心裁，匠心所至。

赤壁位于湖北黄州，古名赤鼻矶，因崖壁赤色而得名。湖北有五处名为赤壁的地方，传说都与三国著名的赤壁之战有关。

客到黄州，或从夏口西来，武昌东去；
天生赤壁，不过周郎一炬，苏子两游。

此为郭朝祚为黄冈东坡赤壁门楼所撰。郭朝祚，号硕斋，善画，历仕清代康、雍、乾三朝，官至国子监祭酒。全联用典精彩，周郎一炬，指周瑜赤壁之战火攻曹操之事。苏子两游，指苏轼两次泛舟赤壁之下写《赤壁赋》[1]《后赤壁赋》[2]之事。上联精简写出赤壁的地理方位，下联概述发生在赤壁的人文典故，文字简练流畅，紧扣主题，对仗工稳，文采斐然。

岳阳楼，被誉为江南三大名楼之一，位于湖南省岳阳市，与武汉黄鹤楼、南昌滕王阁并称。范仲淹的一篇《岳阳楼记》使之名满天下。

四面湖山归眼底；
万家忧乐到心头。

此联是陈大纲为岳阳楼所撰。陈大纲，甘肃庆阳人，明朝正德十二年(1517)进士，官至山西按察佥事。全联寓情于景，借景抒怀。上联，写作者登楼远眺，美丽的湖光山色一览无遗，作者对祖国河山的热爱之情溢于言表。下联，化用范仲淹《岳阳楼记》“先天

[1]《赤壁赋》是北宋文学家苏轼创作的一篇赋，作于宋神宗元丰五年(1082)作者贬谪黄州（今湖北黄冈）时。此赋记叙了作者与朋友们月夜泛舟游赤壁的所见所感，以作者的主观感受为线索，通过主客问答的形式，反映了作者由月夜泛舟的舒畅，到怀古伤今的悲咽，再到精神解脱的达观。全赋在布局与结构安排中映现了其独特的艺术构思，情韵深致、理意透辟，在中国文学史上有着很高的文学地位，并对之后的赋、散文、诗产生了重大影响。

[2]《后赤壁赋》也是苏轼所作，是《赤壁赋》的姊妹篇。与前篇纯写江上泛舟不同，后篇记游，以登岸履险为主，也无谈玄说理的内容。文章前面记真景真情，通过毫不雕琢的天然佳句，给人一种壮阔的美感；中间对踞石攀木、俯江长啸的细致描写，真切地表达了作者月夜登临的情趣。最后写梦见道士化鹤，纯属幻境幻觉，空灵奇幻，迷离恍惚，从中表现了作者内心怅然若失的苦闷。

下之忧而忧，后天下之乐而乐”的名句，充分表现了作者的忧国忧民之心。有喜有忧，有对国对家的一腔热爱，令人动容，令人一读而难忘。

一楼何奇？杜少陵五言绝唱，范希文两字关情，滕子京百废俱兴，吕纯阳三过必醉。诗耶？儒耶？吏耶？仙耶？前不见古人，使我怆然涕下。

诸君试看：洞庭湖南极潇湘，扬子江北通巫峡，巴陵山西来爽气，岳州城东道岩疆。潴者！流者！峙者！镇者！此中有真意，问谁领会得来？

此联是何绍基为岳阳楼所撰。何绍基（1799—1873)，字子贞，号东洲，别号东洲居士，晚号猿叟（一作蝯叟），湖南道州（今道县）人，晚清诗人、画家、书法家。写岳阳楼的楹联佳作很多，作者独辟蹊径，采用问答手法，与众不同，写出了洞庭湖的山川形势、地理环境。同时，借助神话传说、名人典故、诗文名句，描情绘景，抚今追昔，内容充实，情感饱满。其中，化用典故（范仲淹的《岳阳楼记》，吕洞宾三醉岳阳楼，陈子昂的《登幽州台歌》）尤其巧妙，犹如化盐入水，无形有味。

清王时翼岳阳大观图　轴

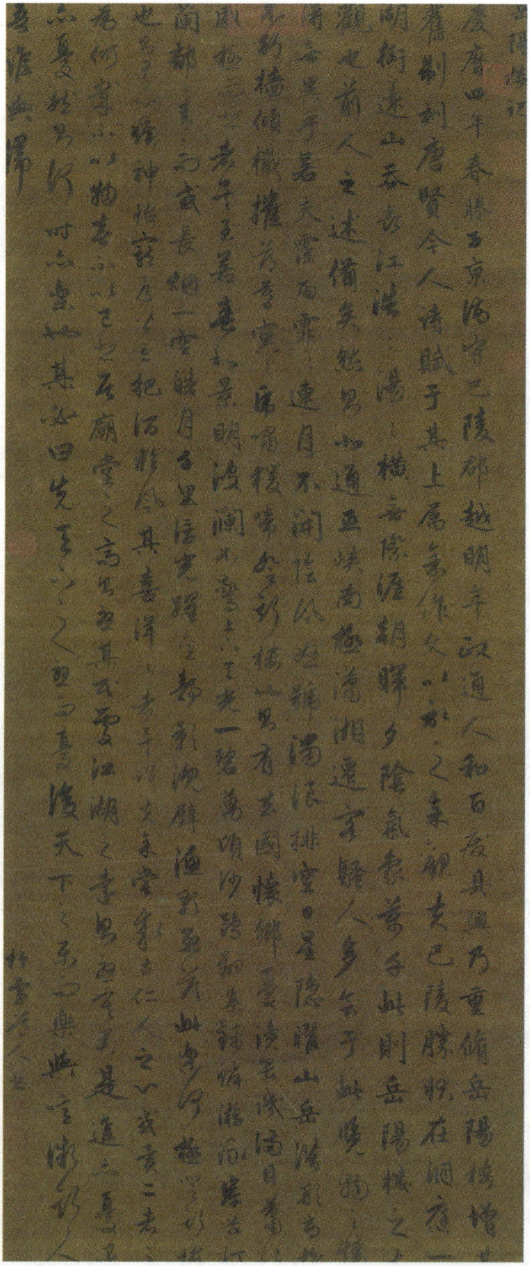

元赵孟頫书《岳阳楼记》轴

黄鹤楼，江南三大名楼之一，位于湖北武汉武昌，长江之滨，蛇山[1]之首，始建于三国时期的吴黄武二年（223），历代屡毁屡建，现为1985年重建，古色古香，庄重雅致。历代文人墨客曾在此留下大量不朽诗文。

[1] 蛇山，位于湖北省武汉市武昌区长江东岸，又名黄鹄山，因绵亘蜿蜒，形如伏蛇而得名，头临大江，尾插闹市。蛇山与汉阳龟山隔江相望，是为“烟雨莽苍苍，龟蛇锁大江”。武汉长江大桥东起武昌蛇山，西抵汉阳龟山，是为“一桥飞架南北，天堑变通途”。蛇山长约1790米，最高点海拔85米，山体呈斜陡长狭形，形势十分险恶。在长约2公里的山上，历史上建有楼阁亭台20多处，其中以黄鹤楼最为驰名。崔颢、孟浩然、李白、王维、陆游等历代名人均曾登山游赏，吟诗作赋，留下“寒花媚幽石，疏林带高阁”“桃花深处暖云浮，隔树红妆倚翠楼”等名句。

何时黄鹤重来？且自把金樽，看洲渚千年芳草；

今日白云尚在，问谁吹玉笛，落江城五月梅花。

此为宋荦题黄鹤楼联。宋荦（1634—1713），字牧仲，号绵津山人，河南商丘人，清代书画收藏家，精于鉴赏，博学工诗，官至吏部尚书。全联借用鲁班筑黄鹤楼、吕祖吹箫跨鹤的民间传说，熔叙事、抒情、议论、写景于一炉，形象地描绘了黄鹤楼美丽壮观的人文景观和自然景观。

一楼萃三楚精神，云鹤俱空横笛在；

二水汇百川支流，古今无尽大江流。

此联也是写黄鹤楼的一副名联。作者不详。三楚，指古西楚、东楚、南楚，即湘鄂一带。水汇百川，指武昌，即长江、汉水汇合处，众流所归。此两联，作者抓住黄鹤楼的自然景观和人文景观的特点，以洗练的语言高度概括，达到了超然洒脱、大气磅礴的境界，犹如一幅写意画，给人一种横空出世之感。

清关槐黄鹤楼图 轴

云南昆明大观楼，建于清康熙年间，楼身描金绘彩，富丽堂皇。登楼极目四望，但见碧波浩渺，青山环绕，叠阁凌虚，层楼映水，含烟晓雾。但是使昆明名胜闻名遐迩的不是这心旷神怡的风景，而是数年后横空出世的180字长联。

五百里滇池，奔来眼底。披襟岸帻，喜茫茫空阔无边。看东骧神骏，西翥灵仪，北走蜿蜒，南翔缟素，高人韵士，何妨选胜登临。趁蟹屿螺洲，梳裹就风鬟雾鬓；更苹天苇地，点缀些翠羽丹霞。莫辜负四围香稻，万顷晴沙，九夏芙蓉，三春杨柳。

数千年往事，注到心头。把酒凌虚，叹滚滚英雄谁在？想汉习楼船，唐标铁柱，宋挥玉斧，元跨革囊，伟烈丰功，费尽移山心力。尽珠帘画栋，卷不及暮雨朝云；便断碣残碑，都付与苍烟落照。只赢得几杵疏钟，半江渔火，两行秋雁，一枕清霜。

此即孙髯为大观楼所撰的180字长联。孙髯，字髯翁，号“万树梅花一布衣”，清朝文学家，被后人尊称为“联圣”。清乾隆初年，昆明大观楼落成，孙髯写了180字长联，由昆明陆树堂书写刊刻，悬挂楼前柱上。上联写滇池四周风光，像一幅山水画，突出一个“喜”字，喜溢四方，绘出了一幅颇富滇池风物特色的风景画。作者心旷神怡的喜悦之情跃然纸上。下联记云南历史，如一篇叙事史诗，在一个“叹”字上下功夫。作者追根溯源，道出了历史发展变化的必然规律，展示出了一幅颇耐人玩味的历史画卷。作者乘兴看够了眼前的美景之后，立即联想起云南风云变幻的历史，发出了无限的感叹——千古的英雄豪杰们，都随滚滚的历史长河悄然离去，物是人非，唯有自然永恒。

长联气势磅礴，层次分明，内涵美质，外溢华采，意境高妙，悬于楼前，令人击节叫绝，“闻者莫不兴起，冀一登临为快”，因此此联被世人誉为“海内第一长联”。

甲秀楼，明万历年间兴建，名“甲秀”，取科甲挺秀之意，天启元年（1621）焚毁，总督朱燮元重建，更名“来凤阁”，复毁。清康熙二十八年（1689）巡抚田雯[1]重建，有浮玉桥衔接两岸。该楼经历了六次大规模的修缮。1981年维修，焕然一新。甲秀楼高约22.9米，为木结构阁楼，三层三檐四角攒尖顶，画甍翘檐，红棂雕窗，白石巨柱托檐，雕花石栏相护。

五百年稳占鳌矶，独撑天宇。让我一层更上，眼界开拓。看东枕衡湘，西襟滇诏，南屏粤峤，北带巴夔，迢递关河。喜雄跨两游，支持岩疆半壁。恰好于矢硐騕，乌蒙箐扫，艰难缔造，装点成锦绣湖山。漫云筑国偏荒，莫与神州争胜概。

数千仞高临牛渚，永镇边隅。问谁双柱重镌，颓波挽住。想秦通僰道，汉置牂牁，唐靖矩州，宋封罗甸，凄迷风雨。叹

[1] 田雯（1635—1704），清初大臣，诗人。字紫纶，一字子纶，亦字纶霞，号漪亭，自号山姜子，晚号蒙斋。山东德州人，田绪宗之子。康熙三年（1664）殿试二甲第四名进士，授中书舍人，十九年（1680）提督江南学政，二十六年（1687）为江苏巡抚，三十八年（1699）奉旨督修淮安高安堰河工。以病辞职归里。诗师黄山谷，与王士禛、施闰章同具盛名。著有《古欢堂集》《黔书》《长河志籍考》等。

名流几辈，留得旧迹千秋。对此象岭霞生，
螺峰云拥，缓步登临，领略些画阁烟景。
恍觉蓬瀛咫尺，招邀仙侣话游踪。

此联即刘韫良创作的甲秀楼长联。刘韫良，道光二十五年（1845）生，初字璞卿，号丽珊，后改字玉山，号我真，贵州贵阳人，清同治进士，选翰林院庶吉士，任云南恩安知县。其学识渊博，才华出众，一生著作宏富，创作联语3075副，佳作频出，此联为其代表作。“五百年”，指明万历年间至清末（“五”为虚数）。衡湘，即衡山和湘江，泛指湖南。滇诏，即滇池和南诏，泛指云南。粤，百粤，即两广。峤，峤南，即岭南。巴夔，即巴山和夔门，泛指四川。岩疆，即大山。于矢，贵州古部落名。硐，即石屋。隳，即被毁。箐，贵州一些部落的称呼。筑国，即贵州，因贵阳在明清时名“贵筑”。牛渚，指甲秀楼的鳌矶伸入河中。

上联写贵州的地理位置和锦绣山川，并赞扬了苗民起义和入黔太平军的悲壮史，浩浩荡荡，势不可挡；下联先写黔史，再写建筑环境，惊天地，泣鬼神，意境深远。这种结构性的变化，有更大的包容性，能提供更多的历史信息。甲秀楼长联，融贵州的地理、山川、政治、历史、军事、交通、文化、神话和民间故事以及苗、彝、汉多种语言等为一体，可谓贵州的一部小百科。全联气势磅礴，音韵响亮，对仗工稳，写景有情，叙事生动，行文流水，颇有韵味，充满爱祖国爱家乡的情怀，洋溢着积极向上的力量，堪与昆明大观楼孙髯翁长联媲美。

第二节　园林楹联

《牡丹亭》[1]中的杜丽娘说：“不到园林，怎知春色如许？”中国园林是建筑、山水、花木、书画的巧妙组合，“虽由人作，宛自天开”，一山一石，皆耐人寻味。与世界上大多数的园林相比，中国园林更具想象力和创造性，或者说更具艺术性，它不是对自然的简单复制，既不单纯机械地依赖于已有的自然景致或山水构图，也不采用简单粗暴的方式对其进行大规模深度改造。中国人对于自然的深刻感受潜移默化地影响着他们的艺术思维和观念，然后通过园林这种形式表达出来。

由于楹联有着使园林造型效果提炼、润色，以及寓教益于游乐的作用，因此在中国园林的设计中，楹联已成为必不可少的重要组成部分。如清代曹雪芹假托小说人物评议大观园时说：“偌大景致，若干亭榭，无字标题，也觉寥落无趣，任有花柳山水，也断不能生色。”近代周汝昌先生则认为“倘无楹联点睛添毫，题品润色，任是祖国山河，神州日月，亦断不能生色”（《当代楹联墨迹选（序）》）。可见楹联与题额、景名碑一样，在园林中具有画龙点睛的重要作用。文辞隽永的联对，配以精妙的书法，往往直击人心，令人一唱三叹，徘徊不已。

中国园林中的楹联内容极为广泛，其中涉及环境景观内容的楹联有下列几种。景观白描类：楹联对环境的造型美起到一种以少总多、画龙点睛的作用，寥寥数语便勾勒出了景区意境；借景抒情类：楹联从咏

[1]《牡丹亭》是明朝剧作家汤显祖创作的传奇（剧本），刊行于明万历四十五年（1617）。该剧描写了官家千金杜丽娘与梦中书生柳梦梅倾心相爱，竟伤情而死，化为魂魄寻找现实中的爱人，人鬼相恋，最后起死回生，终于与柳梦梅永结同心的故事。该剧文辞典雅，语言秀丽，是中国戏曲史上杰出的作品之一，与《西厢记》《桃花扇》《长生殿》合称中国四大古典戏剧。

●明仇英园林清课图　轴

景而抒发诗（词）人的感受，用双关语亦咏亦评，给人遐想；咏景怀古类：联语将该地的人文典故或重大历史事件包容于咏景辞藻中，达到“景以典故生色，典故因景长存”的融合效果。传说园林楹联最早始于后蜀孟昶时，其花园中有个百花潭（今成都南郊），兵部尚书王瑶为百花潭题联：“十字水中分岛屿，数重花外见楼台。”

拙政园，至今有着五百多年历史，是中国四大名园[1]之一，始建于正德四年（1509），原是大弘寺废址，后来御史王献臣被贬还乡，利用积水挖地成池，环以

[1] 中国四大名园分别是北京颐和园、河北承德避暑山庄、江苏苏州拙政园、江苏苏州留园。

林木，建造园林，并自比西晋潘岳，借《闲居赋》中的“此亦拙者之为政也”，取名拙政园。拙政园以水为主题，水池面积占全园五分之三，以山石花木点缀。全园共有建筑三十多处，囊括厅堂轩榭、亭台楼阁等十多种，类别丰富，形式多样，散落其中，各成景色。

爽借清风明借月；
动观流水静观山。

此联为清末名书法家赵之谦所撰。赵之谦（1829—1884），浙江会稽（今绍兴）人，初字益甫，号冷君、悲庵、梅庵等，清代著名书画家、篆刻家，与吴昌硕、厉良玉同为“新浙派”的代表人物，与任伯年、吴昌硕并称“清末三大画家”。上联连用两个借字，点出了人与风月、与自然和谐相处的亲密之情；下联则用一动一静、一虚一实相互衬托、对比，相映成趣。

道不达人，子臣弟友；
学惟逊志，礼乐诗书。

此联是明代文徵明（1470—1559）所题，既是自己人生经验的感悟，也是对后人的劝诫。上联“道不达人”化自《中庸》的“道不远人”。这个道即中庸之道，是儒家认为的最高级的法则，包括办事情、处理人和人之间的关系等。“子臣弟友”是指人的四个角色，泛指所有人的社会角色。“学惟逊志”取自

《尚书》的“惟学逊志”，“逊志”意为虚心谦让。“礼乐诗书”指人所需要学习的内容科目。在周朝时，人需要学习六艺，包括礼、乐、射、御、书、数，这是当时人们生存所需的本领。因此，这里的“礼乐”指人生存所需要学习的东西。“诗书”指《诗经》《尚书》，泛指五经四书，这些是古代知识分子科举考试所需要学习的书籍。

●明文徵明关山积雪图（局部）　卷

建业报襄，临淮总榷，数年间、大江屡渡，沧海曾经，更持节南来，息劳劳宦辙，探胜寻幽，良会机忘新政拙；

蛇门遥接，鹤市旁连，此地有、佳木千章，崇峰百叠，当凭轩北望，与衮衮群公，开樽合坐，名园且作故乡看。

此联是拙政园最长的楹联，共80字，作者不详。联句中叙述了自己仕途劳碌，虽几渡长江，却只能在奉命南下中才有机会探胜寻幽，以致流连忘返，几乎忘了仕途拙政。联语中写园中胜景，佳木叠峰，与往来群公一起饮酒取乐，把名园作故乡，大有“只合江南老”之意。

网师园[1]作为苏州园林中的小园经典，其美妙高超之处在于精巧清俊，气新韵奇，于咫尺之地营造出一番山水真趣。其匾额楹联艺术更是园林建筑的一大亮点。

天心资岳牧；
世业重韦平。

此联是陈鸿寿为画轩西边小书房所撰。陈鸿寿(1768—1822)，字子恭，号曼生，钱塘（今浙江杭州）人，清代篆刻家，官至江南海防同知，工诗文、书画，善制宜兴紫砂壶，人称其壶为“曼生壶”。此联为格言联。上联讲治国。岳牧，古代传说中的四岳和十二牧的合称；下联讲治家，用西汉韦贤、韦玄成和平当、

[1] 网师园，位于江苏省苏州市，是苏州园林中型古典山水宅园代表作品。网师园始建于南宋时期，曾为宋代藏书家、官至侍郎的扬州文人史正志的“万卷堂”故址，后废。至清乾隆年间，退休的光禄寺少卿宋宗元购之并重建，定园名为“网师园”。网师园几易其主，园主多为文人雅士，各有诗文碑刻遗于园内，历经修葺整理。网师园占地约半公顷，是苏州园林中最小的一座。园内主要建筑有小山丛桂轩、濯缨水阁、看松读画轩、殿春簃等。网师园的亭台楼榭无不临水，全园处处有水可依，各种建筑配合得当，布局紧凑，以精巧见长。是全国重点文物保护单位、世界文化遗产 。

平晏两对父子相继为相的典故。

曾三颜四；
禹寸陶分。

此联是郑板桥为网师园濯缨水阁所撰。这副对联极富特色，刚劲流畅、朴实清雅，虽只有八个字，却连用了四个历史上著名人物的典故：曾子每天自我反省的精神；颜子不听、不为不符合法制规范和道德准则的言论；大禹对一寸光阴的珍惜；东晋陶侃勤奋谦逊的学习态度。上联是儒家“立德”的标准，下联是“惜时”的榜样。这样紧凑而又读之隽永的联句，真可谓是点墨成金。

风风雨雨，暖暖寒寒，处处寻寻觅觅；
莺莺燕燕，花花叶叶，卿卿暮暮朝朝。

这副楹联悬挂于网师园看松读画轩，作者不详。上联很巧妙地化用了李清照《声声慢》中的名句“寻寻觅觅，冷冷清清，凄凄惨惨戚戚”，增添了情趣。下联书写了网师园鸟语花香的美景，记录了游客陶醉其中、恋人们卿卿我我的情境。联句韵律和谐，独具特色，情趣悠长。因此，脍炙人口，广为流传。

个园位于江苏省扬州市，清嘉庆二十三年（1818），两淮盐商“首总”黄至筠在原“寿芝园”的基础上拓建而成。个园以遍植青竹而名，以春夏秋冬四季假山而胜。2005 年，个园被誉为国家 AAAA 级风景旅游区，是第三批“全国重点文物保护单位”。

月映竹成千个字；
霜高梅孕一身花。

上联摹竹叶像“个”字，月色辉映下竹摇上千“个”字，合情合理，自然成趣；下联一个“孕”字让梅花人格化，清高风骨，令人感佩！

传家无别法，非耕即读；
裕后有良图，惟俭与勤。

这是个园[1]有名的楹联之一，作者不详。它有着家族规训的意义。上联写一个家族能够世代相传，没有别的良方，全在于好好种地、读书这两件事；下联写家族富裕之后最好的打算就是始终坚持节俭和勤劳的美德。这种“耕读传家，勤俭为本”的思想，是中华民族的优秀传统美德。

朝宜调琴暮宜鼓瑟；
旧雨适至新雨初来。

此联是李亚如为个园宜雨轩所撰。李亚如（1918—2003），笔名止翁，作家，书画家，江苏扬州人。宜雨轩坐落于个园心腹之地，四面通透，为主人延宾待客之所。这副十六字楹联，勾勒出了一幅风雅无限、宾主尽欢的个园雅集图。“朝宜调琴暮宜

[1] 个园，位于江苏省扬州市广陵区东北隅，曾荣获第三批“全国重点文物保护单位”和首批“国家重点公园”称号。这座清代扬州盐商宅邸私家园林，以遍植青竹而名，以春夏秋冬四季假山而胜。两淮盐业商总黄至筠于清嘉庆二十三年（1818）在原明代“寿芝园”的基础上拓建为住宅园林。个园以叠石艺术著名，笋石、湖石、黄石、宣石叠成的春夏秋冬四季假山，融造园法则与山水画理于一体，被园林泰斗陈从周先生誉为“国内孤例”。

鼓瑟”字面看是说这里既适合调琴又适合弹瑟，其实是赞誉主人有风雅待客之道，典出《诗经·小雅》“我有嘉宾，鼓瑟吹笙”。“旧雨适至新雨初来”表面写坐在轩里感受自然界的阴晴光景，其实是用杜甫典故。雨，指朋友，说的是老朋友刚到，新朋友又来了，络绎不绝。再往更深一层理解，还有赞美主人德行美好，所以能够交谊广远的意思。

竹宜著雨松宜雪；
花可参禅酒可仙。

此联传说是汪士慎为个园清美堂所撰。汪士慎（1686—1759），字近人，号巢林、溪东外史，安徽休宁人，寓居扬州，在诗、书、画、印诸方面皆有很高的成就。与堂外敦厚严谨的训诫联不同，清美堂内屏门上这副也含教义在内的对联，则显得洒脱亲和。上联“竹宜著雨松宜雪”，看似写景，实为写意：竹经风雨始觉葱翠欲滴，松凌霜雪更见郁郁青青；下联“花可参禅酒可仙”看似写事，实为说理：花能让人迷乱也可供人参禅，酒能叫人沉醉也能助人成仙。可见，你经历了什么、做什么并不重要，重要的是你持有一种什么样的生活态度和人生目标。

咬定几句有用书可忘饮食；
养成数竿新生竹直似儿孙。

此为个园汉学堂中堂联，是扬州当代书法家熊百

之书郑板桥旧联。上联说，读到一本好书可以叫人废寝忘食，令人想起刻苦学习的精神。下联说，栽种几根新竹看上去就像儿孙一样讨喜，也暗含子女应该像新竹一样虚心，一样正直，一样有凌云之志。

无锡梅园，也是中国著名的园林之一。园林大师陈从周有句名言："江南园林，明看苏州，清看扬州，民国看无锡。"无锡梅园就是建于民国时期的园林，其造园者是我国近代民族工商业家荣宗敬、荣德生兄弟。荣氏兄弟投资实业，家产丰厚，却心心念念"与众人同游乐，为天下布芳馨"，他们决意打造一座不设围墙、不收游资、四季开放、公共享用的园林。于是，1912年，荣氏兄弟买下80余亩山地，精心营建18载，在山地之上、建筑之间遍植梅花，取名"梅园"。此园遥临太湖烟波，背倚龙山翠屏，倚山建园，以梅饰山，近山远水，虚实相映，构成一幅天然图画。早春季节，梅花盛开，这里一片"香雪海"，香气馥郁，沁人心脾。

客为坝上寓公，到此好吟千树雪；
我是江南驿使，折来聊寄一枝春。

此联为无锡梅园创建者荣德生所撰。荣德生(1875—1952)，名宗铨，字德生，号乐农氏居士，中国民族资本家、慈善家、民族实业家，著《乐农氏纪事》。此联应该是以园子主人的口吻而写，欢迎客来赏梅，我愿寄予一枝春。下联化用陆凯《赠范晔诗》："折花逢驿使，寄与陇头人。江南无所有，聊赠一枝春。"

七十二峰青未断；
万八千株芳不孤。

此联是孙揆均为招鹤亭所撰。孙揆均（1866—1941），江苏无锡人，工诗善书，题额匾联流传颇广。此联直接写梅园之景色，“青未断”对“芳不孤”，一色一香，颇为生动。

历长广溪曲曲清流，一水回环，入室又通香雪海；
与东西山遥遥相峙，片帆时渡，满船合载洞庭春。

此联是华文川为洗心泉所撰。华文川（1861—1938），江苏无锡人，清末举人，近代无锡实业家之一，喜丹青。此联写的是无锡梅园里的洗心泉，上联从泉的源头说起，以香雪海作结，巧用“海”字的字面意思。下联则从地理位置说起，结句则跳出空间拘囿，有种“天下皆春”之意。

发上等愿，结中等缘，享下等福；
择高处立，寻平处住，向宽处行。

这是无锡梅园荣毅仁[1]先生旧居的一副对联，也是荣氏家族的祖训。上联讲，人生要胸怀远大抱负，只求中等缘分，过普通人的生活。下联讲，看问题要高瞻远瞩，做人应低调出世，随遇而安，做事要宽宏

[1] 荣毅仁（1916—2005），江苏无锡人。1937 年毕业于上海圣约翰大学历史系，民建成员。中国现代民族工商业者的杰出代表。曾任中华人民共和国副主席，第六、七届全国人民代表大会常务委员会副委员长。

大量，留有余地。该联话语平平常常，不求铺设，巧妙地运用“上”“中”“下”“高”“平”“宽”等字，写出人生哲理，颇耐人寻味。

狮子林，又名五松堂，位于江苏苏州园林路，与拙政园隔街相望，为苏州四大名园之一。狮子林经典且历史悠久，可以上溯到元代，距今已近700年，是苏州现存第二古老的园林，并于2000年被列入《世界文化遗产名录》。狮子林以假山著称，洞壑曲折盘旋，洞顶奇峰林立，又有楼台隐现，长廊环绕，别具一格。

浩劫空踪，畸人独远；

园居日涉，来者可追。

明徐贲狮子林图　册（其一）

●清梁国治书乾隆御制再题狮子林十六景　成扇

此联是吴荫培为狮子林真趣亭所撰。吴荫培(1851—1930)，字树百，号颖芝，江苏苏州人，清光绪年间进士，授职翰林院编修，历任潮州府知府、镇远府知府。此联有一跋：“狮林自咸丰庚申劫后六十余年，今始修复。”上联化用司空图的《二十四诗品》名句“畸人乘真，手把芙蓉”。下联化用陶渊明《归去来兮辞》中的两句诗“园日涉以成趣，门虽设而常关”“悟已往之不谏，知来者之可追”，生动地表现出园主向往自然，以山水自娱、遗世独立，向往精神高蹈的人生追求，堪称集联中的精品。

白园位于河南洛阳，因唐代诗人白居易墓而得名。白居易（772—846），字乐天，晚年寓居香山，号香山居士，唐贞元年间进士，官至刑部尚书，是中国文学史上负有盛名且影响深远的诗人和文学家，有“诗魔”“诗王”之称，与元稹并称“元白”，与刘禹锡并称“刘白”。白居易倡导“新乐府”运动，主张“文章合为时而著，歌诗合为事而作”，其诗文语言通俗易懂、音韵和谐，反映现实问题，对后世影响深远，代表作有《琵琶行》《长恨歌》《卖炭翁》等，著有《白氏长庆集》。

为生民忧，直言极谏；
得山水乐，饮酒赋诗。

此联是顾学颉为白园[1]乐天堂所撰。顾学颉（1913—1999），笔名肇仓，湖北随州人，九三学社成员，著名历史学家。上联写出了白居易作为一代名臣忧国忧民的高尚情操。下联写出了白居易在被贬谪之时，忘情于山水，依然保持乐观，以诗酒自娱的良好心态。

西湖筑白堤，龙门开八滩，倡乐府，诗讽喻，志在兼济天下；
履道凿园池，香山卧石楼，援丝竹，赋青山，乐于独善其身。

此联悬挂于白园乐天堂，作者不详。对联中写了白居易任杭州刺史时，修钱塘湖堤，蓄水灌田，为民谋利一事。龙门，位于洛阳南，与香山对峙，伊水中流。白居易性爱自然，尤有嗜石之好，雅归林泉后，把以往所集各林地奇石，存于履道园池，游息之时，与石为伍，拜石为友。

[1] 白园，位于洛阳城南龙门东山琵琶峰上，是全国唯一纪念白居易的园林。白居易晚年在洛阳居住 18 年，在龙门修香山寺，开八节滩，对龙门山水十分眷恋，死后葬于洛阳香山。白园为纪念性园林，占地 44 亩，属于龙门石窟景区内的人文自然胜景。园内建筑古朴典雅，三季有花，四季常青，曲径通幽。主要景点有青谷区、乐天堂、诗廊、墓体区等。1961 年国务院公布白居易墓为首批全国重点文物保护单位。

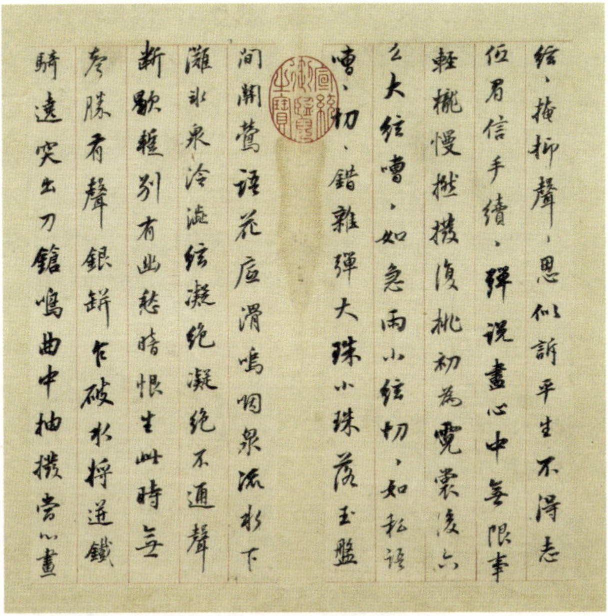

●明董其昌书白居易《琵琶行》（局部）　册

大明湖，位于山东省济南市，由济南众多泉水汇流而成，是繁华都市中一处难得的天然湖泊，与趵突泉、千佛山并称济南三大名胜，素有“泉城明珠”的美誉。大明湖历史悠久，景色秀美，名胜古迹周匝其间，湖畔有历下亭、铁公祠、南丰祠、汇波楼、北极阁和遐园等多处名胜古迹，其中小沧浪亭、历下亭、铁公祠闻名遐迩。

四面荷花三面柳；

一城山色半城湖。

此联是刘凤诰为大明湖西北岸的小沧浪亭所撰，

由他的恩师、清代四大书法家之一的铁保（1752—1824）书写。联语与书法堪称珠联璧合，是一副带有地标性意义的名联。刘凤诰，清代学者，乾隆年间进士。作者巧用数字，简洁概括了大明湖[1]与济南城的独特风光：处处荷花处处柳，山光湖色美如画。此联文辞优雅，有“以少总多，情貌无遗”（《文心雕龙·物色》）的特点。可以说，十几字说尽了大明湖的绝美风景。

风雨送新凉，看一派柳浪竹烟，空翠染成摩诘画；

湖山开晚霁，爱十里红情绿意，冷香飞上浣花诗。

此联悬挂于大明湖小岛历下亭，作者不详。上联写景，柳枝在风雨中摇曳，翠竹碧绿如烟，万物在雨中显得格外空灵，恰如王维笔下的文人画。下联还是写景，但与上联并不重复。雨过天晴之后，空气清新，长空之上晚霞夕照，红情绿意，一股淡雅的清香涌上历下亭，其中的惬意更比诗意动人。联语中的诗情画意与美丽风光交相辉映，令人陶醉。

杭州三潭印月[2]，是西湖十景之一，位于西湖中部偏南，堪称古典园林之经典，与湖心亭、阮公墩被合称“湖中三岛”，犹如我国古代传说中的蓬莱三岛，所以又被称为小瀛洲，呈现出“湖中有岛、岛中有湖、水景优美”的特色。后人在岛南湖中建造三座瓶形小石塔，人称“三潭”。景点内有许多经典的楹联，为迷人的景色增添了诸多的风韵。

[1] 大明湖，山东省济南市区湖泊、济南三大历史名胜之一，是由济南众多泉水汇流而成，湖水经泺水河注入小清河。大明湖景色优美秀丽，湖水澄碧，是国家5A级旅游景区——天下第一泉风景区的核心组成部分之一。

[2] 三潭印月，是浙江杭州西湖十景之一，被誉为“西湖第一胜境”。三潭印月是西湖中最大的岛屿，风景秀丽、景色清幽。第五套人民币一元纸币的背面采用三潭印月的盛景，可见它在我国风景名胜中占据极其重要的地位。

清董邦达三潭印月　轴

碧玉栏边，正酒熟香温，隔墙忽逗初三月；

绿荷丛里，有珠帘画舫，携客来尝六一泉。

此联是李瀚章为三潭印月所撰。李瀚章（1821—1899），字筱泉，一作小泉，晚年自号钝叟，谥勤恪，安徽合肥人，官至两广总督。联语描绘了一种诗意之境：在三月的明月之夜，与客人一起乘着画舫游玩嬉戏，把酒赏景，绿荷丛丛，清香四溢，令人兴味盎然。来到六一泉边，畅饮甘泉，让人心旷神怡。全联像一篇优美的散文游记，描写得如诗如画，末尾更是点出人生应该拥有欧阳修一样的忘情山水、淡泊名利的心怀。

天赐湖上名园，绿野初开，十亩荷花三径竹；

人在瀛洲仙境，红尘不到，四围潭水一房山。

此联是程云俶为三潭印月的静凉轩所撰。上联写景：三潭印月仿佛是上天所赐，轩边荷花怒放，香气浓郁，使人陶醉。幽径两旁翠竹掩映，雅静喜人，打开窗子远远望去，只觉绿色的田野之上仿佛有绿云在涌动；下联抒情：此处的景点给人以超凡脱俗、一尘不染的感觉，仿佛是人间仙境，四周都是清澈如水晶的潭水，岛上的花木亭阁倒映在微波荡漾的水中，仿佛是一幅会动的图画。此情此景令我们感受到：三潭空明澄净，纤尘不染，可濯洗身心之尘。此联与此景相配可以称得上是：景为联助兴，联为景增色。

第三节　祠庙楹联

古代中国人的信仰较多，主要是对自然物的崇拜（如天地、大山、大海、大河）、对神灵的崇拜（主要是佛教、道教）、对祖先的崇拜等。崇拜天，建筑天坛以祭天；崇拜地，建筑地坛以祭地；崇拜五谷，以社稷坛祭祀五谷。古代中国还特别重视宗族。明清时代，中国民间的宗族祠庙建造迎来了高峰。此外，古代中国人还非常崇拜名人，建文庙[1]以祭祀孔子，建关帝庙以祭祀关羽。

[1] 文庙，又称孔子楼，是古代祭祀孔子和进行儒学教育的场所。

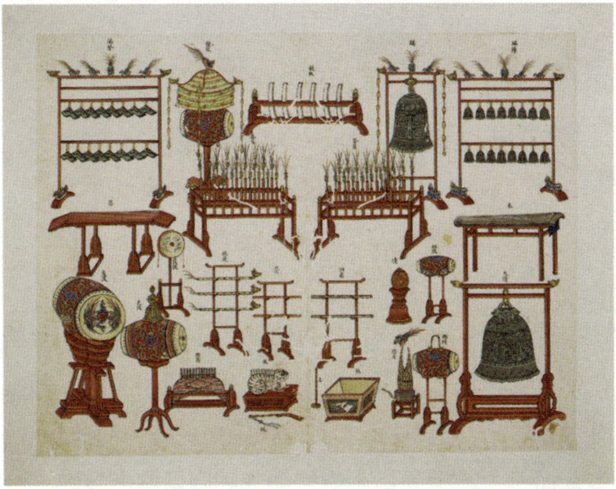

●文庙乐器图

祠庙在我国各地都有分布。在几千年的发展过程中，祠庙积累了丰富的文化内涵。这些祠庙建筑，多有楹联，其可以称之为祠庙楹联。由于祠庙楹联多是邀请文人名士撰写，所以多有佳构，其主要有两类：一是宗教楹联，二是名人祠联。宗教楹联内容多与参禅、悟道、救世、离尘等教义有关。名人祠联，主要是概括名人的生平，赞美名人的功绩。

宝光寺位于四川省成都市，始建于东汉年间。隋朝名“大石寺”，全寺占地八万余平方米。宝光寺名字的由来，有一个传奇故事：唐僖宗曾驻跸于此，一天晚上，他在寺中散步，看见福感塔下发出宝光，灿烂无比，便取名“宝光寺”。宋朝，寺庙香火极盛，僧侣达 3000 人，后毁于战火。现在的建筑，是清道光年间妙胜和尚主持扩建的，有一塔五殿十六院，是清朝以来我国南方“四大佛教丛林”之一，2001 年被评为国家重点文物保护单位。

你眉头着什么焦，但能守分安贫，便收得和气一团，常向众人开笑口；

我肚皮这般样大，总不愁穿虑吃，只讲个包罗万物，自然百事放宽心。

此副长联是清末川人钟云舫为宝光寺所撰。全联在弥勒佛像的形象上大做文章，写得通俗有趣，却富有深刻哲理。只要能够在贫穷困顿中保持内心的乐观，那么面对大千世界，就能够和气满胸，常有笑容；只要胸怀足够宽广，就不会为外物所累。如果能够包罗人生的一切，那么不管是顺心事还是烦心事，都能够坦然接受。正所谓：安分生快乐，宽宏绝烦扰。

世外人，法无定法，然后知非法法也；

天下事，了犹未了，何妨以不了了之。

此联是何元普为宝光寺大雄宝殿所撰。何元普，四川金堂人，才华过人，官至按察使，后因看不惯朝廷腐败，辞官归乡养老，以诗酒书画自娱。“世外人”意指超然于红尘之外的人，也可以指和尚。佛教中的法，意指大千世界中隐含的规律。全联的意思是，超凡脱俗的人，知道大千世界的规律并不是一成不变的。很多事物看起来消失了，实际上只是转换了一种存在的形式。天下的某些事情，看似了结了，其实并没有。而且，有时一个矛盾解决了，另一个矛盾又来了。所以，很多时候，不了结，就是一种好的了结方式，顺其自然，不去强求，正所谓：强扭的瓜不甜。这副楹联精练地讲述了佛教理论和处世哲学，有一定的道理，流传很广。

愿天下有情人，都成了眷属；
是前生注定事，莫错过姻缘。

此联是清代学者顾曾烜为杭州月老祠所作。顾曾烜，光绪年间进士，诗联俱佳。在杭州市栖霞岭黄龙洞有一座月老祠，祠里供奉主管人间姻缘的月下老人。此联属于集句联。上联出自王实甫的《西厢记》；下联引自高明的《琵琶记》[1]。全联借月老之口祝愿天下有情人都能珍惜缘分，喜结良缘，比翼双飞。虽系引用，却天衣无缝，浑然天成。语言通俗易懂，宛如口语，却对仗工巧。

睡至二三更时，凡功名都成幻境；

[1]《琵琶记》是元末戏曲作家高明根据长期流传的民间戏文《赵贞女蔡二郎》改编创作的南戏，是中国古代戏曲中的一部经典作品。此剧叙写东汉书生蔡伯喈与赵五娘悲欢离合的爱情故事。全剧共四十二出，结构完整巧妙，语言典雅生动，显示了文人的细腻目光和酣畅手法，是高度发达的中国抒情文学与戏剧艺术结合的作品。

想到一百年后，无少长俱是古人。

此联是河北省邯郸市吕仙祠楹联，作者不详。这座吕仙祠坐落于河北邯郸黄粱梦镇，它依托唐人沈既济的小说《枕中记》的故事而建，历史悠久、规模宏伟。唐代开元年间，道士吕洞宾成仙后，有一天，在邯郸的一家客店里，遇到了一位进京赶考的穷书生卢生。卢生向道人诉苦，说自己屡考不中，命运坎坷。此时店里正在煮黄粱。道士于是递给卢生一个青瓷枕说："你枕上它就会心想事成。"卢生枕着青瓷枕，梦到自己轻松高中进士，屡屡升官，但又被小人陷害，含冤下狱。后来，自己得以平反昭雪，被封为燕国公。自己生了五个儿子，而且每一个儿子都中了进士，个个身居高位，全家享尽荣华富贵。最终，自己享高寿八十一，无疾而终。美梦到这时，卢生突然醒了过来，一看店里的黄粱还没有熟呢。卢生吃惊不已，原来这是一个梦！道人笑嘻嘻地对他说道："你追求的人生，不就是这样吗？"卢生顿时醒悟，所谓仕途不过黄粱一梦，于是他把诗书扔了，跟着道人学道去了。联中"少长"意指少年和长者。"古人"意指已经亡故的人。全联宣扬的是一种"做减法"的人生态度，在竞争激烈的社会情况下，堪称是心灵清凉剂。虽然"人生如梦"的人生哲学有点过于消极，但是也值得利令智昏、唯利是图者惊醒：生命最终是"赤条条来去无牵挂"。

终日解其颐，笑世事纷纭，曾无了局；

经年坦乃腹，看胸怀洒落，却是上乘。

此联是余昂为海会寺弥勒殿所撰。余昂，明代邛州人。由于我国有海会寺多处，因此不知此海会寺具体指何处，目前浙江杭州灵隐寺、浙红杭州法镜寺及北京海会寺的弥勒殿都挂有此联。此联通过写弥勒佛形象特点，来表达处世哲学，点醒世人。弥勒佛总是以笑口迎人，给人以慈爱、坦荡、无忧无虑的感觉，令人如沐春风。而他的袒露的腹部，硕大无比，给人一种心胸宽广、君子坦荡荡的感觉。一“笑”一“看”，两个字就把一种“闲看庭前花开花落”的心态描写了出来。世事纷纭无常，只有保持胸怀宽广，不为功名利禄所累，才是应对世事的最佳心态。

桥跨虎溪，三教三源流，三人三笑语；
莲开僧舍，一花一世界，一叶一如来。

此联是清代诗人唐英为庐山虎溪三笑亭[1]所撰。唐英（1682—1756），字俊公，号蜗寄老人，辽宁沈阳人，历官内务府员外郎、粤海关监督，诗画俱佳，有诗文集《陶人心语》行世。三笑亭，在今江西庐山虎溪旁，是佛教名胜之地。联中的“三教”意指儒、释（佛）、道。“三人”指陶渊明、慧远、陆修静。这里有一个很有名的佛教传说。相传，晋僧慧远居东林寺时，深通佛学，名声大噪。寺前有一条小溪，慧远给自己定了一个规矩：送客不过溪。一日大诗人陶渊明、道士陆修静来访，三人谈得非常投机。慧远出

❶虎溪在庐山东林寺前，相传晋僧慧远居东林寺时，送客不过溪。一日陶潜（陶渊明）、道士陆修静来访，与语甚契，相送时不觉过溪，虎辄号鸣，三人大笑而别。后人于此建三笑亭。

门相送，一边走一边谈，不知不觉就过了溪。他养的一只极通灵性的老虎见状便长啸不止，似乎是在提醒慧远：送客不过溪。三人听了相视大笑。后人为了纪念此事，于此建了三笑亭。全联紧切实事，又广泛引申。上联由眼前架于虎溪上的桥，想到“三笑”的故事，引出对中国文化影响深远的三教（儒、释、道）。“一花一世界，一叶一如来”是佛教用语，意思是从一朵花里可以看出整个世界，用一片叶子就能代表整棵菩提。“三教三源流，三人三笑语”意思是陶渊明、陆修静、慧远分别代表儒道释三教，而这三教从某个角度看来又是相融相通的，三笑语正是三教合流的一个象征。

清乾隆虎溪三笑　玉笔筒

青山有幸埋忠骨；
白铁无辜铸佞臣。

此联是松江女史为杭州岳王庙所撰。岳王庙，始建于南宋嘉定十四年（1221）。岳飞遇害二十一年后，宋孝宗下令给岳飞平反昭雪，并改葬岳飞遗体于西湖畔栖霞岭下。后来，岳王庙成为历代纪念岳飞的场所，现存建筑是清康熙五十四年（1715）重建。上联说的是青山真是有幸，因为岳飞下葬在此处，得与忠良长久相伴。而在岳坟对面的墓阙下，有着四个谋害岳飞凶手的铁铸像，分别是秦桧、王氏、张俊、万俟卨四个历史罪人。他们被反剪双手，面朝岳坟，跪于阶下。这四个塑像都是白铁所铸。所以作者说白铁无辜，因为被铸成了奸臣，永永远远都将是十恶不赦的形象。此联中，对忠臣的赞美之意与对奸臣的痛恨之情，溢出字里行间，感慨深沉，因而成为家喻户晓的千古名联。

秦皇安在哉？万里长城筑怨；
姜女未亡也！千秋片石铭贞。

此联托名文天祥（1236—1283）所作，真实作者不详。孟姜女的故事是中国民间四大传说之一。她对爱情的坚贞令世人敬仰万分。明人感叹她的忠烈而建孟姜女庙，又叫贞女祠，位于河北山海关城东约六千米的凤凰山上。上联用强烈的语气反问：当年修筑万里长城的秦始皇还在吗？守住了他的秦帝国了吗？筑造的万里长城不过是万年怨恨而已。下联感叹，相反只有那位为了夫君，不顾自己生命安危，反抗暴政的孟姜女永远活在青史里，活在人们心里。上联贬，下联褒，对比强烈，辛辣地批判了暴君秦始皇留下恶名于历史，又大力赞扬了对爱情忠贞的孟姜女千古流芳。

何处招魂，香草还生三户地；
当年呵壁，湘流应识九歌心。

此联是清代学者秦瀛为三间大夫祠[1]所作。秦瀛（1743—1821），字凌沧，一字小岘，号遂庵，江苏省无锡市人，官至刑部侍郎，著有《小岘山人诗文集》。三间大夫祠建于清嘉庆元年（1796），位于湖南大学知新村，祭祀屈原。屈原曾任楚国三闾大夫，祠名由此得来。联中的“香草”出自《楚辞》，象征贤臣。“三户地”出自司马迁《史记》中的“楚虽三户，亡秦必楚”，意指楚国。“呵壁”出自王逸《天问序》中“屈原放逐，忧心愁悴……因书其壁，呵而问之，以泄愤懑”。《九歌》是屈原创作的诗歌，饱含忧愤之情与爱国之心。此联妙就妙在巧妙地将屈原的作品名及作品里的词语，连缀成联。全联既紧扣了屈原的作品，又表达了对屈原的崇拜之意、赞美之情、缅怀之心，言辞恳切。屈原的高洁品性在联中展露无遗。

[1] 三闾大夫祠又名屈子祠，位于湖南省长沙市。建于嘉庆元年（1796），成于次年六月。一说建于乾隆年间。

心在朝廷，原无论先主后主；
名高天下，何必辨襄阳南阳。

此副楹联是清代学者顾嘉蘅为南阳武侯祠而作。顾嘉蘅，湖北宜昌人，道光年间进士，曾任南阳知府。南阳武侯祠，建于河南省南阳市的卧龙岗之上，是为了纪念三国时期杰出的政治家、思想家、军事家诸葛亮而建。上联意为诸葛亮对国家忠心耿耿，不论君主贤明与否。先主刘备贤明，他尽力辅佐。后主阿斗昏庸，他依然鞠躬尽瘁，死而后已。下联意为诸葛亮的大名永垂千古，青史流芳，不必分什么襄阳、南阳。这里涉及一个南阳和襄阳的历史公案。《出师表》中诸葛亮的自述："臣本布衣，躬耕于南阳。"南阳人以此为依据，认为诸葛亮应该是隐居在河南省南阳市。然而，《三国志》里有《隆中对》[1]。隆中在湖北省襄阳市境内。于是，襄阳人以此为依据，认为诸葛亮是隐居在自己的家乡。南阳和襄阳的文人学者引经据典，打起了笔墨官司，却也分不出"胜负"。而顾嘉蘅的身份面对这种情况很是为难，他是湖北人，而又时任南阳知府。他灵机一动，既不得罪故乡之人，又不得罪为官之地，写下了这副折中对联。从诸葛亮忠心为国不分先主后主的角度，引申到诸葛亮千古流芳何须硬要分清隐居之地，消解了一场著名的笔墨官司。这副对联因此名声大振，风行一时，为人们竞相传诵。

铁板铜琶，继东坡高唱大江东去；
美芹悲黍，冀南宋莫随鸿雁南飞。

此联是郭沫若为稼轩祠所撰。稼轩祠全名为辛稼轩纪念祠，1961 年由李公（鸿章）祠改建，是一座古代官署型建筑。联中的"铁板铜琶"出自宋代俞文豹的《吹剑录》，说的是东坡有一天在玉堂，见有一位幕士精通音乐，于是他问幕士自己的词与柳永写的词相比怎么样？幕士说："柳郎中的词，适合十七八女孩拿着红牙板唱'杨柳岸，晓风残月'，而您的词须关西大汉拿着铜琵琶、铁绰板，唱'大江东去'。"

[1]《隆中对》选自陈寿《三国志・蜀书・诸葛亮传》。东汉末年，刘备三顾茅庐，去隆中拜访诸葛亮时的谈话内容（促成三国鼎立的战略决策）。公元 207 年冬至 208 年春，当时驻军新野的刘备在徐庶建议下，三次到隆中拜访诸葛亮，但直到第三次方得见。诸葛亮为刘备分析了天下形势，提出先取荆州为家，再取益州成鼎足之势，继而图取中原的战略构想。

苏东坡听了大笑不止。因此，“铁板铜琶”也就成了豪放激越的代名词。联中“美芹”出自《列子》，本来的意思是农夫将水芹作为美食，想要献给他人，后来比喻为将普通、微小之物献给别人。辛弃疾曾于1165年写成论文10篇，又称《美芹十论》，陈述抗击金朝、收复失地、统一中国的大计，有很高的军事价值。后来《美芹十论》成了辛弃疾的代名词。“悲黍”也有一个典故：周王室东迁之后，周朝志士回到故都，感慨万千，悲从中来，昔日宗庙被夷为田地，黍苗丛生。所以，《诗经》有《黍离》之篇。

上联盛赞辛词继承苏轼词雄浑豪放的特点，与苏轼共开一代词风，推动了宋词的发展。下联感慨辛弃疾忠心报国，期待南宋不要偏安江南，期待收复北方失地，恢复神州。但是这一片忠心却被朝廷辜负。最终，他只有悲守穷庐，空怀报国之情。本联的对仗也很值得称道。“铁板铜琶”和“美芹悲黍”是句内自对。“大江东去”对“鸿雁南飞”，工巧无比。

杯酒斩颜良，河北英雄齐丧胆；
单刀赴鲁肃，江南名士尽低头。

此联是王闿运为南京关公祠所撰。王闿运（1833—1916），字壬秋，号湘绮，湖南湘潭人，咸丰年间举人，民国时任清史馆馆长。南京的关公祠，也被称为南京武庙，为明朝京师十庙之一，祭祀武夫子关羽，大殿重檐歇山顶，周围回廊，台基很高，前有月台，殿内空间高敞，雕梁画栋，很有气势。

全联用典极其精彩。上联典出《三国演义》，建安五年（200），袁绍与曹操对战，派大将颜良围攻白马（今属河南滑县），曹操手下大将屡战不敌。最后，关羽出马，一战即斩颜良于万众之中。曹操大胜，厚赏关羽。下联依然典出《三国演义》，东吴孙权想要蜀国刘备归还当年所借荆州，邀守将关羽过江相见。关羽毫无惧色，单刀赴会，折服鲁肃[1]。东吴未遂其意。上联写关羽武功名震天下，下联写关羽折服名士，威名远扬，精练地赞颂了关羽的功绩，营造出一种气冲云霄的气势。全联对仗也非常工整（“杯酒”对“单刀”，“河北”对“江南”，“英雄”对“名士”，“丧胆”对“低头”）。这里还有一个广为流传的佳话。据说王闿运早年寓居南京。南京钟灵毓秀，才子众多，不大看得起外地人。王闿运便在关公祠的一次酒宴上，借着酒兴写下此联，在赞美关羽的同时，又压了压金陵才子的傲气。此联一出，一时脍炙人口，广为传播。

能攻心则反侧自消，从古知兵非好战；
不审势即宽严皆误，后来治蜀要深思。

此联是赵藩为成都武侯祠所撰。赵藩（1851—1927），白族，著名学者、诗人，云南剑川县人。武侯祠，始建于章武元年（221），位于四川省成都市武侯区，占地 15 万平方米，原是纪念诸葛亮的专祠，亦称孔明庙、丞相祠等，后与旁边祭祀刘备的昭烈祠合并，成为君臣合祀祠庙。武侯祠是人们对诸葛亮“鞠躬尽

[1] 截取罗贯中《三国演义》第六十六回“关云长单刀赴会　伏皇后为国捐生”内容，以此观关羽的胆识与谋略：
云长曰：“此皆吾兄之事，非某所宜与也。”肃曰：“某闻君侯与皇叔桃园结义，誓同生死。皇叔即君侯也，何得推托乎？”云长未及回答，周仓在阶下厉声言曰：“天下土地，惟有德者居之。岂独是汝东吴当有耶！”云长变色而起，夺周仓所捧大刀，立于庭中，目视周仓而叱曰：“此国家之事，汝何敢多言！可速去！”仓会意，先到岸口，把红旗一招。关平船如箭发，奔过江东来。云长右手提刀，左手挽住鲁肃手，佯推醉曰：“公今请吾赴宴，莫提起荆州之事。吾今已醉，恐伤故旧之情。他日令人请公到荆州赴会，另作商议。”鲁肃魂不附体，被云长扯至江边。吕蒙、甘宁各引本部军欲出，见云长手提大刀，亲握鲁肃，恐肃被伤，遂不敢动。云长到船边，却才放手，早立于船首，与鲁肃作别。肃如痴似呆，看关公船已乘风而去。后人有诗赞关公曰：
藐视吴臣若小儿，
单刀赴会敢平欺。
当年一段英雄气，
尤胜相如在渑池。

瘁，死而后已”精神的肯定和赞誉的载体，它由汉昭烈庙、武侯祠、惠陵、三义庙四部分组成。1961 年，武侯祠被列为全国第一批重点文物保护单位。

上联的“攻心”，出自诸葛亮采纳马谡的意见“攻心为上”，七擒孟获，平定南中的故事，借此说明治理国家最重要的是能够赢取民心。下联用诸葛亮的另一则典故来说明“审势”的重要性。三国时，诸葛亮治蜀，刑罚严峻，老百姓时有怨言，许多大臣也不理解。法正就劝说诸葛亮：“当初汉高祖刘邦进入关中，和关中父老‘约法三章’，废除严苛的秦法，关中百姓欢呼雀跃，衷心拥护。现在益州刚刚被平定，才经战乱，还没有来得及安抚民心。此时，应当效仿刘邦，安抚百姓，赢取民心。”诸葛亮反对这种意见，他说：“你只知其一不知其二。秦朝法律严酷，民怨沸腾。因此，爆发了反秦起义。汉高祖‘约法三章’，将百姓从严刑峻法中解脱出来，顺应民心，自然是对的。但是刘璋统治益州，法律松弛，国家没有权威。蜀地豪族专权自恣，视法律为无物，君臣之间连正常的纲纪都没有了，这才导致其统治的瓦解。所以需要严峻的法律来约束人心。这与汉高祖初入关中的情况正好相反。”因此，诸葛亮大力镇压蜀中的不法豪族，果断处理违纪官员。蜀国经过诸葛亮这样一番严刑峻法治理之后，效果良好，据陈寿的《三国志》记载，蜀国此后出现了“吏不容奸，人怀自厉，道不拾遗，强不侵弱，风化肃然”的社会景象。蜀国百姓对诸葛亮本人又敬畏又热爱，没有埋怨他的。清朝末年，四川总督岑春煊治蜀时不看当时形势，只知一味模仿诸葛亮的严刑峻法，以致民怨沸腾，社会不宁，下联的“后来治蜀要深思”对他也是委婉而善意的提醒。

此联高度概括了诸葛亮用兵打仗与治理百姓的宝贵经验，用典奇崛，极富哲理，仿佛一首短小精悍的哲理诗，蕴含深刻的辩证法，令人深思，历来受人推崇。

第四节　行业楹联

行业楹联是根据各行各业的特点而撰写的专用对联，它既反映了行业的特点，也体现出从业人员的思想品德、精神风貌。三百六十行，行行都有自己的楹联。其中主要的有酒馆楹联、药店楹联、理发店楹联、戏台楹联、会馆楹联等。

行业楹联重在点名行业宗旨，提倡职业道德，要求从业人员尽心尽职，为顾客服务。例如，缝纫店的“人受冻寒非我愿；世皆温暖是予心”；煤炭业的“雪中送炭家家暖；锦上添花户户春”。还有一些行业楹联，以其自身的特点，利用对联一语双关的艺术效果，点明主题，让人从趣味中接受哲理。例如，竹器店的“虚心成大事；劲节见奇才”。

优秀的行业楹联的最大特点是贴切，无论行业宽窄、分支多少、店铺大小，对联都要切合其发展历史、代表人物、自身特点、社会地位等特征。同时，一副精彩的行业楹联也会具有良好的广告效应。

中国的酒文化源远流长，闻名中外。酒与中国人结下了不解之缘。“葡萄美酒夜光杯，欲饮琵琶马上催”“古来圣贤皆寂寞，唯有饮者留其名”。千百年来，不知醉倒了多少文人墨客。酒馆楹联，是行业楹联的重要一类。或许是因为受了中国酒文化的熏陶，酒馆楹联就像一瓮浓郁的美酒，陶醉着一代代中国人。

美酒可消愁，入座应无愁里客；
好山真似画，倚栏都是画中人。

这是福州广聚楼联，作者不详。此联立意精湛，别有情趣。上联将李白《宣州谢朓楼饯别校书叔云》中的名句“抽刀断水水更流，举杯消愁愁更愁”反其意用之，意为酒可消愁，因此酒楼中在座的再也找不到忧愁之人，含蓄地褒扬此酒楼的酒与众不同，除了味美，还有消愁的功能。下联赞扬酒楼所处的环境优美。面对秀美的青山，凭栏远眺的客人，个个优雅如画中人。

韩愈送穷，刘伶醉酒；
江淹作赋，王粲登楼。

这是潮州韩江酒楼的楹联，作者不详。此联化用了四个文豪的典故。一个是韩愈的典故，正好与酒楼的位置有关。韩愈是唐代文学大家，曾被贬为潮州刺史，曾写过著名的《送穷文》[1]。一个是“竹林七贤”之一刘伶嗜酒的典故。一个是南朝文学家江淹擅长作赋的典故。一个是汉末“建安七子”之一王粲的典故，

[1] 元和六年（811），任河南令的韩愈作《送穷文》，借“送穷”抒发自己想要摆脱政治、经济上的“穷境”却抑郁不得志的苦闷。全文亦庄亦谐，作者以自嘲的口吻、戏剧性的对白，运用问答的方式，写自己意欲送走智穷、学穷、文穷、命穷、交穷这五个穷鬼，却被穷鬼告知，他们虽遭训斥却不会离去，虽然让他不合于世，但却能帮助他获得千秋万世的英名。

他有一篇代表作，即《登楼赋》[1]。此联在嵌入四个文豪大名的同时，不露痕迹地在联首和联尾嵌入了“韩江酒楼”四字，巧妙又工整，达到了炉火纯青的境界。

为名忙，为利忙，忙里偷闲，饮杯茶去；

谋衣苦，谋食苦，苦中作乐，拿壶酒来。

这是成都的一家酒楼的楹联，广为流传。在很多影视剧中也能看到它的“倩影”。联语自然天成，仿佛脱口而出，接近于白话。细心品味，会发现人间苦乐情状，都被写得淋漓尽致，充满人间烟火气。同时，其中豁达的人生态度令人动容：在一餐一饮中寻找到生命的快乐。

酒当吃醉时，笑也真，说也真，露出真机，便带几分仙气；

仙到修成后，天可乐，地可乐，得来乐趣，岂止一个酒狂。

这是兰州酒仙殿的楹联，写得淋漓洒脱，将人酒醉后的真情袒露无余。人在社会中，不免带有种种“面具”。酒醉之后，人卸下面具，面对本心，率真淳朴，自然带有飘飘仙气。人间真情常在酒醉之后。也许，饮酒与成仙有关，但人能修成仙就不像醉酒那么容易了。此联还采用镶嵌法两嵌“酒仙”二字，更是锦上添花。

[1]《登楼赋》是东汉文学家王粲的赋作。此赋主要抒写作者生逢乱世、长期客居他乡、才能不能得以施展而产生思乡、怀国之情和怀才不遇之忧，表现了作者对动乱时局的忧虑和对国家和平统一的希望，也倾吐了自己渴望施展抱负、建功立业的心情。作品结构完整，语言平易隽永，写景抒情融为一体，用事感怀自然浑成，从容柔曼，一往情深，是建安时期抒情小赋的代表性作品。

酌来竹叶凝杯绿；
饮罢桃花上脸红。

此为一酒店楹联，作者不详。其对仗特别工巧，以“竹叶”对“桃花”，“竹叶”酒与“桃花”腮相映成趣，新奇可人。酒稠酒绿如竹叶之青，人醉脸红如三月桃花。这种意境令人陶醉。用词之独到，想象之独特，让人击节叹赏。赏联之余，犹如在饮着一杯醇美的佳酿。

药店楹联，顾名思义，主要是宣传药店药物性能、医道医德等。药店楹联形式各异，有的以药名成趣，有的则直抒胸臆，有的转类，有的嵌字，有的谐音，有的拟声，手法不同，各具千秋，不一而足。

但愿人皆健；
何妨我独贫。

此联是名医程道周所撰。他将之张挂在自家的药店门上，表明自己的医者仁心，医者与病人的距离瞬间被拉近。其心地善良、为人慷慨，可作天下医者的楷模。此联与“但愿世间人无病，何妨架上药生尘”“何必我千秋不老，但求人百病不生”等名联有异曲同工之妙。所谓，医者父母心、医者菩萨心，正是如此。

神州到处有亲人，不论生地熟地；
春风来时尽著花，但闻藿香木香。

此药店楹联立意高妙，不同凡响。上联巧用生地、熟地两味中药，阐明祖国处处有亲人，不论远近。下联借用藿香、木香两味中药隐喻药店有妙手回春之方，也含蓄褒扬了药店是一个百草飘香、药到病除的地方。联语亲切可爱，自然贴切，令人不入药店，也有一种如沐春风之感。

膏可吃，药可吃，膏药岂可吃？

脾好医，气好医，脾气不好医。

此副药店楹联妙在一语双关。膏和药都是治病所用之物，膏药除了普通意义上作为贴剂的药品的意思之外，还有一层意思就是“丹药”。俗语中常说的“葫芦里卖什么膏药”，就是这个意思。因为古代道士常把丹药放葫芦里（《西游记》中，太上老君[1]的丹药就是藏在葫芦里），所以，上联表层意思是说作为贴剂的膏药不可以吃，深层的含义是“治病的药可以吃，但不要吃什么所谓的灵丹妙药”，表明世间的那些灵丹妙药都是假的。下联中，脾和气都是中医治病的关键，而脾气合起来却是指人的性情。这里面有两层意思，一是人的性情无法用药医治；二是如果脾气出了问题，就是最大问题。

[1] 太上老君为道教“三清”尊神之一的道德天尊，全称“太清道德天尊”。

药有人参酒，人勤历业举；

店售和血丹，和睦万事兴。

此药店楹联极其巧妙，巧在联中嵌有“药店人和”

四字。《孟子》有云：“天时不如地利，地利不如人和。”可见药店注重和气行医、和气经商之道。楹联构思精妙，见地不凡，堪称妙对。

湘子吹箫，齐歌四化；
天女散花，同贺三春。

此药店楹联巧妙地运用借代法，将“神曲”“降香”二味药名以“湘子吹箫”“天女散花”代之，增添了书卷气息与文学味道。联语上下断句，衔接自然、浪漫、欢畅，洋溢着乐观气息，给病人与顾客战胜病魔的信心。

与药店楹联密切相关的是中药楹联。中药楹联以药名成对，意在营造一种奇趣和意境。因中草药种类繁多，药名五花八门，且多含双关语意，故近代多有佳作流传于世。

栀子牵牛犁熟地；
灵芝背母入常山。

此联奇在用六种药的名字成对。“背母”谐音“贝母”。“常山”既是药名又是县名。“栀子”“灵芝”使用了拟人手法。全联结构工整，平仄无差，富有谐趣。

白头翁，持大戟，跨海马，与木贼草寇战百合，旋复回朝，不愧将军国老；

红娘子，插金簪，戴银花，比牡丹芍

药胜五倍，苁蓉出阁，宛若云母天仙。

此联堪称中药楹联中的精品。中药楹联多用拟人手法，但要内容贯通，无斧凿之痕，并非易事。上下联各嵌入九味中药的名字，却毫无堆砌杂乱之感，反而自然贴切，相得益彰。在浓郁的草药味中，展现了一位叱咤风云的老将军和一位待字闺中的窈窕少女的不同形象。老将军威风八面，战功赫赫。少女美丽动人，宛若仙子。同时，串联中药名称的动词“持”“跨”“战”“插”“戴”“胜”用得准确生动，为联语增色不少。

理发店楹联的数量在行业楹联中占比不少，有诸多名联杰作。优秀的理发店楹联，常常是立意独到、寓意深刻，或一语双关（多是谐音、谐义相关），或出奇制胜，给人以独特的审美享受。

操天下头等大事；

做人间顶上功夫。

此联巧用双关语。“头等大事”既有头上之事的意思，还有第一等大事的意思。而“顶上功夫”也是如此，既有理发功夫之义，又有第一流功夫之义。两者巧妙地嵌入联中，独具匠心。作者把理发这个普通的行当，通过语言的技巧上升到一个艺术的层面，令人称赞。

提起刀人人没法；
拉下水个个低头。

此联巧用双关，上联是谐音双关，下联是谐义双关。上联在“发”上做文章。没法，即没有办法，这里指没有头发的意思，说的是理发的过程，同时还有隐含抨击暴力的意思。下联“拉下水”一方面是洗头的意思，另一方面隐含与坏人同流合污，而一旦同流合污，就将低头伏法。所以在这副小小的行业联里，还有劝人为善的深义。品味此联，一定会对我国汉字的妙用叹服不已。

磨砺以须，问天下头颅几许？
及锋而试，看老夫手段如何！

此副理发店联更有传奇色彩。传说，太平天国翼王石达开[1]部下有一名将李文彩，原是剃头师傅。太平天国南王冯云山为他的理发店拟撰一联：“磨砺以须，天下有头皆可剃；及锋而试，世间妙手等闲看。”石达开觉得联语优美，而境界不够，魄力不大。因此，他改成如上之联。联语中，既是在向顾客夸耀自己的理发手艺极其高超，又含蓄地书写了一个起义者横刀立马的勃勃雄心与凛凛威风，幽默、豪迈的字里行间闪动着刀光剑影、雄心壮志，读来令人精神振奋，肝胆俱张。

握一双拳，打尽冲冠英雄，谁敢还手？

[1] 石达开（1831—1863），小名亚达，绰号石敢当，广西贵县（今贵港市）人，祖籍广东省和平县。太平天国名将，中国近代军事家。他是太平天国最具传奇色彩的人物之一，体恤百姓，生平事迹为后世所传颂。

持三寸铁，削平肮脏世界，无不低头。

此联模仿石达开所撰之联。风格与气魄很有几分相似，堪称理发店联中的精品。

十美容颜，五分造化，五分妆成；
两倾品貌，一半生成，一半饰成。

此联也是理发店联中的精品，但是风格与上面两副不同，它采用先合后分的手法，论述了容颜、品貌的构成：既有先天的自然之美，也有后天的修饰之美。

戏台楹联，也是行业楹联的一个重要组成部分。戏台是为戏剧演出而建，我国古代戏台大多是木结构建筑，有单层、双层两种类型。单层戏台，往往建在一个 1 米左右的台基之上。双层戏台，常常建在通道之上，通道多为山门，高约 2 米。

纵览戏台楹联，它们曾记录着当年的丝竹乐与悲欢离合，是世代民间艺人精神的“活化石”，饱含深刻的戏理和人生哲理，常常集文学与戏曲艺术为一体，闪烁着特有的艺术光芒。而且，戏台楹联多诙谐幽默、朗朗上口，可谓“笑谈大千世界，写尽世间冷暖”，戏未开场，而人已入“戏”。戏台楹联大多表达戏曲与生活、政治、经济、宗教等的关系，承载了中国人特殊的道德原则、情感方式、思维特征、价值取向、人生态度，包含了人情冷暖、社会百态、悲欢离合。

演离合悲欢，当代岂无前代事；

观抑扬褒贬，座中常有戏中人。

此联是戏台楹联中的精品，妙在提醒观众以古鉴今，以史为鉴，从戏剧中洞察人性与人生，其中之哲理妙在不言中。类似的戏台楹联还有“戏场小天地；天地大戏场”“莫道戏场真梦幻；无非醒世大文章”“往事逆今朝若此；古人在当日如何”。它们都是把戏台比作世界，看成世界的缩影，引领人们在戏中领悟人生。大凡戏台上演出的都是“曾经有过”或“似曾相识”的人生，因为每一场戏都是一种人生。生旦净末丑，每一种角色都表现了不同的人生，每一种人生都演绎出不同的角色。

你一枪，我一刀，虽杀未恼；
轿上来，马上去，非走不行。

联语幽默地展示了戏曲演员虚实结合的表演形式，揭示了舞台上时空自由的美学原理。

铁板铜弦，高唱大江东去；
琼楼玉宇，细听水调歌头。

此联写表演风格和观众的审美感，它巧妙地讲出戏曲舞台的诗情画意和戏曲表演或雄健豪放或秀隽清雅的不同风格。

满场都是闲人，袖手旁观，听戏不如

做戏苦；

凡事终须结局，从头演起，上台容易下台难。

此联妙在对句上。戏台联，往往在述说戏剧中让人豁然领悟主题之外的道理，一句“上台容易下台难”更是告诫人们要三思而后行。

做戏何如看戏乐；

下场更比上场难。

此联与上一联类似，说的都是戏子与听戏之人，阐述的都是为人处世的道理。上联说的是做戏人比不上看戏人。在古代，戏子被人看不起，属于下九流，地位低下。而看戏人多是豪门富绅，生活富足，逍遥自在。下联说的是上场难，而下场更难。上场难，难在做戏艺术。下场难，难在戏子的现实生活。同时，又一语双关，隐喻很多事收尾比开始更难。言浅而意深，极富人生哲理，令人拍案叫绝。

台上莫漫夸，纵做到厚爵高官，得意无非俄顷事；

眼前何足算，且看他抛盔卸甲，下场还是普通人。

这是上海某戏园的楹联，寓意深刻。联语告诫人们不要被一时的高官厚禄蒙住了双眼。正所谓：浪淘尽，千古风流人物。无论身份如何，地位如何，都要葆有一份纯真之心、善良之心。表达类似的人生哲理的楹联精品极多，兹举数例如下。上海春桂茶园戏台楹联：“休羡他快意登场，也须夙世根基，才能够屠狗封侯，烂羊做尉；姑借尔寓言醒世，一任当前烜赫，总不过草头富贵，花面逢迎。”通城县古戏台楹联：“过眼总皆空，看历朝几人称帝，几人称王，迄今春梦无痕，只落得数声檀板；到头都是戏，笑斯日曰利吾家，曰利吾国，毕竟前程有限，仅演了一出梨园。”这些楹联，都是通过戏剧讲述人生道理，在幽默诙谐之中，给人以思想的启迪。

黄粱一梦炊未熟；
青史百朝演入情。

这副戏台楹联是化用典故的典型。“黄粱一梦”出自唐代传奇小说《枕中记》[1]。后来，“黄粱一梦”常比喻世间的荣华富贵好比梦幻泡影，短促而虚幻，是非成败转头空，启悟人们应该看淡功名利禄。

一弹流水再弹月；
半入江风半入云。

这副戏台楹联也是化用典故的典型。它化用了杜甫写的七绝《赠花卿》：“锦城丝管日纷纷，半入江风半入云。此曲只应天上有，人间能得几回闻？”

[1]《枕中记》，沈既济所作唐代传奇小说，小说中描述一位卢姓书生在邯郸旅店住宿，入睡后的书生在梦中度过了辉煌的一生，仕途顺畅，家族昌盛，荣华富贵享之不尽，但醒来的时候发现黄粱还没有熟，一切皆是“黄粱一梦”。沈既济还作唐代传奇《任氏传》，与《枕中记》一同标志着唐传奇创作进入全盛时期，对后世文学创作影响深远。元朝马致远作《邯郸道省悟黄粱梦》，明朝汤显祖的《邯郸记》，清代蒲松龄作《续黄粱》等均由《枕中记》中的故事情节为题材续写改编而成。

吹彻玉笛看月上；

歌传金镂遏行云。

这副戏台楹联生动地描绘了戏曲演出时的优美意境，形象地体现了戏曲里的舞姿优美，音乐时而响遏行云，时而如高山流水，令我们领略了戏曲的美妙及魅力。类似的戏台楹联还有：“红袖翻飞鸲鹆舞；紫箫弄月凤凰鸣。”

千古为忠为孝，为廉为节，倘泥真，真等痴人说梦；

一时或快或悲，或合或离，若认假，犹如哑子观场。

这副楹联曾悬挂于江西临川（汤显祖故乡）玉茗堂的“四梦台”之上，它言简意赅地阐明了一名观众在观赏戏曲时应葆有的审美心态。上联说戏曲里的人物是以现实中的人物为“模特”，但是又不等同于现实中的人物。如果把两者完全等同起来，无异于“痴人面前说梦”，不是正确的赏戏心态。下联说欣赏戏曲必须将自身“融入戏境”，如果一味认为“戏就是假”，一点也不动感情，那就无法进入戏曲情境，品味戏曲真味。此联可谓是一把打开戏曲艺术之门的“钥匙”。

会馆，是古代中国都市中同乡或同行业的封建性组织。由其而派生出来的一些会馆文化，凝聚和包藏了古代中国文化之精华，其中的会馆楹联就是会馆文化的重要组成部分。

同是南人，四座高风倾北海；
来游东国，两乡旧雨话西湖。

这是济南浙闽会馆的一副楹联。中国是文明古国，几千年来，国人生活在浓郁的传统文化氛围之中，生活的一喜一哀无不在传统文化的包围之中。独在异乡为异客的游子，常用传统文化作为心灵药方来慰藉自己。从楹联中我们可以品味出作者怀念家乡的赤子之心。“南人”对“东国”，“北海”对“西湖”，巧妙工整。满满的乡愁，溢出字里行间。

别馆接莲池，谱来杨柳双声，古乐府翻新乐府；
故乡忆梅市，听到鹧鸪一串，燕王台作越王台。

这是保定浙绍会馆的一副楹联，写得文采焕然，别有情致。“别馆”对“故乡”，“莲池”对“梅市”，“杨柳”对“鹧鸪”，“古乐府”对“燕王台”，“新乐府”对“越王台”，北国风物对南国风光。通过对仗既赞美了故乡之美，又抒发了游子的恋乡之情，瞬间点燃人们心中的乡愁，令人百感交集，肝肠欲断。尤其“燕王台作越王台”令人惊艳，多么高妙的联想，只有情到至深至浓之处，才能描写得出来。

此地可停骖，剪烛西窗，偶话故乡风景，剑阁雄，峨眉秀，巴山曲，锦水清涟，不尽名山大川都来眼底；

入京思献策，扬鞭北道，难忘先哲典型，相如赋，太白诗，东坡文，升庵科第，行见佳人才子又到长安。

这是北京四川会馆的一副楹联。上联书写家乡的自然景观和人文底蕴，向人们自豪地展示了故乡的大美。下联以家乡名人入题，夸耀天府之国的地灵人杰。在歌故国之风貌与赞人文之景观中，令人感受到浓郁的怀乡之情。

第五章

经典楹联（三）

第一节　庆贺楹联

庆贺楹联，也称喜庆楹联，主要是指为节日、寿辰、婚事、开张、乔迁以及其他各类喜事而创作的表达祝福和庆祝之意的楹联，主要有节日类、寿辰类、婚礼类等。庆贺楹联是一种实用性强的楹联种类，好的庆贺楹联能增加喜庆的氛围，充分表达对未来美好生活的祝福。吕云彪《楹联作法》中有云：“遇喜庆，欲表其钦慕颂祷之敬忱，则撰送喜联。”庆贺楹联是楹联中的重要一类,也是为人们喜闻乐见的类型之一。中国第一副对联、后蜀主孟昶创作的“新年纳余庆，嘉节号长春”，就是一副经典的庆贺春节的楹联。所以，也可以说庆贺楹联是楹联的“长子”。

节日类楹联，最主要是春节楹联，简称春联。它由桃符门神演变而来，是除夕所贴迎春喜庆、祈祝吉祥的对联。春联是应用范围最广的一种楹联形式，常常点明春节时令，渲染节日气氛，描写大好春光，显示蓬勃生机，其内容主要表达人们在辞旧迎新之际的欢乐情绪以及对未来的美好向往及期待，具有很强的时效性与庆贺性，重点体现在一个“春”字。一副好的春联，应该表现出一种欢乐祥和的氛围，寓意乐观向上，文辞优美，通俗易懂。

新中国成立以后的春联更是有了新的发展，有描写社会主义的幸福生活的，有抒发人民群众对党和国家的热爱之情的，有表达对国家未来的无限憧憬的。

新年纳余庆；
嘉节号长春。

这副春联是孟昶所撰，也是我国见于正史记载的第一副春联。孟昶（919—965），后蜀末代皇帝。后蜀被宋朝所灭，孟昶被俘往汴京居住，被封为检校太师兼中书令、秦国公，不久郁郁而终。全联文采华丽，喜气浓浓，充满对祈祥纳福的美好向往。关于这副春联，还有一个离奇的传说。公元965年，孟昶撰写了这副春联并亲自题写在桃木板上，挂在寝宫之外。而正是这一年，后蜀灭亡，孟昶被俘。宋朝开国皇帝赵匡胤，派吕余庆担任首任成都知府，并将自己的生日定为“长春节”。这样，联语中的“纳余庆”“号长春”成了后蜀被灭的预兆，因此有人认为这副春联就是关于孟昶自己命运的谶语。

双手劈开生死路；
一刀割断是非根。

这副春联是明朝开国皇帝朱元璋所撰。朱元璋

(1328—1398)，字国瑞，年少家贫，为糊口削发为僧，后投奔红巾军，参加农民起义反抗元朝的统治，逐渐成长为一只义军的领袖，前后打败陈友谅[1]、张士诚，最终建立明朝，定都南京，年号“洪武”。出身贫寒的朱元璋登基后，十分重视文化，非常酷爱对联。他不仅亲撰，还要求臣下也积极撰写对联。有一年除夕，他要求每家每户都必须悬挂一副春联。到了大年初一，朱元璋微服出巡，看见家家户户都悬挂着红艳艳的春联，到处都是喜庆的气氛，非常满意。突然，他看见一户人家门上没有春联，就上前询问其缘故。原来这户人家从事的是阉猪职业，找遍了乡里的文人，也写不来适合他家的春联。朱元璋略一思索，就挥笔写下了这副春联。此联气势宏大，内容贴切，可以说是此行业最早的一副行业联了。

[1] 陈友谅（1320—1363），沔阳（今湖北仙桃）人。元朝末年群雄之一、农民起义领袖。至正二十年（1360）闰五月，在采石（今马鞍山市西南）杀徐寿辉，自立为帝，国号大汉，年号大义，都城在江州。后期兵力渐衰，屡与朱元璋战，不利。至正二十一年（1361）八月，江州为朱元璋攻破，退都武昌。至正二十三年（1363）八月，与朱元璋战于鄱阳湖，兵败中箭死。

年难过，年难过，年年难过年年过；
事无成，事无成，事事无成事事成。

本联的作者为陈毅。陈毅（1901—1972），无产阶级革命家、军事家，四川省乐至县人，1927 年参加南昌起义，新中国成立后曾任国务院副总理兼外交部部长，是中华人民共和国十大元帅之一。全联洋溢着革命乐观主义精神。1921 年，留学法国的陈毅因为参加学生运动而被法国政府遣送回国。除夕之夜，他写下了这副对联，表达了他对世事的愤慨，对理想的坚守，对未来的信心。此联极具巧思，在重复中，意思递进、转变，实属佳构，一时广为流传。

男女平权，公说公有理，婆说婆有理；
阳阴合历，你过你的年，我过我的年。

这是王闿运所作的一副春节楹联。王闿运（1833—1916），号湘绮，湖南湘潭人，著名诗人、学者，民国时任清史馆馆长。这副对联有两个时代背景。民国初年，社会进步，开始提倡男女平权，受到女性的热烈拥护，同时也引起了一些封建保守的男性的反对；民国政府最初推行公历时，因公历与我们的民俗等不匹配，导致推行阻力不小，后来政府在这方面做了改进，同时标注了公历与农历，即阳阴合历，这才减少了推行的困难。

此联雅俗共赏，虽集口语而成，但却对仗工整，反映了社会现实，具有深刻的哲理，充满意趣。

寿辰楹联是为他人或自己贺寿而作，其中为自己寿辰所撰，称为自寿联。寿辰楹联是一种实用楹联，既是我国长寿文化的精髓之一，也是我国特有的民俗文化，因其是为长辈或所敬仰的长者的寿辰所作，所以基本上都是颂辞，内容多为评赞寿星的道德品质、功绩才能等。在艺术风格上，寿辰楹联注重端庄典雅，多用松、菊、龟、鹤、萱作喻。而这也使很多撰联者喜爱使用通用联，诸如“福同天地在，寿比日月齐”“福如东海水，寿比南山松”等。通用联虽然并无差错，但是没有针对性，不能称为佳作。好的寿辰楹联要求因人而撰、因人而颂，写出针对性，既与主人的特征、身份相匹配，又体现文学创意和文化底蕴。我国有很多经典寿联，而且寿联中的精品也不少。

●明唐寅山路松声图　轴

●清郎世宁花阴双鹤图　轴

天边将满一轮月；
世上还钟百岁人。

此联为宋人吴叔经为黄耕庾夫人所撰，也是有资料记载的第一副寿联。吴叔经，北宋人，出生年月不详。吕云彪《楹联作法》中记载："宋孙奕《示儿编》云：黄耕庾夫人三月十四日生，吴叔经作寿联曰：'天边将满一轮月；世上还钟百岁人。'寿联之风，盖始此。"因为黄夫人的生日是三月十四日（农历），第二天就是十五月圆之夜，所以上联用"将满一轮月"巧妙地点名寿辰时间。下联顺势而祝愿寿星长命百岁。联语诗味浓郁，且立意精巧，笔触含蓄、自然，韵味无穷。"天边"对"世上"，"将"对"还"，"一轮"对"百岁"，巧妙而工整。

月圆人共圆，看双影今宵，清光并照；
客满樽俱满，羡齐眉此日，秋色平分。

此联是李渔为张半庵夫妇双寿所撰。李渔(1611—1680)，明末清初人，原名仙侣，字谪凡，号天徒，后改名渔，文学家、戏剧家、美学家，素有才子之誉，世称"李十郎"，著有《闲情偶寄》[1]《笠翁十种曲》《无声戏》等。张半庵是著名的文学家，曾经为李渔的诗文写过评论。此联巧妙之处在于紧扣"双寿"，圆、双影、并照、满、齐眉、平分等字词用得齐巧，令人叫绝。

[1]《闲情偶寄》，清代人李渔所撰写，是集李渔美学思想大成之作。它共包括《词曲部》《演习部》《声容部》《居室部》《器玩部》《饮馔部》《种植部》《颐养部》等八个部分，论述了戏曲、歌舞、服饰、修容、园林、建筑、花卉、器玩、颐养、饮食等艺术和生活中的各种现象，并阐发了自己的主张，内容极为丰富。其中，《颐养部》总论养生，是一篇重要的养生文献。

四万里皇图，伊古以来，从无一朝一统四万里；

五十年圣寿，自兹以往，尚有九千九百五十年。

此联是纪晓岚为乾隆皇帝五十大寿所撰。纪晓岚不愧是清代的一代文宗，联语格局之大、立意之新、用典之切，都紧扣乾隆五十大寿，实在不易！上联从中国的第一张版图——“皇舆全览图”下笔，大起大合，纵横四万里，气象宏大，与乾隆皇帝九五至尊的身份吻合。同时也含蓄地赞美了乾隆皇帝治世以来，山河一统，国力日益强盛，版图浩大到史无前例：东北自外兴安岭、库页岛起，西南直抵喜马拉雅山南部，北起萨彦岭，南至南海的曾母暗沙，纵横达到了四万多里。上联可谓是以气势取胜，而下联则是从五十大寿入笔，极具巧思，以算术入联：五十再加九千九百五十，正好是“万寿无疆”“万岁齐年”！这样一来，不仅上下联的数字巧妙地对仗，而且含蓄地颂呼万岁。全联熔叙事、抒情、议论于一炉，称得上是一副简短精妙的歌颂乾隆文治武功的辞章。乾隆皇帝见此联，大喜，厚赏了纪晓岚。

八千为春，八千为秋，八方向化八风和，庆圣寿，八旬逢八月；

五数合天，五数合地，五世同堂五福备，正昌期，五十有五年。

此联也是纪晓岚所撰，为贺乾隆八十大寿。此联气魄极大，上联“春、秋”，下联“天、地”，与乾隆天子身份极为吻合；化用典故，非常巧妙，与乾隆的年龄、在位时间严丝合缝。上联紧扣“八”字做文章，以八十大寿巧遇八月之时生发开来。以“八”化用庄子《逍遥游》[1]中的名句“上古有大椿者，以八千岁为春，八千岁为秋”，同时又化用《吕氏春秋·有始览》中的名句“东北曰炎风，东方曰滔风，东南曰熏风……”。八风和、八方向化，象征乾隆皇帝参赞天地、抚顺四方的化育之功。同时，八风祥和又营造浓浓的喜庆氛围。

上联巧用六个“八”字，而下联巧用六个“五”字。“五数合天，五数合地”，与古人的天地观念有关。一、三、五、七、九为天数，二、四、六、八、十为地数。天数地数各五个，各占阳阴而相和，隐含乾隆为真龙天子。同时，当时乾隆正好在位 55 年。更巧的是，当时八十岁的乾隆已有曾孙，正是五世同堂，天伦之乐，其乐融融，真有一种“无巧不成书”的感觉。而且，作者再由“五”字带出“五福”，而寿正是五福之首，巧妙地表达了对乾隆皇帝“昌期永盛”“福寿绵长”的祝福。

最为神奇的是，联中还隐藏一联。如果把每小句的最后一字单独拈出，可以连成一个极具喜庆意义的寿联“春秋和寿月，天地备期年”。明联、暗联都不同凡响，寓意深厚，乾隆皇帝一时龙心大悦。群臣将此联誉为第一寿联，传颂于世。美联的艺术魅力由此可见一斑。

[1] 庄子作品被称为“文学的哲学，哲学的文学”，其文章“汪洋辟阖，仪态万方，晚周诸子之作，莫能先也”，文中构思想象奇特，文笔变化多端，无拘无束，具有浓厚的浪漫主义色彩。其中，《逍遥游》是《庄子》的代表作，位于《内篇》之首，它集中代表了庄子的哲学思想和人生论，是庄子的人生理想的外化。“逍遥游”是指“无所待而游无穷”，对世俗之物无所依赖，处于绝对自由的境界。

述先圣之玄意，整百家之不齐，入此岁来，年七十矣；

奉觞豆于国叟，致欢欣于春酒，亲受业者，盖三千焉。

此联是梁启超为其恩师康有为七十大寿所撰。梁启超，字卓如，号任公、饮冰子、饮冰室主人，广东新会人，著名学者、文学家，从师于康有为，是“戊戌变法”的主要成员之一，民国时任财政总长等职。“先圣”意指古代圣贤。“百家”意指先秦诸子。“觞豆”泛指饮食。“国叟”意指举国尊崇的长者、贤者。上联褒扬康有为在学业上的巨大成就，开一代学风，暗以先圣孔子相比；下联直切主题，给康有为祝寿，同时赞美康有为乃一代教育家，桃李满天下，像孔子那样有三千杰出的徒弟。

桃李增华，坐帐无鹤；

琴书作伴，支床有龟。

此联是周恩来为马寅初祝寿所作。马寅初，浙江嵊县（今嵊州市）人，任北京大学教授，民国时因坚持正义和真理，反对蒋介石而被捕，系狱四年，1949年后，任浙江大学、北京大学校长，著有《新人口论》。马寅初六十大寿，全国各界进步人士齐集重庆大学为他祝寿。然而此时马老还在关押之中，因此此次是一个没有寿星的祝寿会。联语巧妙地化用了典故。桃李增华，出自《小园赋》，有赞美马寅初桃李满天下的意思。“坐帐无鹤”出自《神仙传》，意为寿星马寅初不在现场。“支床有龟”的故事出自司马迁《史记》[1]“南方老人用龟支床足，行二十余年。老人死，移床，龟尚生不死”，有祝福寿星马寅初长寿之意。上联重在感慨为国培养大量人才的马寅初却被国民党反动派逮捕，以至于寿宴缺席；下联褒扬马寅初品行高洁，又有祝福他长寿之意。全联对仗也极其工稳：“桃李”对“琴书”，“华”对“伴”，“帐”对“床”，“鹤”对“龟”。

常如作客，何问康宁，但使囊有余钱，瓮有余酿，釜有余粮，取数页赏心旧纸，放浪吟哦，兴要阔，皮要顽，五官灵动胜千官，过到六旬犹少；

定欲成仙，空生烦恼，只令耳无俗声，眼无俗物，胸无俗事，将几枝随意新花，纵横穿插，睡得迟，起得早，一日清闲似两日，算来百岁已多。

这副楹联题为《六十自寿联》，是郑板桥在自己六十寿辰之际为自己所撰。其中还有一个故事：由于他名满天下，六十寿辰时，诸多文人雅士前来祝贺，寿联无数，但是多数是套话陈言。郑板桥看了，不满意，也不好明说。于是当众挥毫，写下这副著名的自寿联。众人看了，皆赞叹不已。

郑板桥性格耿直，不与官员们同流合污以致仕途不顺，但是他依然保持本真的自我。此联不依傍古人，

[1]《史记》，二十四史之一，最初称为《太史公书》《太史公记》《太史记》，是西汉史学家司马迁撰写的纪传体史书，是中国历史上第一部纪传体通史，作品中撰写了上至上古传说中的黄帝时代，下至汉武帝时期共3000多年的历史。太初元年（前104），司马迁开始了该书的创作，前后经历了14年，才得以完成。

也不入俗流，有独特的个性，从中可看出他对人生的深刻理解，以及对生活豁达乐观态度。

全联意为：人生如草上之露，乃匆匆过客，不要奢求太多。只要囊中之钱够用，杯中有美酒可饮，锅里有米可煮，其他的还奢求什么呢？何必奢求富贵，只要无拘无束，任性吟诗著文，固守纯真，即便是活到六十岁还如少年一般。率性吟诗，自得其乐，耳聪目明，胜过做官千回。梦想成仙，不过是异想天开，自寻烦恼。保持一颗清净之心，不为俗音、俗物、俗事所干扰，日日都闲适。只要心有闲情，一天可抵上两天过。人生在世，放任自然，无争无欲，平凡的日子也成了神仙日子。

此联一百零四字，用语诙谐，对仗工整，白描易懂，构思巧妙，文辞优美，意蕴连贯，通达流畅，一气呵成，是自寿联精品中的精品。

婚庆楹联，又称贺婚联，简称婚联，其创作目的是庆贺结婚之喜，一般张贴在嫁娶之家的大门、厅堂之上，借此渲染祥和的气氛。婚联寓意吉利、亦庄亦谐。有时重在表达对新婚男女的美好祝愿，有时重在表现新婚燕尔的欢乐场景。婚联内容上往往用成双成对的美好事物比喻新婚男女。在手法上，一般可以从男女双方的姓名、职业、事业，结婚的时间等方面做文章。一副好的婚庆联，要符合联律，雅俗共赏，寓意吉祥。如果能标榜一种时代风尚、家庭风尚，则为更佳。

雀屏妙选今公子；

鸿案清芬古大家。

此联是清人严保庸为祝贺侯理庭之子与曹氏成婚所撰。严保庸（1796—1854），字伯常，号问樵，丹徒人，道光年间进士，著有传奇《红楼新曲》等。此联文字古雅，用典精彩。上联的“雀屏妙选”的典故，源自唐高祖李渊求婚时射中屏风上孔雀的眼睛而获得美好姻缘。用在此联之中，赞美男方才华出众，是“妙选”之才。下联的“鸿案清芬”，用孟光举案齐眉，赞美女方贤良，既知书又识礼。上联赞美新郎出众，下联赞美新娘贤淑，男女双方珠联璧合。联语化用典故，自然贴切，俗中有雅。联中“雀屏”与“鸿案”之对工整异常，常为婚联所用。

日月同明，报十二时吉祥如意；
天地合德，庆亿万年富贵寿康。

此婚联为英国政府委托精通中文者所撰，以维多利亚女王的名义送出。其背后有着一个传奇的故事，据《清史稿》记载：清末光绪十六年（1890），光绪皇帝大婚。英国的维多利亚女王派英国驻华公使华尔身将一座精美的自鸣钟作为新婚礼物，送到“总理衙门”转交给光绪皇帝，以示庆贺。而这副经典的对联，就篆刻在自鸣钟[1]上。全联用词端庄大气，具有皇家风范。其中，以“日”“天”比喻皇帝，以“月”“地”比喻皇后，以“十二时”来描述礼品，以“同明”“合德”称颂皇帝、皇后婚姻生活美满幸福，以“吉祥如

[1] 自鸣钟，一种能按时自击，以报告时刻的钟。有时亦泛指时钟。明谢肇淛《五杂俎・天部二》：“西僧利玛窦有自鸣钟，中设机关，每遇一时辄鸣。”清赵翼《檐曝杂记・钟表》：“自鸣钟、时辰表，皆来自西洋。钟能按时自鸣，表则有针随晷刻指十二时，皆绝技也。”

意”“富贵寿康”来表达对皇帝的深切祝福。全联主旨鲜明，对仗工整，用语贴切。

两小无猜，一个古钱先下定；
四方多难，三杯淡酒便成婚。

这副楹联是方尔谦所撰。方尔谦（1871—1936），字地山，号无隅，江苏扬州人，博学多才，精于文史典籍，擅长写对联，时人誉为“联圣”。方尔谦与袁克文（袁世凯次子）交谊深厚，并结为儿女姻亲。联语即为此撰写。“两小无猜”意指男孩和女孩自童年起便在一起玩耍，没有嫌疑猜忌。“下定”意为旧时订婚时男方给女方聘礼。“四方多难”意指当时天下动荡，世事艰难。上联写新婚夫妇极其特殊的关系。方尔谦曾是新郎之父袁克文的老师。师徒二人都爱好收藏古钱币。两家结亲时，没有烦琐的仪式，就是两家相互交换了一枚古钱币。下联紧扣时事，当时民不聊生，婚礼以简为宜，几杯淡酒便已成礼。此联注重纪实，语言自然洒脱，淡雅工切，巧妙地嵌入“一”“两”“三”“四”几个数字，看似平淡却奇崛，非楹联名家不能。

得与梅花为眷属；
本来松雪是神仙。

这是民国初年的一副对联，为贺赵林二姓新婚所作，作者不详。此联精妙之处在于上下两联把男女双方的姓氏嵌入其中。上联的“与梅花为眷属”用了林逋“梅妻鹤子”[1]的典故，并嵌入了新娘的姓氏，同时隐喻新娘如同梅花一般美丽高洁；下联将元代书法家赵子昂比作新郎，既嵌入了赵姓，又贴切了新郎书法家的身份。更妙的是上下联的最后两个字，合成就是“神仙眷属”，赞美新郎新娘鸾凤和鸣、玉树连枝。

[1] “梅妻鹤子”又名“开笼放鹤”，典故出自北宋著名隐逸诗人林逋，比喻隐逸生活和恬然好古的清高情致。林逋（967—1028），字君复，后人称和靖先生，其人生性淡泊，不追名逐利，终身不仕不娶，唯喜植梅养鹤，自谓“以梅为妻，以鹤为子”。《梦溪笔谈》卷十记载：“林逋隐居杭州孤山，常畜两鹤，纵之则飞入云霄，盘旋久之，复入笼中。逋常泛小艇，游西湖诸寺，有客至逋所居，则一童子出应门，延客坐，为开笼纵鹤。良久，逋必棹小船而归。盖尝以鹤飞为验也。”

朝夕相依，只说是我家儿，谁知是人家妇；

羹汤学作，未谙尔阿姑性，先遣尔小姑尝。

这是清人宋崭卿在女儿出嫁时撰的婚联。上联表达了作为新娘父母在女儿出嫁时既喜悦又怅然若失的复杂心理；下联则是对女儿如何学会做一个好媳妇的谆谆教导。父爱的伟大与细腻尽在一联中，读来令人备受感动。

第二节　哀挽楹联

殡葬是古代中国人的一件大事。《孟子·离娄下》：“养生者不足以当大事，惟送死可以当大事。”千百年来，殡葬积淀出深厚的文化，哀挽楹联正是殡葬文化的重要组成部分。

哀挽楹联，简称挽联，治丧和祭祀时专用，是为哀悼死者、慰勉生者、寄托哀思而作，内容或书写逝者的生平、或表扬死者的美德、或叙明其对社会的影

响。挽联既要遵循“逝者为大”的传统，也不能作浮夸之词，要有根有据，避免悼之虚无，尤其要注意挽联内容要有真实性，不能把挽联写成通用联，缺乏真情实感。相对来说，挽联比其他楹联有更多的限定、禁忌和规范。因此，挽联也往往成为衡量楹联作者水平的一个标准。

挽联中有一种很特别的类别——自挽联，即健在之人为自己提前写的挽联。这一类挽联，往往情感真切，富有洞见。挽联从清代兴起以来，有不少名家都写过自挽联，或抒怀，或言志，或自嘲、自省地回顾人生。

是名宰相，是真将军，当代郭汾阳，
到此顿惊梁木坏；
为天下悲，为后学惜，伤心宋公序，
从今谁诵落花诗。

此联是俞樾为挽曾国藩而作。上联紧扣曾国藩一生的功绩，将其功勋简明扼要地书写出来，以郭子仪对比，出则为将，入则为相。同时写出他逝世对朝廷的影响，仿佛大厦的栋梁已坏。下联则紧扣曾国藩的学问渊博以及对自己的知遇之恩。曾国藩不仅仅是一位功勋赫赫的名臣名将，还是一位学者，如今去世，不能再给后学以学问上的引领了。“伤心宋公序，从今谁诵落花诗”，则是曾国藩赏识俞樾的一段佳话。俞樾当年会试的阅卷官，正是曾国藩。曾对俞的考试诗极其欣赏，尤喜首句“花落春仍在”，曾国藩高度评价“咏落花而无衰飒之意”，积极阳光，并且预测俞樾“他日所至，未可量也”。此联既高度、全面地概括了曾国藩一生的功绩，又表达了作者对曾国藩知遇之恩的感激之情，被誉为挽联名作，所传不虚。

公曾期我作韩昌黎，奈谗间阴行，虽有释言难感寤；

天不许人为岳武穆，纵威棱远憺，终留遗恨与英雄。

此联是吴熙为挽左宗棠而作。吴熙（1840—1922），字劭之，号绮霞江馆主人，湖南湖潭人，光绪年间贡生，曾授课船山书院，主讲湘潭昭潭书院、长沙思贤讲舍。联中的“岳武穆”是赞美左宗棠的军功巨大。他二十岁乡试中举，虽此后在会试中屡试不第，但遍读群书，钻研兵法，后由幕友而起，参与平定太平天国运动、兴办洋务运动[1]、镇压捻军，又主持平定陕甘同治回民起事、收复新疆并推动新疆置省。此联既高度赞扬了左宗棠一生的赫赫战功，又书写了左宗棠对自己的深切期许，充满对左宗棠的感恩与敬仰，同时对左宗棠的逝去表示深深的叹息，感情色彩强烈，有极强的感染力。

论文章经济，均足千秋，从今凭吊古城，落日登楼，岂第骑箕哀铁汉；

合公义私情，来申一恸，剩我眷怀祖国，春风丽酒，更同钩党哭林宗。

[1] 洋务运动，又称自强运动。是19世纪60年代到90年代晚清洋务派以“自强”“求富”为口号，利用西方军事装备、机器生产和科学技术以挽救清朝统治的自救运动。

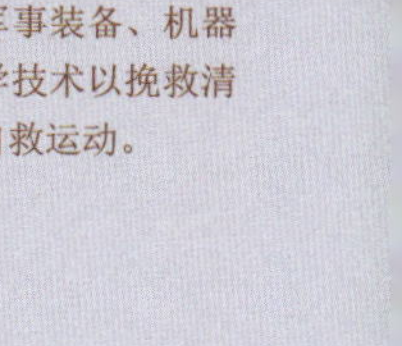

此联是丘逢甲为挽黄遵宪而作。丘逢甲（1864—1912），字仙根，又字吉甫，号蛰庵、仲阏、华严子，晚清爱国诗人、抗日保台志士，光绪年间进士。中日甲午战争爆发，他请命督办团练。台湾岛被晚清政府割让给日本后，他写“拒倭守土”血书，亲率义军抵抗日寇。黄遵宪和丘逢甲的交集很多，渊源很深，他们都是晚清客家名人，都是“诗界革命”[1]的倡导者，自从1889年在京城相识便一见如故，结下了忘年交，此后二人经常书信往来和诗歌酬唱。黄遵宪去世之时，时值政局动荡，民不聊生。在这样的情况下，丘逢甲又闻友人噩耗，自然悲恸至极。上联主要是赞美黄遵宪文采过人、政见正确，同时抒发自己对好友逝世内心的悲痛之情；下联主要是表达国家此时风雨飘零，一位俊杰又离开人世，令天下爱国志士都伤心不已。

[1] 诗界革命，即戊戌变法前后的诗歌改良运动。1899年，梁启超在《夏威夷游记》中正式提出“诗界革命”的口号，认为想要挽救中国诗歌日益衰落的命运，必须使诗歌创造出全新的境界来。诗界革命冲击了长期统治诗坛的拟古主义、形式主义，要求作家努力反映新的时代和新的思想，部分新体诗语言趋于通俗，不受旧体格律束缚，这些在当时都起了解放诗歌的作用。但是，梁启超等强调保持旧风格，这就又束缚了手脚，使得它只是旧瓶装新酒，在中国古典诗歌的改革上虽有前进，却前进不大。

七十二健儿，酣战春云湛碧血；
四百兆国子，愁看秋雨湿黄花。

此联是黄兴为黄花岗七十二烈士所撰。黄兴（1874—1916），字克强，号庆午、竞武，湖南省长沙县人，中华民国创建者之一。辛亥革命时期，孙中山与黄兴常被时人以“孙黄”并称。1911年4月27日，广州黄花岗爆发起义，黄兴亲自率敢死队百余人，攻入两广总督署，发现总督张鸣歧已逃跑，出总督署后同水师提督李准派来弹压起义的北洋军相遇，展开激战，多人牺牲，黄兴持双枪左右射击，毙敌军多人后，右手负伤，断两指，化装撤至香港治伤。此役宣告失败。事后收敛殉难者遗体，有72具，史称“黄花岗七十二烈士”。黄兴是这次起义的组织者和领导者，他的这副挽联，紧扣起义，声情并茂，悲壮激昂，感人至深。“春云”点名起义时间，“碧血”象征烈士的爱国之心，“秋雨湿黄花”象征国人对此次起义失败的悲伤之情。全联既表达了七十二烈士视死如归的浩然正气，又写出了国人对烈士的深切怀念之情。同时，也鼓励国人不忘烈士遗志，继续努力，直到革命胜利。

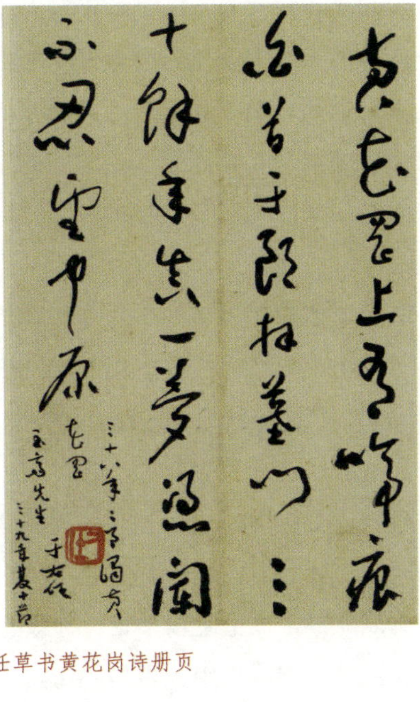

●于右任草书黄花岗诗册页

1949年，于右任前往广州黄花岗七十二烈士墓谒陵后作此诗句，并在次年“双十节”时将此诗赠予黄玉齐。

事业本寻常，胜固欣然，败亦可喜；
文章久零落，人皆欲杀，我独怜才。

此联是杨度为挽梁启超所撰。杨度（1875—1931），原名承瓒，字皙子，后改名度，别号虎公、虎禅，曾组织筹安会，任会长，策划拥戴袁世凯恢复帝制，后来转向革命，加入中国共产党，有著作《杨度集》行世。

1929 年 2 月 17 日，梁启超的公祭在上海静安寺举行。杨度亦来参加，并以此联相吊。因为此联并非称颂之言，却又极其客观，所以特别引人注目，受人称颂。上联中的“胜固欣然，败亦可喜”引用苏轼的诗歌《观棋》中的名句“胜固欣然，败亦可喜”。下联中的“人皆欲杀，我独怜才”化用杜甫怀念李白的诗歌《不见》中的名句：“不见李生久，佯狂真可哀。世人皆欲杀，吾意独怜才。”

全联紧扣梁启超的“事业”与“文章”。上联简明扼要地写出了梁启超一生的起起落落。梁启超参与的“百日维新”[1]被慈禧太后绞杀，维新志士或流亡海外，或被杀害，这是其事业的“败”的一面。而他与蔡锷等联合反戈倒袁，成功使袁在忧惧之中一命呜呼，帝制至此“断种”，这是其事业“成”的一面。梁启超的文风新潮，文笔晓畅如话，却被当时的一些人认为不够古雅，下联借用杜甫的诗句，把梁启超的文学成就与李白的相提并论，意在为梁启超的文章不被时人重视鸣不平。全联以独特的角度概括梁启超生平，言人所未言，不愧为挽联中的精品。

[1] 即戊戌变法，又称维新变法、维新运动，是晚清时期以康有为、梁启超为代表的维新派人士通过光绪帝进行的倡导学习西方，提倡科学文化，改革政治、教育制度，发展农、工、商业等的资产阶级改良运动。它是一次具有爱国救亡意义的变法维新运动，是中国近代史上一次重要的政治改革，也是一次思想启蒙运动，这次变法促进了思想解放，并且对思想文化的发展和促进中国近代社会的进步起了重要推动作用。

举世崇拜，举世仇恨，看清崇拜和仇恨是些什么人，愈见先生伟大；

毕生革命，毕生治学，倘把革命与治学分成两件事，便非吾党精神。

此联是邵力子为挽孙中山所撰。邵力子（1882—1967），字仲辉，笔名力子，浙江绍兴人，清末举人，1906年留学日本，同年参加同盟会，中国国民党元老，民革领导人之一，当代著名学者、教育家、政治家、社会活动家。1925年3月12日，伟大的革命先驱孙中山因患肝癌医治无效在北京逝世，社会各界人士撰送的挽联无数。邵力子的挽联与众不同，乃是用白话写成。上联称颂孙中山的伟大人格：以天下为公，一切为了国家，敌人骂得越凶狠就越能证明其人格之伟大；下联写的是孙中山的人生最大爱好——读书。孙中山曾说过："我生平只有两个嗜好，除了革命之外，就是读书。我一天不读书就不能够生活。"而且孙中山紧密地把治学与革命相联系：以治学帮助革命，以革命促进治学。同时隐含叮嘱革命党人谨记孙中山遗嘱"革命尚未成功，同志仍须努力"之意。本联巧妙地将政治融于挽联之中，很有见解，同时语言明白如话，耐人寻味，乃大手笔。也正因为本联是白话联，所以多宽对。

仗剑从云，作干城，忠心不易，军声在淮海，遗爱在江南，万庶尽衔哀，回望大好山河，永离赤县；

挥戈挽日，结尊俎，豪气犹存，无愧于平生，有功于天下，九泉应含笑，伫看重新世界，遍树红旗。

此联是张伯驹为挽陈毅所作。张伯驹（1898—1982），名家骐，字丛碧，别号游春主人，爱国民主人士，收藏鉴赏家、书画家、诗词学家、京剧艺术研究家，曾任故宫博物院专门委员，国家文物局鉴定委员会委员，吉林省博物馆副研究员、副馆长，中央文史馆馆员。新中国成立初期，张伯驹将多件珍贵文物捐献给国家。1972 年 1 月，陈毅元帅在北京逝世。张伯驹与陈毅元帅有着深厚的友情。当他听到这个噩耗，情不能已，写下这副挽联以示悼念。“从云”语出《易经》中的名句：“云从龙，风从虎。”“从云”意指陈毅一生追随领袖为革命而奋斗。“尊俎”是“尊俎折冲”的省略说法，出自《晏子春秋》：“仲尼闻之曰：‘善哉！不出尊俎之间而折冲于千里之外，晏子之谓也。’”所以，尊俎折冲，多比喻在宴席谈判中制胜对方。上联概述的是陈毅戎马一生的经历，突出他对党和革命的忠心和赫赫的战功。同时又描写他的逝世让国人伤心不已。下联在赞美陈毅的战功的同时，又突出了陈毅担任外交部长时为国立下的汗马功劳，凸显其浩然之气和光明磊落的人格。同时，又对未来充满信心，国家必将一日好似一日，陈毅也将含笑九泉。联语客观，充满深情，对仗工整，文质兼美，为时人所称颂，堪称挽联精品中的精品。

五十年经史罗胸，也喜饮酒，也喜看花，升平丧乱饱经过，百事无成，只诗卷长留天地；

八十载光阴弹指，不愿升仙，不愿作佛，富贵功名如梦幻，一端最好，有书香付与儿孙。

这副自挽联是清代有“联圣”之称的孙髯八十岁写的。这副自挽联是对自己生平的概述：满腹诗书，爱酒爱花，虽然无有功名，但是依然坦荡乐观。他不敬仙，不念佛，视富贵功名于浮云，有诗书为伴，其乐融融。这种达观、自在的态度，给人以诸多的思想启迪。

读书经世即真儒，遑问他一席名山，千秋竹简；

学佛成仙皆幻想，终输我五湖明月，万树梅花。

此联是毕沅所作的自挽联。毕沅（1730—1797），字纕蘅，小字秋帆，自号灵岩山人，清代著名学者，乾隆二十五年（1760），状元及第，授翰林院编修，曾任湖广总督，著作有《续资治通鉴》，又有《传经表》《经典辨正》《灵岩山人诗文集》等。毕沅晚年在苏州邓尉山自营生圹，并撰写此联。邓尉山是著名的风景区，在太湖边上。山上山下种满了梅树，香飘十里，人称“香雪海”。联中的“名山”是古代帝王藏策之府，指可以传之不朽的藏书之所。司马迁的《史记》中就有“藏之名山”的说法：“以拾遗补艺，成一家之言……藏之名山，副在京师，俟后世圣人君子。”上联概括了人生最重要的两个方面“治学”与“从政”。他有才情也有政干能力，并且治学重在经世致用，而不是为了追求著作传世，流芳百世。这体现了他学以致用的鲜明态度。下联主要表达他旷达自如的心态，他爱山水，爱明月，爱梅花，而葬地邓尉山有“明月”“梅花”为伴，他感到特别幸福。他不爱学佛，不爱学道，努力亲近大自然，以风花雪月养心，不愧为高洁之士。这副挽联是作者对自己一生治学、从政、人生理想的总结，立意洒脱，文采斐然，旷达有致。

浮沉宦海如鸥鸟；
生死书丛似蠹鱼。

此联是纪昀的自挽联。纪昀仕宦五十多年，虽才华过人，但科举和仕途之路起伏坎坷，使其晚年内心世界日益封闭，这点充分地体现在了此联中。蠹鱼，又称蛀虫，常被认为是藏书的祸害。上联以海鸥作喻，不颂海鸥搏击风浪、奋斗不息的精神而取其生活的环境，说明在宦海中浮沉就像在海上讨生活的海鸥一样，稍有闪失，便葬身于鱼腹，体现出身处官场起起落落、身不由己的艰辛；下联自喻为在书中生死的蠹鱼，既直接体现出整天埋头于纸堆中的劳累辛苦，又间接表明其对现状无可奈何的心绪。此联是作者任《四库全书》总纂期间所写，字词之间流露出了对官场的厌倦之情，也表达出对自身所遭遇的酸甜苦辣的喟叹。

朝闻道夕死可矣；
今而后吾知免夫。

此联是翁同龢的自挽联。翁同龢（1830—1904），字声甫，号叔平，晚号松禅、瓶庐居士，江苏常熟人，中国近代史上著名政治家、书法艺术家，曾任清同治、光绪两代帝师，历任户部、工部尚书，军机大臣，总理各国事务衙门大臣，有“中国维新第一导师”之称谓，著有《翁文恭公日记》《瓶庐诗稿》等，卒后追谥“文恭”。此联是他在1904年临终时口拟，门生南通张謇代书。这是一副经典的集句联，上联集《论语·里仁》中的名句：“朝闻道，夕死可矣。”意为：如果早上知道真理，晚上死了也心甘情愿。表达了自己对真理的热切追求。下联集《论语·泰伯》中的名句：“曾子有疾，召门弟子曰：‘启予足，启予手。诗云：“战战兢兢，如临深渊，如履薄冰。”而今而后，吾知免夫！小子。’”表明从今以后，自己终于可以免去战战兢兢、如履薄冰的心情。这副自挽联实际上表达了翁同龢作为一名以保君兴国为己任的政治家终将撒手人寰的悲哀。

生无补乎时，死无损乎数，辛辛苦苦，
著成五百卷书，流播四方，是亦足矣；
仰不愧于天，俯不怍于人，浩浩落落，

历数八十年事，放怀一笑，吾其归乎。

此联是俞樾的自挽联。数，迷信者所谓的“天运”“命运”。浩浩落落，胸怀高远磊落。《孟子·尽心上》中把“仰不愧于天，俯不怍于人”称为君子三乐之一，即举头仰望无愧于天，低头细想无愧于人，这便是人生的一大乐趣。上联中，作者回顾自己的一生，认为自己为后人留下五百余卷的著述，且“流播四方”已感到心满意足。下联中，作者想到自己在杭州诂经精舍主讲三十多年，培养出像章太炎[1]这样的得意门生多人，已了无遗憾，尽可“放怀一笑”，乐而归去。俞樾借用“数”“浩浩落落”来概括自己一生致力经学，光明磊落，襟怀坦荡，问心无愧的品德。这则自挽联豁达乐观，表现了作者死而无憾的气概，恢宏豪迈，其德高学厚的大手笔可见一斑，可称为自挽联中的翘楚。

[1] 章太炎（1869—1936），浙江余杭人。原名学乘，字枚叔（以纪念汉代辞赋家枚乘），后易名为炳麟。因反清意识浓厚，慕顾绛（顾炎武）的为人行事而改名为绛，号太炎。世人常称之为“太炎先生”。清末民初民主革命家、思想家、著名学者、朴学大师，研究范围涉及小学、历史、哲学、政治、朴学等，著述甚丰。

平生惟作挽词多，试看吴道子临到盖棺，能有几十幅佳章，送来悦目？

今世已拚穷饿死，非得赵元帅亲自画押，许我数十万家产，誓不投胎！

此联是吴熙的自挽联。吴熙虽为挽联高手，但贫困潦倒，依靠馈赠度日，便作此联自云。吴道子，唐代阳翟（今河南禹州）人，唐玄宗李隆基闻其名，召入宫廷，为内教博士，在宫廷作画，被奉为百代“画圣”，民间画工尊其为“祖师”。赵元帅，即赵公明，亦称赵公元帅，道教将其作为财神来供奉。上联中，吴熙自诩为挽联高手，平日高爵显位之家多邀其撰挽联，临到自己时却缺少这般风光，但再想到唐代大画家吴道子，便聊以自慰，心态平和；下联中，他认为“拚穷饿死”的人生使人煎熬，便以滑稽的语气称下辈子除非赵公元帅画押许家产，否则便不投胎。此联将酸楚、愤怒、无奈、豪迈、风趣、豁达等种种复杂的情感汇聚笔端，堪称自挽联之佳构。

慨此日骑鲸西去，七尺躯委残荒草，满腔血洒向空林。问谁来歌蒿歌薤，鼓琵琶冢畔，挂宝剑枝头，凭吊松楸魂魄，愤激千秋？纵令黄土埋予，应呼雄鬼；

倘他年化鹤东归，一瓣香祝成本性，十分月现出金身。愿从兹为樵为渔，访鹿友山中，订鸥盟水上，销磨锦绣心肠，逍遥半世。惟恐苍天厄我，再作劳人。

此联为左宗棠的自挽联。左宗棠（1812—1885），字季高，湖南湘阴人，晚清政治家、军事家、民族英雄，曾任清末著名湘军将领，为“晚清中兴四大名臣”之一。骑鲸，意“仙逝”。歌蒿歌薤，指《蒿里》[1]和《薤露》[2]这两首挽歌。“鼓琵琶冢畔，挂宝剑枝头”为用典。上联是作者想象自己去世后的情景，感慨热血将洒向林野，即便无人吊唁，也应被看作雄鬼；下联则是据转世传说，想象来世之生活道路，表现对山水隐逸生活的向往，而非再次成为劳劳碌碌

❶《蒿里》
蒿里谁家地，聚敛魂魄无贤愚。鬼伯一何相催促，人命不得少踟蹰。
（译文：蒿里是谁家的地方，无论是贤明或者愚钝，他们的魂魄都聚敛在这里。阎王催促得多么急啊，容不得人徘徊不前。）

❷《薤露》
薤上露，何易晞。露晞明朝更复落，人死一去何时归。
（译文：薤上的露水，是多么容易晒干啊。露水干枯了明天还会再出现，人死了却不知何时才能归来。）

之人，跌入浑浊的官场。此副挽联起承转合间一气呵成，既有满怀壮志，又有达观之语，可谓是千古名联。

坐阅五帝四朝，不觉沧桑几度；
经历九磨十难，了知世事无常。

此挽联出自近世大德高僧虚云之手。虚云(1840—1959)，法名古岩，又名演彻，字德清，新中国成立后担任佛教名誉会长一职，于 1959 年圆寂，享年一百二十岁，遗言仅一个“戒”字。他的一生似是为佛而来，一生虔诚向佛，有“中国第一高僧”之赞誉，著有《楞严经玄要》《法华经略疏》《圆觉经玄义》《心经释》。此副自挽联是他在 113 岁时自述自己波澜壮阔的一生所作。由于他经历了道光、咸丰、同治、光绪以及宣统五帝，故上联云“阅五帝四朝”“沧桑几度”。又因其一生遍尝了近、现代史上的几次巨变，对世事无常已了然于胸，而有下联之言。此副挽联所呈现出来的淡然超脱的心境，正体现了虚云高僧已修行到菩提境界，此为他人所不能及。而其为后人留下的一个“戒”字，更使人难以悟透。

好副臭皮囊，为你忙着过九十年，而今可要交卸了；
这般新世界，纵我活不到一百岁，及身已见太平来。

此联为张元济所写的自挽联。张元济（1867—

1959)，字筱斋，号菊生，浙江海盐人，我国著名的出版家、教育家、爱国实业家，光绪年间进士，曾任刑部主事、总理各国事务衙门章京，“戊戌变法”后在上海主持商务印书馆，新中国成立后当选为全国人大代表。在其耄耋之年，回首人生之际，以一个“忙”字概括了一路而来的生活艰辛和旅程坎坷，幸得晚年逢盛世，于是作此挽联。因此，这副挽联一扫哀婉和凄凉的情调，尽显生动有趣之感：上联认为为了保全一副臭皮囊，已忙活了九十年，终免不了“生老病死”的规律，将要离去，有解脱看淡之意；下联写出此时已体验到了新社会的光明与太平，就算活不到100岁，亦不枉到人世走一遭，有满足欣喜之情。此副挽联充分表现了作者对新旧两种制度、两个社会截然不同的态度和感情，表达出对安稳社会的期待与美好愿景。

有天下画名，何必忠臣孝子；
无人间恶相，不怕牛头马面。

此联是齐白石的自挽联。齐白石（1864—1957），原名纯芝，字濒生，号白石，生于湖南湘潭，近现代中国绘画大师。齐白石对于自己的画有充分的信心，在此联中得以体现。上联中，他认为以画传世，便不逊于所谓的忠臣孝子；下联中，其扪心自问，自己一生并未作恶，不怕到阴间地狱去见牛头马面这帮鬼神。这副挽联体现出齐白石光明磊落、无惧他物的一生。此外，这也是他对自己这一路而来所积累的艺术水准和为人处世准则的高度自信，以及面对生死荣辱的达观态度，非一般人有此底气。

第三节　谐趣楹联

在楹联文化里，谐趣联有着非常重要的地位。谐趣联的出现和中国人的日常生活息息相关。古时，每当文人相会，必会把酒言欢，唱和对联于谈笑间，因此无数韵味悠长、引人发噱的谐趣楹联便应运而生，一代代传诵，经久不衰。同时，因为中国文人向来遇到不平之事时就偏好用文字来作为宣泄的工具，而楹联结构工整、利于传诵，因此便成了文人手里最好的宣泄工具。谐趣联大多幽默用典、犀利泼辣，细细品味，嬉笑怒骂浓缩于一联之中，令人拍案叫绝。

这类楹联内容十分广泛，用起来非常灵活，可以直接批评历史事件（如慈禧做寿），也可以嘲讽社会现象（如拜金主义），更可以针对特定人物刺贪刺虐。或就事论事，或借题发挥，或明目张胆，或隐语设谜。有时义愤填膺，骂得酣畅淋漓；有时平常语义，需要一番别解；有时举重若轻，图个会心一笑；有时奇兵斜出，令人拍手称快……此类楹联难能可贵的不是简单地把对联当作口号，而是充分运用独特的对联技巧，加入合适的典籍故事，达到出神入化、精巧绝伦、回味无穷的地步。

闭门推出窗前月；
投石冲开水底天。

此联为苏小妹为考较秦少游在新婚之夜所对。苏小妹，民间传说为苏轼之妹，一说名苏轸，在三苏祠中记载确有其人，只因年纪尚小便去世，所以并无苏轼与其信件往来的记录。也有一说，史上并无其人，皆为民间杜撰。真相已无从考据，但是苏小妹这个浪漫的人物还是在人们心中留下了极为深刻的印象。秦少游（1049—1100），名观，江苏高邮人，著名婉约派词人，曾任太学博士，国史院编修官，绍圣初，新党执政，连遭贬斥，死于藤州（今广西藤县）。这副对联来自明代冯梦龙《醒世恒言》第十一卷中所述的苏小妹试新郎秦少游之才的故事。秦观、苏小妹新婚之夜，苏小妹派出小丫鬟将秦观拒之门外并给出上联“闭门推出窗前月”。秦少游左思右想、抓耳挠腮也不得其对，苏小妹之兄苏东坡见状，心想小妹有点过了，这又不是考状元，却实在不便代劳。突然，他灵机一动，拾起一块石头，投进庭院盛满水的花缸里，秦少游循声望去，茅塞顿开脱口而出：“投石冲开水底天。”苏小妹听了又惊又喜，急忙迎进新郎。上联是一个关窗的动作，看字面意思就是关窗的时候好像把房间里的月亮推出去了，暗喻拒绝了秦少游并把他关在门外与夜空为伴。“投石冲开水底天”表面是说投石把水池中的天空打破了，把天冲开了，隐含意思是你不是把月亮推出窗外，关在夜空了吗？我用投石把天冲开了，天开了，我（月亮）就自然可以进屋来了。苏小妹和秦观一唱一和，把古人的浪漫和志趣体现了出来，也表现了两人情投意合，恩爱合欢。

宰相合肥天下瘦；

司农常熟世间荒。

此联乃民间为讽刺李鸿章和翁同龢两位晚清大臣所撰，于民间流传，作者不详。上联指晚清权臣李鸿章，号称“中堂”，又化用李鸿章合肥籍贯，巧妙利用其做文章，一语双关，表示“李鸿章肥了自己腰包，却让天下百姓饥饿痛苦”。下联讽刺的是另一大臣翁同龢。翁同龢乃咸丰六年（1856）状元，曾任户部尚书、军机大臣，还曾是光绪帝的老师。因为翁同龢是江苏常熟人，而翁同龢任职的户部尚书，乃是“司农”之职。所以下联嘲讽说：“翁同龢自家粮食倒是熟了，但是百姓们却粮田荒凉，没有收成。”这副对联巧用双关的手法，将两人的官职、籍贯等纳入对联，又把“肥”与“瘦”相对，“熟”与“荒”作比，具有很高的艺术水准，也体现了辛辣的黑色幽默味道。

书生袖里携花，暗藏春色；

太守堂前秉鉴，明察秋毫。

这个对联相传是某太守考较学生所撰，具体作者不详。传说，某太守去一私塾视察，看到一个学生袖口里藏有花朵，就猜到他先前逃课春游去了，于是叫住他，给他出了一上联“书生袖里携花，暗藏春色”让他对。这个学生也很聪明，马上对出下联“太守堂前秉鉴，明察秋毫”。太守十分满意，就不再追究学生逃课一事。上联虽是太守为问责学生所撰，然寥寥数语便描绘了一幅灵动的少年书生图景。下联“秋毫”的本意是鸟兽在秋天新长出来的细毛，通常用于比喻细微之物。学生用“明察秋毫”对“暗藏春色”，一明一暗，虚实相间，十分工整，其中“堂前秉鉴”“明察秋毫”又表达了对太守的恭维之意，机智之余显得十分俏皮，因此太守便满意，不予过分追究了。

民国万税；
天下太贫。

此联乃刘师亮为讽刺军阀统治所撰。刘师亮(1876—1939)，四川内江人，原名芹丰，字云川，别号谐庐主人。他曾做过塾师，曾创办《师亮随刊》，以谐稿、诗作、戏剧、对联等文艺形式抨击黑暗统治。人们素来以“幽默大师”称呼刘师亮，他也因此闻名于世。后因其触怒军阀，被迫去到上海，创办了《笑刊》。1935年9月，刘师亮回到成都，恢复《师亮随刊》。在此联中，作者巧妙地运用幽默的手法揭示了当时军阀统治的高税收下，百姓们苦不堪言的现状。

阎锡山，过无锡，登锡山，锡山无锡；
范长江，到天长，望长江，长江天长。

此上联为暗讽阎锡山所撰，上联作者不详，下联由范长江对出。范长江(1909—1970)，原名希天，青少年时期就致力于为中华民族的进步而奋斗，积极投身抗日运动，为我国新闻事业作出了巨大贡献，曾先后担任新华社总编辑、新闻总署副署长等多个新闻机构重要职位。关于此联，据传是民国时期，阎锡山前往无锡的锡山，于是就有人戏拟了这个上联，一共十三个字，包含人名地名，重复回环，叠字顶真，语意自然连贯，有含蓄地嘲讽阎锡山之意。想要对出旗鼓相当的下联，实在困难，所以这个对联一直没有人对出下联，号称“绝对”。一直到 1945 年，著名记者范长江来到安徽天长县（今天长市），他灵机一动，对出了下联：“范长江，到天长，望长江，长江天长。”也多亏了这个下联，使得上下联人名相对，地名相对，山水名相对，对仗工整，意思巧妙，成为一副难能可贵的谐趣对联。

齐白石，傅抱石，老石少石，两石画坛同凸兀；

许地山，欧阳山，前山后山，双山文苑互峥嵘。

此联为赞颂四位画家、作家所撰，作者不详，据考证出于重庆。这个对联包含了四个人名，齐白石是现代著名书画家、篆刻家；傅抱石[1]是现代画家、美术教育家；许地山、欧阳山均为现代小说家。上联中，齐白石、傅抱石两人名字中都有石，按汉字原意解为“石头”，又因两人一老一少，故用“老石少石”，再用“凸兀”来形容，既指他们的绘画风格，又称赞两人在书画艺术上的突出贡献，妙趣横生；下联则贯穿一个“山”字形容两人，把山作“山峰”解，又以

[1] 傅抱石（1904—1965），原名长生，学名瑞麟，号抱石斋主人，生于江西南昌，祖籍江西新余，近现代画家，“新山水画”代表画家。早年留学日本，回国后执教于中央大学（今南京大学）。1949 年后曾任南京师范学院（今南京师范大学）教授、江苏省国画院院长等职。

“峥嵘”形容，巧妙地赞誉了两人在文学上的成就。这个对联巧妙地把四个人的名字拆出“石”“山”两个意象来赞誉其本身的成绩，极富文学造诣，又使人感受到回味无穷的趣味。

咦，那里放炮？
哦，他们过年！

此联乃一位穷文士为抒怀，在云南一土地庙所撰，具体作者不详。土地庙一般指供奉祭祀土地神的庙，通常比较小，古时也有把土地神称为社神的说法，后世通常简称为土地。此联乃作者以土地神的视角而作，借土地神之口，感慨人间景象，生动形象地把土地在过年时自言自语人间盛景的模样描写了出来。过年本该是所有人的大日子，不应该分高低贵贱，可是在这副对联里他却完全没有参与到这场盛大的节日当中，只能远远地冷眼旁观。我们可以从中深切感受到贫苦的人们成了被喜庆节日忘却的部分，他们没法体会节日的氛围，不能感受亲自参与节日的快乐，能做的也只是和这土地神一样，冷眼旁观罢了。

左丘明两眼无珠；
赵子龙一身是胆。

此联乃一考生为讽考官舞弊所撰，具体作者不详。赵子龙即赵云，三国蜀大将，常山真定（今河北正定）人，曾在曹操百万军中单骑救主。左丘明是春秋时期鲁国人，曾任鲁国史官，史学家，著有《左传》《国语》[1]（作《国语》时已双目失明）等传世经典。此联背景是康熙五十年（1711）扬州乡试时，正副主考左必蕃、赵晋受贿，将有名的盐商程光奎等人录取，一时间舆论大哗，落第秀才们一千多人自发把财神塑像抬到了考场，砸碎了贡院的匾额，把“贡院”二字改为“卖完”，其中有一考生作了这副对联并贴在了贡院门前。最后朝廷严正处置了受贿考官，赵晋和两名考官被处死，左必蕃被流放革职，事情才落下帷幕。写《左传》的左丘明是个盲人，乃所谓“有眼无珠”，而这处借用乃是说主考官左必蕃有眼无珠，不懂人才，乱选榜首。而“赵子龙一身是胆”表面是夸赞三国名将赵云一身是胆，其实是说主考官赵晋胆大包天，竟敢操纵科举。

今日到南苑，明日到北海，何时再到古长安？叹黎民膏血全枯，只为一人歌庆有；

五十割琉球，六十割台湾，而今又割东三省，痛赤县邦垠日蹙，每逢万寿祝疆无。

此联为章炳麟为讽刺慈禧太后所撰。章炳麟（1869—1936），号太炎，浙江余杭人，中国近现代民主革命家。他不仅是近代著名的资产阶级革命家，也是徽派朴学后期的重要学者，在经学、史学、文字、音韵和文学诸方面都有深湛造诣。章炳麟年少师从徽派朴学大师俞樾学习经史，又曾向黄以周、孙诒让、谭献求教，精研文字、音韵、训诂之学，擅长考据，

[1]《国语》相传是春秋时期左丘明所撰的一部国别体著作。他的编纂方法是以国分类，以语为主，故名“国语”。该著作记录范围为上起西周末期，下至春秋时期。《国语》中包括各国贵族间朝聘、宴飨、讽谏、辩说、应对之辞以及部分历史事件与传说。它是我国第一部国别体史书。

勤于著述，学识渊博，终成徽派朴学末期的杰出学者，被誉为“国学大师”。

南苑，也有称南海子，位于北京永定门外，是元、明、清三代的皇家苑囿，苑内有永定河故道穿过，形成大片湖泊沼泽，草木繁茂，禽兽聚集。北海，位于北京市区中部、故宫西北侧，明、清时为帝王苑。“古长安”即陕西西安。邦垠：国家的边界。蹙：狭小。一人：语出《尚书·吕刑》：“一人有庆，兆民赖之。”这里指慈禧太后。割琉球、割台湾、割东三省：这里指中国战败后，割让领土给列强。

这副对联语言尖锐，笔触犀利，尤其是在上下联的结尾处，将阿谀奉承文人的“一人有余，万命不足”这种无耻的文学奉承手法反过来使用，取得了惊人的艺术效果。这副对联突出地表达了作者对慈禧丧权辱国行为的愤慨，以及对国家前途和命运的担忧。

墙上芦苇，头重脚轻根底浅；
山间竹笋，嘴尖皮厚腹中空。

此联为解缙为讽刺所撰。芦苇生于墙上，无疑扎根很浅，风吹过时肯定摇摆不定，以此比喻人，便是指那些见识浅薄、爱随大流者，即旧话所讲“墙头草，随风倒。”山中新生的竹笋，具有“嘴尖皮厚”的特点，而且中间还是空心的，用以比喻人，便是指那种说话夸夸其谈，脸皮很厚且没有什么真才实学的人。“芦苇”与“竹笋”之对，“头、脚”与“嘴、皮”

之对，都极为工整。

画上荷花和尚画；
书临汉帖翰林书。

此联一说为明朝唐伯虎与清朝李调元所对。唐伯虎（1470—1524），名寅，明朝江苏苏州人，是位天才画家，文学上亦富有成就。李调元（1734—1803），字羹堂，号雨村，别署童山蠢翁，清代四川戏曲理论家、诗人。

一次，“巴蜀才子”李调元来到川东某地的一座庙里，长老和尚久闻李调元之名，便亲自前来接待，还办了一席很丰盛的素宴款待。席间，李调元见长老和尚支支吾吾，欲言又止，猜想长老和尚必然有事相求，便主动询问。长老和尚这才说出原委。原来，有一天，唐伯虎到一寺庙中游玩，恰好遇到当时的长老和尚画了一幅画，还很精妙。唐伯虎雅兴甚高，当即题词：“画上荷花和尚画。”唐伯虎还信心满满地对那个长老和尚说：“我走之后，若有人能对出下联，此人必是当今奇才！”说完撂笔而去。原来，细细品读之后会发现，这句看似简单的题词还真是暗藏玄机。表面上看，就是写这幅画上的荷花是一位长老和尚画出来的，但实际上，这句话不论是顺着读，还是倒过来念，完全是一样的。多少年过去了，一直找不到能对得出下联的人。李调元听长老和尚这么一说，兴趣陡增，马上要长老和尚把画给他看，果然画妙字绝，是地道的伯虎真迹。他望着这个对子一寻思，就发现其中的妙处。李调元对画沉思片刻，微微一笑，向长老和尚说：“大和尚，请借墨砚一用！”长老和尚将笔墨捧到李调元面前说：“请大人锦上添花。”只见李调元提笔在手，略一沉思，便紧靠唐伯虎对联之旁，写下一联：“书临汉帖翰林书。”从此，这幅画就作为这座寺庙的镇寺之宝，挂在这个方丈室中了。

这副对联的上下联对仗比较工整，它属于回文对联又兼用谐音，字的读音反读正读完全相同，且意思不变，上下联也不变。回文，将相同的词语或句子在下文中调换位置或者颠倒顺序，由此产生首尾回环的意趣，也被称为回环。回文对，正是运用回文手法的一种对联形式。

咳！仆本无心，有贤妻何至若是？
啐！妇虽长舌，非老贼不到今朝。

此联为路过岳王庙而唾弃秦桧等人的文人雅士所撰。在南宋以后的数百年间，上至朝堂，下至黎民百姓，都一直将秦桧[1]当作奸臣的代表，为了表示对秦桧的厌恶，人们还在岳飞的庙门前修了秦桧等四人的跪像，让他们常跪在英雄面前赎罪。

对联的上下联分别挂于秦桧像与其妻像脖子上，此联是典型的摹拟对，摹拟秦桧夫妇拌嘴，互相埋怨的口吻。上联是用秦桧的口气写的：“唉！我本来就是个没有心的东西，可身边要是有个好媳妇，兴许也不至于没完没了地在这儿跪着吧！”下联是用秦桧老婆的口气回答说：“呸！虽说我是个长舌头女人，可

[1] 秦桧（1090—1155），字会之，宋代奸臣。秦桧前后两度出任宰相，在任相期间，他里通外朝、控制朝政，集军政大权于一身，面临外敌进犯，他割地称臣、出卖朝廷，使宋朝受尽屈辱，秦桧也因此成为臭名昭著的一代奸相、卖国贼，为后人唾弃。《聊斋志异》中曾写：“青州冯中堂家，杀一豕，焊去毛鬣，肉内有字云：‘秦桧七世身。’烹而啖之，其肉臭恶，因投诸犬。呜呼！桧之肉，恐犬亦不当食之矣！”

要不是因为你这个老贼，我怎么会陪你跪着令千人唾、万人骂呀！”对联活灵活现地写出两个坏人的丑相，对联采取这种形式，有时比正面斥责还有力量，还要深刻。

曲礼一篇无母狗；
春秋三传有公羊。

此联据说为韩菼与某名士所对。韩菼（1637—1704），字元少，别号慕庐，长洲（今江苏苏州）人，清代学者。韩菼曾在一个私塾当先生，这家主人喜好卖弄文采却学问不高，经常替韩菼上课以卖弄炫耀自己的学问。有一天，这家主人替韩菼教学生读《曲礼》一篇时，竟将“临财毋苟得”一句，读成了“临财母狗得”。此时正巧一位其他有学之士从学堂门前经过，听后感到好笑，便在窗外高声给出“曲礼一篇无母狗”的上联，结果正好被外出归来的韩菼听到。韩菼以为这学士是冲他来的，便应声对出“春秋三传有公羊”的下联，那人听后，才知道，原来这位韩菼先生不是凡俗之辈，于是登门求见。二人见面，相谈甚欢，才知此事乃一乌龙，便把酒言欢了。《曲礼》是《礼记》中的一篇。“春秋三传”指解释《春秋》的《左传》《公羊传》《谷梁传》三传。“公羊”指《公羊传》。此联由纠正“毋苟”为“母狗”的错误出联，韩菼以《春秋》中的《公羊传》为对，极为风趣。那位学士将错就错地利用飞白的修辞方法将“母狗”直接替代了“毋苟”，下联则以“公羊”对“母狗”，更是妙语惊人。

望洋兴叹；
与鬼为邻。

此联是那桐为自嘲所撰。那桐（1856—1925），叶赫那拉氏，字琴轩，光绪年间举人。光绪二十六年（1900），八国联军侵占北京，慈禧和光绪西逃，那桐被任命为留京办事大臣，后任外务部会办大臣，授体仁阁大学士，升军机大臣等。“望洋兴叹”出自《庄子·秋水》：“望洋向若而叹。”原指看到人家的伟大，才感到自己的渺小。后来人们用它比喻做事力量不够或条件不充分而感到无可奈何。此联“洋”字暗指“洋人”，与下联的“鬼”字共同嵌入对当时各国列强的蔑称——“洋鬼子”中。因作者受命办理外交事务，所以要天天“望洋兴叹”“与鬼为邻”，大有无可奈何的味道。

不作公卿，非无福命都缘懒；
难成仙佛，为爱文章又恋花。

此联为袁枚为感怀胸臆所撰。袁枚（1716—1798），字子才，号简斋，别号随园老人，清浙江钱塘（今杭州）人，乾隆年间进士，文学家。“公卿”是古时三公和九卿的简称，泛指高官。“福命”则是福分和命运。初观联语，颇有魏晋遗风[1]，“无福命”并不都是因为“懒”，描写了作者淡薄官场生活的思

[1] 魏晋遗风，指的是魏晋时期名士们所具有的那种率直任诞、清俊通脱的行为风格。饮酒、服药、清谈和纵情山水是魏晋时期名士所普遍崇尚的生活方式。

想感情。这也是明清时代退隐政治、独善其身的文人士大夫的人生态度的生动写照。作者平生好味、好游、好友、好花竹泉石、好古玩字画，尤好书籍，上下两联不仅表达了作者的志趣悠远，也表现了作者的高雅情怀。

大老爷做生，金也要，银也要，钞票也要，红黑一把抓，无分南北；

小百姓该死，谷未熟，麦未熟，豆儿未熟，青黄两不接，送甚东西？

此联是民国时期有人为嘲讽贪婪的县太爷而撰，作者不详。上联说，县太爷过生日，金银珠宝和钞票都要，就像饕餮一样，不管南北，反正都要吃光光。下联说，县太爷只顾着自己贪财，完全没有考虑到老百姓的死活，不管老百姓的饥荒。所以老百姓就算想要送东西，也是青黄不接，根本没有东西送。这副对联对仗工整，妙语连珠，而且手法十分高明。首先将“大老爷”和“小百姓”作对比，一个高高在上，一个身份低微，后面“生”与“死”的强烈反差，体现了县太爷享受的是凌驾在百姓痛苦之上的快乐。然后又用“红黑”“青黄”作对比，直观地展现了县太爷冷漠贪婪的嘴脸和老百姓活不下去的痛苦。接下来是方位词的运用，讽刺“天下乌鸦一般黑”，让各个地方的老百姓都有有苦说不出的愤怒。最后运用反问句，作者用直截了当的讽刺态度，表达了老百姓强烈的愤慨，增强了对联的表达效果，令人拍案叫绝。

公刘好货，菩萨低眉，六万两特放优差，广东被害；

少许胜人，空谭无补，八十名循行故事，赴北为高。

此联作者为光绪年间一乡试落榜考生为讽刺主考官所撰，具体作者不详。光绪年间，据说当时一场广东乡试的主考官是萨廉、刘福姚、许振祎和谭钟麟四人，他们徇私舞弊，沆瀣一气，选取了很多走关系的考生。不出所料，发榜后一片哗然。于是，就有一名落榜的考生写下了这副对联来讽刺四位主考官。也许有人会觉得这副对联对仗不工整，事实上这副对联采用了自对原则，也就是“公刘好货”与“菩萨低眉”构成对仗，“少许胜人”与“空谭无补”构成对仗。“公刘”是古代周部落的首领，借用这个“刘”来指代刘福姚。“菩萨”借指萨廉，同样是文字相同。“少许”“空谭”分别指许振祎和谭钟麟。上联说这些主考官贪财，睁一眼闭一眼（低眉），让那些没有水平的关系户都上了榜单，祸害了广东全省；下联说，考生想北上参加会试，必须“循行”老规矩，给主考官送银子。这些主考官在敛财上不择手段，却耽误了国家科举大事。作者旗帜鲜明地讽刺了考官们徇私舞弊的行为，不仅耽误了考生的前程，也祸害了国家的科举大事。此联语调平实，但用典精妙，铿锵有力，十分利于传播。

第四节　集句楹联

集句楹联，是一种选取前人诗词、赋文、碑帖作品中有关联的句子，按照对联中的声律、对仗、平仄等要求重新组构的对联。“集”的意思是：收集、组合，所针对的内容较广，可分为集诗、集词、集骈文、集碑、集帖、集宗教经典，其中以唐诗宋词为主。一副集句联的上下联通常萃取于不同的作品，不过仍有极少部分取自同一作者或诗词，下文举例中有所提及。

就目前资料记载，多认为集句联的“首创者”为王安石，具体可参见沈括《梦溪笔谈》[1]：“荆公始为集句诗，多者至百韵，皆集合前人之句，语意对偶，往往亲切过于本诗。”王安石及众多宋代文人都十分热衷于集句联的创作，集句文化在清代和民国也一度成为国民风尚，文人们创新地将集句联融入书法创作中，更是助推了集句联的广泛传播。

集句联虽是选取古今文人的作品进行重组，但并不是简单的拼凑，其难度并不逊于原创。历史上流传着许多关于集句联的故事，其中不乏苦思冥想却“无以为集”的例子，当然也存在比较幸运的个体，妙手偶得之。除此之外，集句联的创作方法也适用于各类名胜、祝贺、哀挽、酬赠对联的创作，集句联实在值得仔细推敲揣摩，下文将带来一些对仗工巧又精绝的集句联以供各位欣赏。

丈夫志四海；
古人惜寸阴。

[1]《梦溪笔谈》是一部涉及古代中国自然科学、工艺技术及社会历史现象的综合性笔记体著作。该书在国际亦受重视，英国科学史家李约瑟评价其为“中国科学史上的里程碑”。

此集句联是根据陶渊明的两首诗所撰。陶渊明（约365—427），名潜，字元亮，别号五柳先生，卒后私谥靖节，世称靖节先生，浔阳柴桑（今江西省九江市）人，一作宜丰人，杰出的诗人、辞赋家、散文家，被誉为“隐逸诗人之宗”“田园诗派之鼻祖”，是江西首位文学巨匠。此联上联出自陶渊明《杂诗十二首·其四》“丈夫志四海，我愿不知老”，下联出自陶渊明《杂诗十二首·其五》“古人惜寸阴，念此使人惧”。惜寸阴：极言珍惜时间。语出《淮南子·原道训》：“故圣人不贵尺之璧，而重寸之阴，时难得而易失也。”上联的意思是说大丈夫应该胸怀四海，志在八方，表达了一种旷达、执着的人生态度；下联则是说古人珍惜每一寸光阴，表达了要珍惜时间的忧患意识。

好学近智，力行近仁，知耻近勇；
在官惟明，莅事惟平，立身惟清。

此联一说为孙寿铭的自署联，孙寿铭，号少坪，为中国清朝官员，本籍江苏。举人出身的孙寿铭于光绪二年（1876）以台防同知奉旨接替张梦元，于台湾地区担任台湾府知府。在台期间，对百姓照顾有加，减少劳役，深受百姓爱戴。上联“好学近智，力行近仁，知耻近勇”出自《中庸》[1]：“好学近乎知，力行近乎仁，知耻近乎勇。”意思是说喜欢学习就接近了智者，努力实行就接近了仁者，知道不足而勇于改正就接近了勇者。下联“在官惟明，莅事惟平，立身惟清”出自马融的《忠经·守宰章》，意思是：做官

[1]《中庸》是中国古代论述人生修养境界的一部道德哲学专著，是儒家经典之一，原属《礼记》第三十一篇，相传为战国时期子思所作。其内容肯定“中庸”是道德行为的最高标准，认为“至诚”则达到人生的最高境界，并提出“博学之，审问之，慎思之，明辨之，笃行之”的学习过程和认识方法。宋代学者将《中庸》从《礼记》中抽出，与《大学》《论语》《孟子》合称为“四书”。宋元以后，成为学校官定的教科书和科举考试的必读书，对中国古代教育和社会产生了极大的影响。

要清正廉明，处事要客观公正，立身要清白守信。上下联对仗工整，分别从修身、做官两方面来表明自己的主张。虽是集句，但也可以看出作者想要点醒众人的良苦用心。

持山作寿；
与鹤同侪。

这副集句联出自齐白石的书法。此联看起来像是一副贺寿联，实际上是齐白石书赠东北美术专科学校所作，联语的字面意思是：祝您如仙鹤一般长命百岁，愿您与青山一样高寿万年。上联“持山作寿”出自唐武三思《奉和过梁王宅即目应制》诗“愿持山作寿，恒用劫为年”，意寓寿比山高。下联“与鹤同侪”这里的“侪”，意思是“同辈”，出自唐马戴《宿阳台观》诗：“心知人世隔，坐与鹤为群。”又可见唐江全铭《还故居》诗：“懒寻书作伴，长与鹤为群。”寓意与仙鹤为伍，与仙鹤同辈分。联语既是祝寿，又是寄语刚刚创立的学校能长久地兴办下去。

剪取吴淞半江水；
即是河阳一县花。

此联为钱又村题上海县衙的衙署对联。上联出自杜甫《戏题王宰画山水图歌》：“焉得并州快剪刀，剪取吴淞半江水。”“吴淞”，即黄浦江；“剪取”，比喻县令的处事果断明晰。下联出自庾信《枯树赋》[1]：

[1]《枯树赋》是南北朝时期文学家庾信羁留北方时抒写对故乡的思念并感伤自己身世的作品，全篇荡气回肠，亡国之痛、乡关之思、羁旅之恨和人事维艰、人生多难的情怀尽在其中，劲健苍凉，忧深愤激。

"若非金谷满园树，即是河阳一县花。"联语表达了希望县令勤于政事，将上海治理得更加美好的愿景。此联妙手偶得，既符合实际，又典雅精巧。上联暗含了地点（上海），下联联系了具体的人（知县）与事，且整体对仗精巧，以地名"吴淞"对地名"河阳"，以数词"半"对数词"一"，以物"水"对物"花"，全联工整谨严，无不令人拍手称赞。

恪勤在朝夕；
怀抱观古今。

此联为康有为的行书《恪勤》五言联。康有为(1858—1927)，原名祖诒，字广厦，号长素，又号明夷、更甡、西樵山人、游存叟、天游化人，人称康南海，中国晚清时期重要的政治家、思想家、教育家，资产阶级改良主义的代表人物。康有为出生于封建官僚家庭，光绪五年（1879）始接触西方文化。光绪二十一年（1895），康有为得知《马关条约》签订，联合1300多名举人上万言书，即"公车上书"。上联"恪勤在朝夕"出自曹植的诗篇《蒲生行浮萍篇》，"恪勤"出自《国语·周语上》："不敢怠业，时序其德，纂修其绪，修其训典；朝夕恪勤，守以惇笃，奉以忠信。""恪勤"意为：恭敬勤恳，原是诗中女主人公对每日恭敬勤恳操劳的自诉。"朝夕"形容一整天，表达时间长。下联"怀抱观古今"出自谢灵运的《斋中读书诗》，"怀抱"指怀抱典籍图书，亦指胸怀。"观古今"指从典籍图书中观览古今人事。全联意为：从早到晚都保持着恭敬勤恳的态度，在心中纵观古往今来之事，表达了作者旷达的胸怀和得当处事的态度。

为学日益，为道日损；
大勇若怯，大智若愚。

此集句联出自林则徐。上联出自《老子》：“为学日益，为道日损。损之又损，以至于无为。无为而无不为。”上联“益”指收获，“损”指减损心头的不良思想和身上的不良习气，上联意为：追求学问可天天增加收获，而修行大道则需要每天都减损自己的私心杂念。下联出自宋苏轼[1]《贺欧阳少师致仕启》：“力辞于未及之年，退托以不能而止。大勇若怯，大智如愚。”“大智若愚”四字也出自《老子》：“大智若愚，大巧若拙，大音希声，大象无形。”下联意为：真正有勇气的人往往表现得很胆小，真正有智慧的人往往看上去非常愚蠢，说明真正的强者是谦虚又懂得隐藏实力的。此副对联寓意深刻，有待细细品味。

[1] 苏轼一生坎坷不顺，人生失意，历经了贬谪黄州后，其遁世隐居的想法越发强烈，在第四个儿子出生后苏轼就曾在《洗儿戏作》这首诗中感慨自己被“聪明”误一生，对孩子的期望也回归了最质朴的夙愿：“惟愿孩儿愚且鲁，无灾无难到公卿。”

劝君更尽一杯酒；
与尔同销万古愁。

此联出自宋代白玉蟾《集句赠王秀才》，白玉蟾（1134—1229），原姓葛，乳名玉蟾，稍长取名葛长庚，字白叟、如晦、以阅、众甫，号海琼子、海蟾、云外子、琼山道人、海南翁、武夷翁，世称紫清先生，海南海口人，是海南历史上第一位在全国有影响的文化名人。上联出自唐代王维《送元二使安西》“劝君更尽一杯酒，西出阳关无故人”，下联出自唐代李白《将进酒》“五花马，千金裘，呼儿将出换美酒，与尔同销万古愁”。全联意思为：劝您再喝了这一杯酒吧，我要与您共同除尽这万古的忧愁。下联既承接了上联的饮酒内容，又引人遐想到底要消何愁呢？此联对仗自然连贯，毫无违和感，堪称集句联的最高境界。

世事沧桑心事定；
胸中海岳梦中飞。

此为冰心从清朝著名诗人龚自珍《己亥杂诗》[1]所集的自题联，然后由表兄刘放园请梁启超先生为她书写。冰心（1900—1999），原名谢婉莹，福建省福州市长乐区人，中国民主促进会成员，中国诗人，现代作家、翻译家、儿童文学作家、社会活动家、散文家。笔名冰心取自“一片冰心在玉壶”。1999年，冰心在北京医院逝世，享年99岁，被称为“世纪老人”。

上联出自龚自珍《己亥杂诗》第149首：“世事沧桑心事定，此生一跌莫全非。”此处“沧桑”为“沧海桑田”的略语，即大海变成农田，水园变成大海，比喻世事变化很大，表明自己历经沧桑，身受挫折，不改初衷的决心。下联出自《己亥杂诗》第33首：“少慕颜曾管乐非，胸中海岳梦中飞。”此处“海岳”指四海五岳。下联说的是胸中的高山和大海在我的梦中飞舞，表明了向往自由之志。全联强调了志向的重要，只要志向确定就不怕世间沧桑，胸中可藏大山和大海。

[1]《己亥杂诗》是龚自珍的一组自叙诗，共315首。写了平生出处、著述、交游等，或议时政，或述见闻，或思往事，题材十分广泛，内容复杂，大多借题发挥，抨击社会。组诗运用多种手法，艺术风格多样，既雄奇又哀艳。

我书意造本无法；
此老胸中常有诗。

此为梁同书集苏轼、陆游诗所撰的对联。梁同书工于楷、行书，到晚年犹能写蝇头小楷，其书大字结体紧严，小楷秀逸，尤为精到，其与刘墉、翁方纲、王文治并称“清四大家”。上联“我书意造本无法”意为：我的书法都是凭借想象力创造的，本来就没有什么章法，出自宋代苏轼《石苍舒醉墨堂》[1]中“我书意造本无法，点画信手烦推求”。下联“此老胸中常有诗”意为：这个老人心中常常能作出好诗，出自宋代陆游的《湖山寻梅》“路人看者窃相语，此老胸中常有诗”。

[1]《石苍舒醉墨堂》是北宋文学家苏轼创作的一首七言古诗。诗中先以调侃戏谑的语气，称誉石氏草书的神妙，其间又融入对人生、政治生涯的感慨。诗中说明自己与对方同样是好书成癖，且以《庄子》篇名，表达进行书法创作时所感受到的无上快乐与精神自由。然后点出对方作堂起名“醉墨”深刻、美好的用意。再进一步具体而生动地称赞石氏通过“堆墙败笔如山丘”的苦练，书艺达到至精至粹的程度，以至获得创作的成功和喜悦。诗中提出了书法艺术崇尚自然的可贵观点：摆脱羁绊，放笔快意，追求创作的最大自由，是经由长期积累、艰苦劳动，终于水到渠成的境界。

望崦嵫而勿迫；
恐鹈鴂之先鸣。

此联为鲁迅题书斋联，并请乔大壮书写，悬于北京“老虎尾巴”书屋以自勉。鲁迅（1881—1936），原名周樟寿，后改名周树人，字豫山，后改字豫才，浙江绍兴人，著名文学家、思想家、革命家、教育家、民主战士，新文化运动的重要参与者，中国现代文学的奠基人之一，被誉为“二十世纪东亚文化地图上占最大领土的作家”。毛泽东曾评价：“鲁迅的方向，就是中华民族新文化的方向。”此联中上、下联均出自屈原《离骚》“吾令羲和弭节兮，望崦嵫而勿迫”。“崦嵫”神话中的山名，相传是日落的地方。上联意为希望太阳不要马上向落下的地方迫近，表达了鲁迅希望时光慢些流逝，好利用时间去做更多有意义的事情；下联出自《离骚》“恐鹈鴂之先鸣兮，使夫百草为之不芳”。“鹈鴂”，即杜鹃鸟，多于百花零落之春末夏初鸣叫。下联意为怕的是鹈鴂提前鸣叫，表达了鲁迅珍惜时光，又害怕时光流逝自己却无所作为的复杂感情。此联将永恒的自然与短暂的人生形成巨大的心理落差展现得淋漓尽致，易激起有识之士对时间的紧迫感与对社会的使命感。

但得夕阳无限好；
何须惆怅近黄昏。

此联为朱自清自题联，朱自清将它压于书桌的玻璃板下，用于鞭策自己。朱自清（1898—1948），原名自华，号实秋，后改名自清，字佩弦，中国现代散文家、诗人、学者、民主战士。此联原句出自唐代李商隐《乐游原》[1]中的诗句：“夕阳无限好，只是近黄昏。”此句一直被人们剖析为抒发感伤迟暮，好景无多之意。不过此联中作者反其道而行之，以“但得”“何须”两词把转折句改为条件句，巧妙地使句意也得到了变通，使得伤感之意不复存在，取而代之的是作者那珍惜时间、热爱生活、积极乐观的人生态度。

[1] 李商隐还有另一首七言绝句《乐游原》，同为登乐游原触景伤情，排遣烦闷之作。
《乐游原》
万树鸣蝉隔岸虹，
乐游原上有西风。
羲和自趁虞泉宿，
不放斜阳更向东。

枫叶荻花秋瑟瑟；
闲云潭影日悠悠。

此联出自阮元题南昌百花洲水心观音亭。阮元（1764—1849），字伯元，号芸台、雷塘庵主、揅经老人、怡性老人，江苏扬州仪征人，清朝中期官员、经学家、训诂学家、金石学家，晚年官拜体仁阁大学士，致仕后加官至太傅。道光二十九年（1849），阮元去世，年八十六。获赐谥号“文达”。

上联出自唐代白居易《琵琶行》[1]“浔阳江头夜送客，枫叶荻花秋瑟瑟”，下联出自唐代王勃《滕王阁序》“闲云潭影日悠悠，物换星移几度秋”。“荻花”：荻，植物名，禾本科，多年生草本，秆可做造纸和人造丝原料，也可编席等。上联“枫叶荻花秋瑟瑟”写红的枫叶和白的荻花在秋风中瑟瑟作响，渲染出了一种淡淡的愁绪，下联“闲云潭影日悠悠”写闲云的影子倒映在深潭的水面上，太阳悠然自得地悬在天空，抒发了一种顺其自然、坦然处之的淡雅感情，此联涵盖了地上、天上之景，且对仗工巧，物“叶”对物“云”，时间“秋”对时间“日”，叠词“瑟瑟”对叠词“悠悠”，意境丰富辽阔，耐人寻味。

[1]《琵琶行》是唐代诗人白居易创作的长篇叙事诗。此诗通过对琵琶女高超弹奏技艺和她不幸人生经历的描述，揭露了封建社会官僚腐败、民生凋敝、人才埋没等不合理现象，表达了诗人对琵琶女的深切同情，也抒发了诗人对自己无辜被贬的愤懑之情。

●明人画望海楼图　轴

根据整个绘画的内容来看，此图非常接近唐代文人王勃的《滕王阁序》中所描绘的场景，虽为“望海楼图”，或标题可定为“滕王阁图”。

侧身天地更怀古；
独立苍茫自咏诗。

此为谢无量集杜甫诗题杜甫草堂的对联。谢无量（1884—1964），原名蒙，字大澄，号希范，后易名沉，字无量，别署啬庵，四川乐至人，近代著名学者、诗人、书法家。1901 年，谢无量与李叔同、黄炎培等同入南洋公学；清末任成都存古学堂监督；民国初期在孙中山大本营任孙中山先生秘书长、参议长、黄埔军校教官等职，之后从事教育和著述，任国内多所大学教授。新中国成立后，谢无量历任川西博物馆馆长（现为四川博物院）、中国人民大学教授、中央文史研究馆副馆长，在学术、诗文、书法方面都可谓一代大家。评论家王进玉对其评价为：“人艺和谐统一的典范。”上联“侧身天地更怀古”出自唐代杜甫《将赴成都草堂途中有作，先寄严郑公五首》，置身在悠悠的天地之间，生发出思古之情，下联“独立苍茫自咏诗”出自杜甫《乐游园歌》，指独立在茫茫的暮色之中，吟咏着新写的诗。全联主要体现了作者寂寞、孤独的意境，孑然一身，喝醉了酒也没有能歇息的地方，没有人能来照顾、陪伴，只能自身一人面对苍茫的前路，用诗词来安慰和鼓励自己，表达了作者期望能找到知音和身心能够安歇的避风港。

集芙蓉以为裳，又树蕙之百亩；
帅云霓而来御，将往观乎四荒。

此为郭沫若集屈原《离骚》中的句子题屈原祠的对联。上联“集芙蓉以为裳，又树蕙之百亩”意为我采集纯洁清丽的芙蓉花编织成衣裳，又栽种下芳香高雅的秋蕙百亩。芙蓉：荷花的别名，其实名“莲”。裳：下衣，古人穿的遮蔽下体的衣裙。蕙：草本植物，叶子丛生，初夏开花，黄绿色，有香味，生在山野。下联“帅云霓而来御，将往观乎四荒”说大风召唤来五颜六色的云霓前来迎接我，我将去观赏四方荒远之地。云霓：指云和虹。御：迎接。四荒：四方荒远之地。全联表现了屈原品性高雅、志向远大的完美形象，且联句气势宏大。

泥上偶然留指爪；
故乡无此好湖山。

此为华瑞璜集苏轼诗题苏公祠的对联。华瑞璜，字秋槎，清代江苏无锡人，嘉庆初官浙江临海知县，官象山、天台、临海等县，擢同知，署台州知府，所至有惠政。侨居西湖二十余年，尝请于阮元，再浚西湖。上联出自宋代苏轼《和子由渑池怀旧》[1]“泥上偶然留指爪，鸿飞那复计东西”，此处“指爪”指鸟爪留下的印记。上联意为：泥上留下飞鸿爪子的印记，就好像我偶然经过此地一样；下联出自苏轼《六月二十七日望湖楼醉书五绝·其五》“我本无家更安往，故乡无此好湖山”，是说故乡没有这样秀美的风景，赞叹外地的山水风物胜于家乡，表达了作者对于此地的不舍和留恋之情。

[1]《和子由渑池怀旧》是宋代文学家苏轼的诗作。此诗表达诗人对人生来去无定的怅惘和往事旧迹的深情眷念。前四句以雪泥鸿爪比喻人生，把人生看作漫长的征途；后四句照应“怀旧”诗题，以叙事之笔，深化雪泥鸿爪的感触。全诗动荡明快，意境恣逸，圆转流走，一气呵成，是苏轼七律中的名篇。

借得奇书且勤读；
忽逢佳士喜同游。

此联出自清代李彦章，李彦章（1794—1836），字兰卿，福建侯官（今闽侯）人，曾在苏州和广西思恩（现为环江县）为官，有惠政。他娴诗工书，精鉴藏，擅楹对，为宣南诗社成员，联作以名胜题咏为主，有《榕园楹帖》传世。上联出自宋代陆游《寓叹》“借得奇书且勤读，小儿能续地炉红”，意思是难得借到了一本好书，要勤奋刻苦地多加研读，不能辜负了它的精华。下联出自宋代黄庭坚[1]《次韵黄斌老晚游池亭二首·其一》“路入东园无俗驾，忽逢佳士喜同游”，佳士：品行或才学俱佳的人。下联意为突然遇到一位品学兼优的人，很高兴地同他共同游历，表达了作者珍惜学习机会的奋进之情。

欲把西湖比西子；
从来佳茗似佳人。

此为藕香居茶室集宋苏轼诗句的对联。藕香居茶室在浙江杭州。上联出自苏轼《饮湖上初晴后雨》“欲把西湖比西子，淡妆浓抹总相宜”，意为把西湖比作西施；下联出自苏轼《次韵曹辅寄壑源试焙新芽》“戏作小诗君一笑，从来佳茗似佳人”，意为品质上好的茶就像美丽的女子。全联对仗工巧整齐，两个“西”、两个“佳”，由物及人，妙趣横生。

[1] 黄庭坚（1045—1105），字鲁直，号山谷道人，洪州分宁（今江西修水）人，北宋著名文学家、书法家，“江西诗派”开山之祖，与张耒、晁补之、秦观合称为“苏门四学士”。黄庭坚善楷、行、草，“狂草极似怀素。生平见山谷书，以侧险为势，以横逸为功，老骨颠态，种种槎出”，书与苏轼齐名，称“苏黄”。

愿得此身长报国；
每逢佳节倍思亲。

此为集唐诗的对联。上联出自唐代戴叔伦《塞上曲》“愿得此身长报国，何须生入玉门关”，意为愿将此身永远地报效国家，彰显了强烈的爱国主义精神和责任感；下联出自唐代王维《九月九日忆山东兄弟》“独在异乡为异客，每逢佳节倍思亲”，意思是每当节日来临都会十分思念远方的亲人，表达了对至亲的深深挂念。但自古忠孝两难全，所以从这副对联也不难看出作者的为难。

藏书万卷可教子；
买地十亩皆种松。

此为蔡佛田的集句联。蔡佛田，为官清正，擅为联语。上联出自宋代黄庭坚《题胡逸老致虚庵》“藏书万卷可教子，遗金满籯常作灾”，意为如果家里收藏了万卷诗书，可以教育子孙，表达了教育子女应当重视对其的思想文化教育。下联据说出自宋代梅尧臣诗句，意为如果买下了十亩空地，就全部种上松树。青松不凋谢，象征着贤者的坚贞节操，形象地表明育人最重高洁不移之心志。

冠盖满京华，斯人独憔悴；
江山留胜迹，我辈复登临。

此为清张仲炘的集句联。张仲炘（1857—1913），字慕京，号次珊，又号瞻园，湖北江夏（今武汉）人，光绪三年（1877）二甲七十七名进士，应散馆考试，授翰林院编修，官至江南道监察御史，江苏尊经书院山长。

上联“冠盖满京华，斯人独憔悴”出自唐代杜甫《梦李白二首·其二》，冠盖：冠礼帽，盖车盖，官吏的服饰和车乘，借指官吏。憔悴：形容人瘦弱，面色不好看。上联意为：京都众多的官僚，才华满溢，容光焕发，然而只有你一人失意落魄，容颜憔悴。下联“江山留胜迹，我辈复登临”出自唐代孟浩然《与诸子登岘山》，意为江山各处保留了许多名胜古迹，我们可以沿着古人的足迹再次登临，抒发了怀古伤今，空有抱负却无力实施的哀愁。

我本楚狂人，五岳寻仙不辞远；
地犹鄹氏邑，万方多难此登临。

此为彭玉麟集唐诗题万仙楼的对联。彭玉麟（1816—1890），字雪琴，号退省庵主人、吟香外史，祖籍湖南衡阳，生于安徽省安庆府（今安徽安庆），清朝晚期军事家、书画家，人称“雪帅”，湘军水师创建者、中国近代海军奠基人。当时彭玉麟前往泰山游览，有感而发，随即用了集句的方式，“借他人之酒杯，浇自己之块垒”，以表达心中的万千感慨。上联出自唐代李白《庐山谣寄卢侍御虚舟》中的两句“我本楚狂人，凤歌笑孔丘”“五岳寻仙不辞远，一生好入名山游”。其中，“楚狂人”指春秋时楚国人接舆，因楚昭王政令无常，乃披发佯狂不仕，时人称之为楚狂人。下联“地犹鄹氏邑，万方多难此登临”出自唐玄宗《经邹鲁祭孔子而叹之》、杜甫《登楼》。鄹氏邑：春秋时鲁地，在曲阜东南，孔子出生于此，后迁曲阜。全联意为：我就像那楚狂人接舆，去三山五岳寻访仙人，不怕路途遥远；这个地方还是孔子出生的鄹氏邑，在国家多灾多难之际我来此独自登临。这副对联虽然是集句联，却表达了彭玉麟自己的情感。最妙的是，对联所言，符合时间、地点、人物、事件，真是贴切无比，并非简单的文字游戏，而是别有所怀，令人意动。

仰之弥高，钻之弥坚，可以语上也；
出乎其类，拔乎其萃，宜若登天然。

此为徐宗干集句题山东泰山孔子崖联。徐宗干（1796—1866），字树人，号伯颜，江苏通州人，清嘉庆二十五年（1820）进士，后累官至福建巡抚，雅好金石，宦鲁20余年，广交许瀚、冯云鹓等金石学家，切磋学问。在济宁时，徐宗干修学宫、纂州志，又与冯云鹓、许瀚等纂修《济宁州金石志》8卷，未及刊行即离鲁别任。徐氏念念不忘刊行事，1845年于福建任内请人付梓行世。上联前两分句“仰之弥高，钻之弥坚”，意思是孔夫子的道理越仰望越显得高远，越钻研它越显得坚固，出自《论语·子罕第九》，本讲孔子之道，但此处指泰山；下联前两分句“出乎其类，拔乎其萃”本讲孔子之伟大，语出《孟子·公孙丑上》，此亦言泰山。此联妙在用典贴切，将泰山高大与孔子之道的精深融为一体，自然浑成。此联指对于老师的教诲，愈仰望愈觉得崇高，越用力钻研越觉得精深，便可以告诉他高深的道理了。而要达到出类拔萃的高度，那就像登天那样不容易啊！

衔远山，吞长江，其西南诸峰，林壑尤美；

送夕阳，迎素月，当春夏之交，草木际天。

此为伊秉绶集句题平山堂联。伊秉绶（1754—1815），字组似，号墨卿，晚号默庵，清代书法家，福建汀州府宁化县（今属福建三明）人，故人又称“伊汀州”，乾隆四十四年（1779）举人，乾隆五十四年（1789）进士，师戴联奎，历任刑部主事，后擢员外郎，在任期间，以“廉吏善政”著称。伊秉绶喜绘画、治印，亦有诗集传世。其工书，尤精篆隶，精秀古媚，隶书尤放纵飘逸，自成高古博大气象。上联“衔远山，吞长江”出自宋范仲淹《岳阳楼记》[1]，“其西南诸峰，林壑尤美”出自欧阳修《醉翁亭记》；下联“送夕阳，迎素月”出自王禹偁的《黄冈竹楼记》，而后半部分“当春夏之交，草木际天”出自苏轼的《放鹤亭记》。全联意象丰富，名胜风物尽收眼底，且对仗工整，可谓是千古绝对。

[1]《岳阳楼记》是北宋文学家范仲淹于庆历六年九月十五日应好友巴陵郡太守滕子京之请为重修岳阳楼而创作的一篇散文。这篇文章通过写岳阳楼的景色，以及阴雨和晴朗时带给人的不同感受，揭示了“不以物喜，不以己悲”的古仁人之心，也表达了自己“先天下之忧而忧，后天下之乐而乐”的爱国爱民情怀。文章超越了单纯写山水楼观的狭境，将自然界的晦明变化、风雨阴晴和“迁客骚人”的“览物之情”结合起来写，从而将全文的重心放到了纵议政治理想方面，扩大了文章的境界。全文记叙、写景、抒情、议论融为一体，动静相生，明暗相衬，文词简约，音节和谐，用排偶章法作景物对比，成为杂记中的创新。

●清王翚画孟浩然诗意　轴

本幅左上方自题“仿范中立笔法，补孟浩然诗意”，画境系撷取自孟浩然的五言古诗《武陵泛舟》。

第六章

楹联中的中国传统文化

第一节　楹联的民俗文化功能

楹联诞生之初，就与民俗有着千丝万缕的联系，就像土壤与禾苗，息息相关，密不可分。中国人的许多民俗[1]活动，诸如举行红白事或庆贺节日之时，都会有楹联的身影。研读这些楹联，就像走进一幅幅灵动、真实的生活图景，对了解、研究当地当时的民俗图像意义重大。

楹联中的民俗与中国人民密切相关。中国人注重风水，所以在修房造物的选址上讲究根据自然之势，遵循风水之道，即使在村落内部，建筑物与建筑物之间，也同样要考虑到邻里之间的相互协调，相互补充。在整体布局上也尽可能地对周围自然景观、地形地貌、山水风物等周边环境因素加以考虑，尽量做到物尽其用，尽量使房屋的结构布局与山水自然环境巧妙地融合在一起。这些都是非常难得而有价值的历史资料，但由于时代的发展变迁，很多建筑物都遭到很大程度上的破坏，甚至无迹可寻。幸运的是，楹联作为文化形态得以保存下来，并成为世人代代相传的文化瑰宝，

[1] 民俗，又称民间文化，是指一个民族或一个社会群体在长期的生产实践和社会生活中逐渐形成并世代相传、较为稳定的文化事项，可以简单概括为民间流行的风尚、习俗。

沿着这些文化瑰宝，我们就可以领略历史，珍藏记忆。

走进这些记忆，你会发现，中国人在不同的阶段有着不同的人生礼仪：诞生礼、成年礼、婚礼、葬礼……与之相匹配的楹联相应而生，使得这些礼仪变得隆重而有意义。当然，这些楹联不一定是固定在我们的房屋的楹柱之上，它们有的口口相传，有的笔墨留存，以其丰富多彩的方式存在于人们的社会活动中。在礼仪交往过程中，人们可以借助各种各样的楹联或表达满心的喜悦，或表达沉痛的哀悼，或表达真诚的祝福，楹联也因此成为人们交流感情，增进情谊的纽带和催化剂。

纵观历史，那些已经在社会文化生活中所形成的固定的风俗习惯、旧的制度观念、信念以及一些固定模式的房舍建筑，基本都与人们的某项确定的需求相关联，是为满足人们特定的心理或生理需求而演变出来的。因此，功能论普遍存在于任何文化现象之中的说法，同样适用于楹联文化，这就是楹联的民俗功能。这种民俗功能是其他文化现象所不能替代的，具有举足轻重的地位。

显而易见，楹联的这种民俗功能是为了满足人们的某种整体或个人的需求而出现并存留下来的，从楹联在整个社会生活中所起的作用以及对社会结构的连续性的维持来看，楹联很大程度上是彼此相互联系且密不可分的，它们都产生于某种或某些需求，而这些需求主要指以下几个方面：

一、楹联具有调节民众生活节奏的民俗功能

楹联在人类活动体系中直接或间接地满足人们的需求。假如需求得到及时满足，既可以调节紧张的生活节奏，也可以愉悦身心，达到其他文化形式无法企及的效果。特别是在各种装饰部件中，配上雅致的楹联，其装饰部件便具有了一定的文学气息，达到赏心悦目的效果。

我们可以设想，精致的亭台楼阁或厚重的木雕、石雕上雕刻着古朴秀丽、灵动活泼的图案，在图案旁还配以韵味十足的楹联“清风明月本无价，近水远山皆有情[1]”或是“深院尘稀琴韵静，明窗风定墨花香”，此时，繁忙而紧张的生活节奏似乎得以慢了下来，整个人身心都得到了放松，楹联既对观赏者的日常生活起到了调节作用，也抒发了居住者或者设计者的心志，体验这样的楼阁、景致，一定别有一番情韵。

二、楹联具有约束世人言行举止的民俗功能

楹联的语言及其使用都离不开社会生产生活。语言作为交流使用的基础工具，其来源于人们之间默认的共识，而能够在社会生活中广为流传、频繁使用的楹联一定要体现出当时当地人们普遍认为合理、正确的心理和生理诉求，要与当时当地的社会环境规范相匹配，因此这时的楹联就具有了约束人们言行的民俗功能。例如，“圣贤格言布帛蔬粟，先王要道礼乐诗书”这一楹联就是在提倡读书和耕种的环境下创作的。在这些楹联的作用和影响下，人们就会越来越尊重那些重视耕读的人。其主要原因就与它表达着人们共同

[1] 上联“清风明月本无价”取自欧阳修《沧浪亭》：“清光不辨水与月，但见空碧涵漪涟。清风明月本无价，可惜只卖四万钱。”下联“近水远山皆有情”取自苏舜钦《过苏州》：“东出盘门刮眼明，萧萧疏雨更阴晴。绿杨白鹭俱自得，近水远山皆有情。”

的希望和祈愿——重视耕种、重视读书求学有关。这些被人们共同认可、传颂的楹联就会在潜移默化中，不露痕迹地影响着人们的行动，逐渐深入人心，久而久之成为约束规范人们行为的准则，也在一定程度上起着维持社会稳定的作用。

三、楹联具有警示后人、教化子孙的民俗功能

中国社会，祖祖辈辈注重传承优秀的文化内涵，社会生活中随处可见的楹联就是明证。这些楹联承担着训诫后世，规范后世言行，教化子孙的重要功能。例如，“绍祖宗一脉真传，克勤克俭；教子孙两行正路，惟读惟耕”这一楹联，就有警示子孙，不忘先祖辉煌，勤耕苦读，弘扬先祖美德以及治家之道的警示和教化功用。当然，其中也少不了祖辈对后代子孙人生道路的指引、期盼与祝愿的成分。

这些起警示和教化作用的楹联大多是祖辈们长期在立身行事中所总结出来的成功经验或教训。不管是哪个时代，什么身份、地位的人，都离不开衣食住行、繁衍生息、健康安全等基本需求，所以，被人们称之为社会制度背后的“心理原则”的体现本性的需求法则是大致通用的。并且，这些法则会相互制约、相互影响、相互支撑、互利互惠，共同作用到当时当地的人群中，形成各自独特而又具有共性的感受。这些感受在恰当的时候就有可能被转化成一副副楹联，得到周围人的一致认可，从而口口相传，经久不衰。例如，在商人漫长的经商过程中，他们饱尝心酸，在拥有独特心路历程与治家之法的同时，也形成了这样

一副楹联：

读书好经商好效好便好；
创业难守业难知难不难。

上联“读书好经商好效好便好”简明扼要地阐述了在当时的背景下，他们认为读书与经商同等重要，但不管读书还是经商，都必须有真实可见的效果才算更好；下联“创业难守业难知难不难”则进一步说明创业难，守业更难的道理。以此楹联劝诫自己和子孙要具有脚踏实地、知难而进的人生态度，不要在取得一阶段的小成功后就不思进取，要继续保持进取的精神。

快乐每从辛苦得；
便宜多自吃亏来。

这一副楹联，强调的是辛苦与吃亏是孕育快乐和便宜的襁褓，唯有吃得了苦才有快乐的道理跃然纸上。

这些楹联，与当时的社会环境息息相关，是当时当地重视鼓励耕读的结果。体现出人们在注重自身文化修养的同时，也希望后世能读书入仕，蕴含着对族中子孙的殷殷嘱托。

四、楹联具有稳定宗族[1]、维系群居社会凝聚力与向心力的民俗功能

楹联生长的土壤是现实的社会生活，它离不开人与人之间的关系，包括人与人组合而成的各种群族间

[1] 宗族，亦称“家族”。“族”，指父系单系亲属集团，即以一成年男性为中心（称“宗子”或“族长”），按照父子相承的继嗣原则上溯下延，这是宗族的主线。主线旁有若干支线，支线排列的次序根据与主线之间的血缘关系的远近而决定。族内有家，因此族又是家庭的联合体。

的关系。其中，“孝”既是儒家伦理思想的重要组成部分，是社会生活中礼制部分的最基本的准则，同时也是楹联创作的主要内容。

纵观古今，不管是官方还是民间，都有倡导或表彰孝子、孝女、孝行的记载。楹联就是通过环境氛围的烘托与感染，让孝行孝义成为人们内心深处自发的行为意识，其效果是机制激励下的孝义孝行所达不到的。例如，“树欲静而风不止，子欲养而亲不待”这副楹联，意在告诫人们要及时孝敬父母，不要等到父母不在后空伤悲；“学有渊源淹通经史，家传孝友乐叙天伦”这副楹联同样也是告诫人们一定要有精益求精、锲而不舍的良好学风才能精通经史，有孝敬父母、友爱兄弟的优良家风才能享受天伦之乐[1]。类似的楹联不胜枚举，它们春风化雨般地诠释和渲染了“孝”的内涵与外延，同时在一定程度上稳定了宗族关系，体现了群居社会的凝聚力与向心力。

[1] 天伦之乐，出自李白《春夜宴从弟桃花园序》，指家庭团聚一堂的欢乐。

总之，楹联根植于社会生活，根植于民族民风民俗，作用于人们的言谈举止，影响着人们的喜好、志向和追求。同时，民俗也丰富了楹联的内涵，推动着楹联不断革故鼎新，与时俱进。

第二节　楹联书法的艺术性及其对传统文化的传播

楹联书法是中国文化史上集文学、艺术和公共展示于一体的独有的艺术形态。这种艺术形态想要在各种公共场所展示出来，并且得到大众认可，书写形式非常重要，这也就是说书写者的书法修为、审美情趣直接影响着楹联的呈现效果。只有当楹联的文字内容和书法艺术完美结合，相互衬托，相互成就时，楹联书法作品才能在雅俗皆有、形式多变的文化格局中独树一帜。

楹联书法作品是被文人墨客、市井大众认可的文化交流形式之一，在交流过程中以其特有的表达方式，淋漓尽致地展现和弘扬了我国传统文化中的儒、释、道三家思想，实现了教化公众的功能。

一、楹联书法的艺术表现形式

楹联书法之所以能够得到广泛传播，除了楹联自身的内容可圈可点之外，书写之人的书写技巧，书写时所选择的字体、书写材质也至关重要。

（一）楹联书法的字体

从字体上来看，楹联书法主要包括楷书、篆隶、草行三大类。很早以前，楷书四大家[1]之一的赵孟頫就曾经创作过楹联书法作品。到了清朝的时候，书法水平的高低往往成为评价楹联水平的重要标准，这在无形中推动了书法的快速发展。在这种大背景下，适合彰显庙堂之气的楷书楹联首先得到了大范围推广。清中期时，以郑板桥为代表的篆隶楹联书法在社会上刮起了一阵高古之风，广受欢迎，因而篆隶楹联书法在这个时期得到了广泛的传播。然而，几乎所有的书法家一致认为草书是最容易彰显自我，表达自身喜怒哀乐等情感的书体。特别是明代以后，草书就成了各

[1] 柳公权、欧阳询、颜真卿、赵孟頫并称“楷书四大家”。柳楷严谨紧凑，骨力遒劲，注重点画的搭配和形态变化；欧楷强调笔画配合及点画的变化和呼应，气势雄浑，严整疏朗；颜楷广收博取，气势开张，用笔大胆，呈现雍容气象；赵楷贯通晋唐，博取他人创作精华，整体风格厚重洒脱、飘逸动人。

位文人墨客抒发自身情感的最主要的字体。

（二）楹联书法的技法

任何艺术都是抒情的艺术，都讲究一定的技法、技巧，楹联书法作品也不例外。它的技法、技巧主要体现在用笔、章法、墨法三个方面。在用笔上，楹联书法大多采用平直之笔。毛笔的笔锋运动包括起笔、行笔、收笔三个部分，每个部分的细节要求是各不相同的。不管是字的笔画还是字的间架结构，在运笔上都存在着无穷的奥妙。比如调锋的两个方面，适时能提和意到笔端这两点都是只可意会不可言传的。

在章法上，楹联书法特别讲究对称与行气。古人在评论书法作品时，章法是必须放在主要位置的，一幅书法作品如果没有章法中的虚实与阴阳，那就不算作书法作品。从字与字之间，字组与字组之间，上下联之间的区别来看，章法可分为小章法和大章法。但不管怎样划分，怎样布局，都要求既要顾及细节，更要照顾全局。一幅上好的书法作品在整体效果上特别要做到平正安稳、行气通畅。当然，书写形式也有一定影响。两行式、龙门式、春联式是楹联书法作品的主要书写形式。而采用哪种形式，要根据实际情况而定。

在楹联书法作品中，墨法浓淡与润枯也直接影响着楹联书法作品的质量。在许多著名书法家的真迹作品中，墨法的奥秘妙不可言，值得深挖。比如傅山的楷书《性定身闲六言联》，就是非常有价值的历史文物。细细研究，就会发现这幅作品采用的是浓墨，也就是说在研墨过程中水少墨多，以墨为主。所以写出的作品墨汁饱满集中，有浓淡燥润相间的变化，整体上看虽浓墨重彩，但韵味十足。“浓墨宰相”刘墉[1]也经常使用浓墨，佳作频繁出现。与浓墨相对的是淡墨，淡墨就是研墨时水多墨少，米芾就是著名的淡墨书法家，其书法作品《真酥帖》是淡墨书法作品的代表，淡雅幽远，闲适平和，令人赏心悦目。

(三) 楹联书法的材质

楹联书法材质的选取是多样性、有讲究的。楹联在日常生活中随处可见，运用范围很广，在书写的材质上也各有不同。木、竹、石、纸、绢、铜、瓷……或书或写，或镌或刻，因地取材，因需定材。

其中，竹木是较早时期的楹联书法作品所用的书写材质。虽然竹木取材较为方便，但在后期的制作手法上是相当考究的。首先必须选硬实、上乘的竹片或木板，再请来能工巧匠对其进行精细、规则地打磨，等到平整光滑后，由文人雅士或者书法家在上面进行书写。有些注重讲究、经济条件好的人家还会在竹片或木板周围装饰精美的图案以衬托文字内容。更讲究一点的，还会对楹联作品刷一层漆，既起到保护作用，又使整个楹联作品看起来具有更强的艺术性。

而石刻楹联书法作品主要存在于我国名山大川之中。东岳泰山、南岳衡山上此类楹联书法作品就有不少。历史上很多有名的文学家、诗人、书法家等都曾在名山大川上留下墨宝，比如柳宗元、韩愈、刘禹锡、苏轼、黄庭坚等，他们在登临这些名山大川的同时，以风格各异的石刻书法作品或写景抒情，或托物

[1] 刘墉（1720—1805），字崇如，号石庵，又号香岩、日观峰道人、石庵山人、天香室道人、青原等。山东诸城人，清代乾嘉年间著名的政治家、书法家和诗人。

言志，既点缀了名胜风景，又使游览者在欣赏美景时获得启示，收获人生至理。

二、楹联对传统文化的传承与发扬

儒、释、道三家的思想和楹联书法相互影响，相互渗透，相互促进，共同成为中华民族重要的精神食粮。

（一）楹联对儒家思想的传承与发扬

无论是在时间上还是空间上，儒家[1]楹联都承担着重要的传播者角色，而受传者与儒家文化之间又是双向互动的。同时，传播的过程是循序渐进的，具有系统性和结构性的特点，因此，我们可以把以儒家文化为内容书写的楹联都叫作儒家楹联，而把以书法的形式表现出来的儒家楹联叫作儒家楹联书法作品。

欣赏儒家楹联书法作品有助于提高自身的品行修养，特别对于创作者、书写者和悬挂者来说更是如此。对他们来说，书写内容和书写形式都必须是让自己受益的，从内心认同接受的，这样他们才会静心创作，用心书写或者选择作品悬挂于楹柱上等。例如，收藏在《民国书法·第二卷》中的胡汉民的一副对联：

德义既高不慕爵禄；
文章之美故有师承。

从内容上解读，它告诉我们，人一定要把德义放在首要位置，不可弃之而盲目地追功逐利。从书写者

[1] 儒家是先秦诸子百家之一，公元前5世纪由孔子创立，脱胎自周朝礼乐传统，以仁、恕、诚、孝为核心价值，着重君子的品德修养，强调仁与礼相辅相成，重视五伦与家族伦理，提倡教化和仁政，抨击暴政，力图重建礼乐秩序，移风易俗，富于入世理想与人文主义精神。

胡汉民的角度来看，胡汉民是“民国四大书法家”之一，他在隶书[1]方面有很高的造诣，他来书写这副楹联，必定是锦上添花。我们不难发现，不管是创作者还是书写者，他们都有一个共同的目的，那就是激励自己坚定不移地奉行仁义之说，淡泊名利，修身养性，以提高个人修养。而欣赏到这副楹联的人自不必说，受教功能一目了然。

继承先祖优良遗风也是儒家楹联书法特有的功能。在很多家族祠堂或其他居室内，我们都可以看到很多书写先祖遗风的儒家楹联，其目的显而易见。例如：

绍祖宗一脉真传，克勤克俭；
教子孙两行正路，惟读惟耕。

此楹联旗帜鲜明地告诉子孙后代要效仿祖先勤俭持家，不铺张浪费，重视耕作，重视读书等美好品德。

（二）楹联对道家思想的传承与发扬

虽然道家的楹联书法作品较少，但影响亦不可小觑，其楹联用语简洁、浅显，却字字珠玑，饱含道理。例如，青城山上的楹联作品。

道生一一生二二生三三生万物；
人法地地法天天法道道法自然。

全联简明扼要地阐述了道教的教义思想，世间万

[1] 隶书，汉字的一种字体，有秦隶、汉隶等，一般认为由篆书发展而来，字形多呈宽扁状，横画长而竖画短，讲究“蚕头燕尾”“一波三折”。根据出土简牍记载，隶书始创于秦朝，传说程邈作隶，汉隶在东汉时期达到顶峰，上承篆书传统，下开魏晋南北朝，对后世书法有不可小觑的影响，书法界有“汉隶唐楷”之称。

事万物都生于有，而又生于无，人必须遵循地的特性，地的原则是服从于天，天以道作为运行的依据，而道就是自然而然。

有些道家楹联书法则鼓励人们努力向上，事在人为。例如，青城山上的另一副楹联。

事在人为，休言万般皆是命；
境由心生，退后一步天地宽。

此联是道家思想里一种人生观的具体写照，其劝诫世人要奋发向上，不要抱着听天由命的思想得过且过，要相信天道酬勤，事在人为，相信每个人都能通过自己的努力实现自己的人生目标；同时，其也以辩证的观点告诫人们，有时候山穷水尽，无路可走时，不妨先尝试着退一步，或许退一步可以海阔天空，柳暗花明，迎来新的转机。这样的内容加上书法家点画厚重又不失灵活的书写手法，就把道家劝诫世人的教化价值淋漓尽致地体现出来了。

（三）楹联对佛教[1]思想的传承与发扬

由释迦牟尼创立的佛教影响深远，许多楹联书法作品就涉及佛家思想。例如，五台山上的一副楹联。

背靠北台诵圣经；
面向南峰念弥陀。

此联认为佛教法力无边，大慈大悲，可以普度

[1] 佛教是与基督教、伊斯兰教并称的世界三大宗教之一。公元前6世纪至前5世纪，由释迦牟尼创建于古印度，以后广泛传播于亚洲及世界各地，对许多国家的社会政治和文化生活产生过重大影响。

众生。

又如：

> 试问本来无一物；
> 更从何处悟三生。

佛教重视宣扬教义的例子不胜枚举，佛教名山峨眉山、九华山上众多的佛教楹联就足以说明。例如，峨眉山上的“解去尘氛，愿尔休作隐蔽恶；脱离苦海，看我大开方便门”和九华山上的“诸恶莫作，众善奉行，已了如来真实意；四大本空，五蕴非有，是为波罗蜜多心”，这两副楹联都明确提示我们多修行、多积德行善。这种勿以恶小而为之，勿以善小而不为的理念如同阳光雨露，春风化雨般润泽了世间万物。所以，佛家楹联的书法作品，就显得超脱世俗，自然天成。这与其佛教内容自然、自由的表达，悠然自适、平淡恬静的特性是紧密相关的。

总而言之，楹联与书法都是中华文化艺术的瑰宝，它们是中华儿女珍贵的精神食粮，它们相互融合，相互熏陶，滋养着中华儿女。

第三节　楹联在小说中营造出的意境

楹联，作为一种古老而经典的传统文化，具有灵活多样的形式、包罗万象的内容，它以别具一格的艺术魅力和雅俗共赏的包容性活跃在人们的生活中。很多小说著作者都会在文本创作中恰当地运用楹联，以达到丰富内容、表达感情的写作目的。下面，本文将从楹联在小说中的发展历程，楹联在小说中的作用与功能两方面展开论述。

一、楹联在小说中的发展历程

先秦时期，在一些作品中，就有文人开始尝试使用韵散结合的诙谐幽默的语言来讲述故事，其中，韵律部分就是楹联文化最初的影子。例如在《左传》等文本的记载中就有迹可寻。后来的《世说新语》[1]，作者叙事时，为了让作品读起来更有韵味，就经常运用一些简约、玄远、对称，含有一定韵律的语言句式。这些运用为楹联的形成和其在小说各个环节中的推动作用奠定了一定的基础。

宋元时期，楹联文化已慢慢渗透进小说的语言之中。凡是留意宋元小说的读者都不难发现，宋元时期的小说与先秦时期已有较大变化。那时候，小说中星星点点出现的带有隐秘的预言色彩的桃符故事已经在民间得到广泛传播，无形中给那个时期的小说蒙上了一层神秘的面纱，给小说增添了许多奇异色彩。特别是一些桃符巧妙地出现在小说中所涉及的建筑物或者建筑物的装饰上，行云流水地串联起前后的故事情节，自然地把虚幻的场景投射到现实生活中，使文中出现的人物如神幻般的存在。显而易见，这些桃符的出现就是楹联在小说中的进一步发展。

明清时期，韵律感很强的楹联已经比较完美地与小说艺术相互渗透，相互融合，相互成就，共同向前发展。这个时期的小说家从小熟读八股文，受八股文

[1]《世说新语》是南朝著名的文学家刘义庆（403—444）的代表之作，全书分上、中、下三卷，按内容分为德行、言语、政事、文学等三十六类，记述了汉末至魏晋士大夫阶层的玄虚清谈、逸闻趣事及社会风貌，反映了士族阶层的思想情况、生活方式。《世说新语》语言简约清丽，笔调含蓄委婉，对后世小品文发展影响深远。鲁迅《中国小说史略》中称其“记言则玄远冷隽，记行则高简瑰奇，下至缪惑，亦资一笑”。

的影响，在进行文本创作时，对偶式的句子不自觉地增多，成为他们作品中潜意识的篇章模版。在写景、刻画人物、描写场面时，一些对仗工整的楹联应运而生，成为彰显作家才华的表现方式之一。于是，楹联成为小说作品中一道道色香味俱全的“美食点心”，让读者回味无穷。

当然，楹联在小说作品中日益增多，与多种原因有关。作为楹联本身，在明清时期的创作数量已明显增多，与此同时，楹联质量也得到不断提升。从形式上看，这些楹联的创作，有的将理论和现实生活相结合，有的在传统内容上实现突破；从内容上看，其中既有充满祈望祝福的应酬联，也有表达深切怀念的挽联；从外部环境推动上看，随着商业的不断向前发展，商人阶层从最初对商业利益的纯粹的追求，转向对自身文化修养提升的需求，也给楹联的发展提供了更广阔的空间和更多样的素材。

来源于生活又高于生活的小说，通过楹联很好地实现了这些需求。楹联不仅成为现实生活的佐证，也是作者写作意图透露在平淡生活场景中的必不可少的手法，这使小说拥有更多读者的同时，更赋予了小说本身更高的审美价值，更丰富的文本内涵。

二、楹联在小说中的作用与功能

（一）楹联可以助力作者成功塑造小说人物形象

首先，楹联可以展现创作者文采，丰富小说中的人物形象。纵观古今，博学多才、精通诗文都是贫寒子弟摆脱贫困，逆转人生的敲门砖，小说中人物也不例外，而显示小说人物的文采非凡，最便捷的途径莫过于适当地营造机会，创作优秀楹联。例如《于少保萃忠全传》中的楹联：

三尊大佛，坐狮坐象坐莲花；
一介书生，攀凤攀龙攀桂子。

这副楹联凭借分毫不差的韵律，构思巧妙的内容，充分展现了小说中人物的才华，从而使人物成功叩开了财富与好运的门扉，得到赏赐，与好运结伴，告别了贫困。稍加留意，我们就会发现，因楹联俘获圣心，被提拔的例子在小说中屡见不鲜。《英烈传》[1]中江怀素就是其中的典型，他因文采出众的楹联得到皇上的青睐，获取了功名，江怀素在读者心中的形象也霎时鲜活了起来。很显然，小说中这些情节因楹联的运用变得更加精彩了，可以说很好地提升了白话小说的艺术境界。

[1]《英烈传》（又名《云合奇踪》《皇明英烈传》《皇明开运英武传》等），是明代无名氏（一说徐渭或郭勋）创作的长篇小说，全书分为十卷，共八十回。成书于明万历年间。写的是朱元璋率群雄英烈推翻元朝统治、剪除割据势力、建立大明王朝的故事。《英烈传》的作者紧扣题名，浓墨重彩地塑造出明朝开运时期叱咤风云的英烈群像。

（二）小说中的楹联可以更具体地刻画人物性格

刻画人物性格，是小说的重要任务之一。作为住所内的居室楹联，是空间元素的重要组成部分，其内容从侧面反映着人物的性格特点。

例如，《红楼梦》中探春房间的楹联“烟霞闲骨骼，泉石野生涯”就是整个房间的亮点所在。一进入探春的房间，看见这副楹联，我们就仿佛看到一个有远见、有抱负，受过良好教育的“才自精明志自高”的奇女子，忍不住会猜测居住者一定具有谦谦君子一般的风雅清高，绝不是污流浊世中的俗女子，性格中定藏着爽朗向往自由的一面。于是，小说中探春人物性格第一面的展现就这样由楹联行云流水般地得到了具体的刻画。随着情节的步步推进，楹联的继续运用，探春这个人物形象就具体鲜活了。这种写法，与通过人物外貌描写来塑造人物形象相比，就儒雅多了，耐读多了，突破了单薄脸谱化的局限。

（三）小说中的楹联可以更好地推动故事情节的发展

小说中穿插楹联可以通过表达人物的志向与追求，推动故事情节的发展。古代有志之人大多讲究含蓄内敛，通常情况下，不直接表达志向或追求，所以常常借助楹联，激励警示自身，表达自己的志向与追求。

用于追根溯源，感念先辈，教导儿孙的祠堂，是很多小说重要的叙事地点。这些祠堂，大多少不了楹联的点缀，楹联一出场，肃穆庄重的氛围就营造起来了。例如，贾氏祠堂的一副楹联：

肝脑涂地，兆姓赖保育之恩；
功名贯天，百代仰蒸尝之盛。

这些楹联所表达出的文采美、文化美，直接熏陶着参加祭祀活动的每一个族人，也彰显着祠堂主人的志向和追求。

楹联还肩负着烘托喜庆气氛的责任，通过对气氛的烘托，体现人物独特的品位。《隋唐演义》[1]第二十四回中，秦叔宝的母亲过六十寿辰时，“历尽冰霜方见节，乐随松柏共齐年”楹联的出现就使整个寿宴锦上添花，很好地增添了当时的喜庆气氛。老人对楹联的喜欢，也体现出其自身品位的不凡。

（四）楹联的运用可以使小说主题得到更完美的呈现

一般情况下，小说还具有一定的淑世功能，小说里镶嵌的楹联，可以间接地表明作者的思想，起到点醒世人的作用。

在小说的适当环节中，楹联可以从叙事者和小说人物两个视角出发来完成淑世功能。有时叙事者的委婉谴责，看似平实无奇，不着痕迹，实则画龙点睛，最能激起读者的共鸣，得到人生启示。如《西湖二集》中，为展现在当朝官员压迫下众人敢怒不敢言的现状而出现的无名氏楹联。因为楹联无署名，叙事者便通过嘲讽宠妃、逆臣横行霸道的言行，运用对比手法，斥责君主昏庸，致使小人得势，民不聊生的社会现状来呈现主题。还有被鲁迅先生归为“谴责小说”的《二十年目睹之怪现状》中的俏皮讽刺联——

心中乌黑嘴明白；
腰上鹅黄顶暗蓝。

此联在对黑暗的现实描写中不乏幽默诙谐，不着痕迹地为前文叙述的小说人物的不端行为做了总结，

[1]《隋唐演义》是明末清初文学家褚人获创作的一部具有英雄传奇和历史演义双重性质的长篇章回体小说，共二十卷，一百回。全书整体结构以史为经，以人物事件为纬，以隋炀帝、朱贵儿、唐明皇、杨玉环的“两世姻缘”为大框架，讲述自隋文帝起兵伐陈，到唐明皇还都去世一百七十多年的传奇历史。小说文字描写灵活多变，或铺陈华丽，富有时代气息，或用笔粗豪，人物形象鲜明，铺叙了隋炀帝奢靡的宫闱生活，隋末群雄起兵，李世民统一天下，武则天荒淫乱唐，以及唐明皇、杨贵妃的风流艳事。书中对隋亡后十六院夫人流落江湖的同情，对秦琼英雄失意的感叹，与作者在明亡以后失落、困顿的遗民心态有着千丝万缕的联系。

达到了写作目的。这是从叙事者的视角而言的，从小说人物视角所做的讽刺联谴责情感则更为浓烈。

随着楹联在小说中的盛行，楹联与小说间的关系变得更加紧密，小说为楹联提供了广阔的舞台：人物形象的塑造，小说情节的展开，氛围环境的烘托以及小说淑世教化功能的达成，都为楹联提供丰富的创作内容和展示空间。反之，楹联的巧妙运用又更好地传递了小说创作者的写作目的和写作情怀，对小说的艺术创作起到意想不到的效果。

第四节　楹联蕴藏的丰富价值

楹联是中国传统文化的瑰宝，历经岁月千淘万漉的洗濯流传至今。如今，随着社会经济、文化的进一步发展，越来越多的人关注它、了解它、研究它，这是楹联蕴藏丰富价值的一个有力证据。

楹联是一种雅俗共赏的文学体裁，它是中国人文化生活中非常重要的组成部分，曾有人将清代楹联与唐诗、宋词、元曲、明小说相提并论，认为其具有很强的美学价值。楹联种类繁多、内涵丰富，具有极强的实用价值，作为一种传承优秀传统文化的载体，楹联对人们的价值观起着润物细无声的教育作用，具有显著的思想价值。接下来，我们将从美学价值、实用价值、思想价值三个角度进行探讨。

一、楹联的美学价值

在中国美妙绝伦的艺术百花园里，楹联是一枝别具风姿的奇葩，它的美学价值主要表现在它的对称美、外形美、书法美和意境美。

（一）楹联的对称美

对称美是指楹联上下联一定要对仗工整，这是楹联的主要特征。所谓的对仗工整，指的是上下联要做到字数相等、词性相近、平仄相谐、句式相同、意义相关等。创作者在创作时必须从总体上着手考虑，字词、语音到声调的平仄搭配和变换，必须考虑周全，将内容美和形式美有机地统一起来。不管是四言、五言还是七言、十言或多言，只有统观全联，使其形成对仗美，韵律上才会产生抑扬顿挫的节奏，诵读起来才会朗朗上口。如此这样，把楹联的对称美清清楚楚地展示给读者，读者才能自然而然地受到美的熏陶，审美能力才能逐渐提高。

（二）楹联的外形美

宋代的时候，人们就把楹联镌刻在建筑物的楹柱上。楹联与不同材质、不同外形、不同大小的承载物完美结合，于是就具有了多样的外形美。这些具有艺术性的载体的添加同样也提高了楹联的审美价值。中国人讲究楹联与外界环境的合理搭配，使其和环境融为一体，或者使其在环境中起着画龙点睛的作用，这是中国人独特的美学追求。

（三）楹联的书法美

楹联的完美呈现离不开书法的鼎力相助。保存下来的楹联，因为加入了书法家、雕刻家的艺术，才能被有效提高审美价值，呈现出千姿百态的艺术美感。

（四）楹联的意境美

被誉为诗中之诗的楹联不仅重视形式与内容的和谐统一，而且重视意境上的创造。所谓意境，指的是创作者把自己的心境投射到引起其内心波动的大自然的物境上，再用文字创设出合理的语言环境以表现出这一切，从而营造出意蕴深远的境界。意蕴深远的楹联作品，细品之下能从字里行间领悟作者的胸臆，有身临其境的感觉，从而在思想上、情感上与作者产生共鸣，在精神上获得愉悦和美的享受。

二、楹联的实用价值

楹联不仅有很高的艺术性，也有很强的实用价值。它的实用价值主要体现在以下方面：

（一）装饰价值

楹联本身具有一种对称美。不管是古人悬挂的桃符，还是现在人们张贴的纸联，它们对特定环境都有装饰作用，给人以美的感受。比如名胜古迹处的楹联、过节时悬挂的楹联、婚庆嫁娶时悬挂的楹联等，这些楹联能有效地烘托气氛，把环境装饰得或典雅古朴，或清新脱俗，或热闹非凡，或活泼有趣……这就体现了楹联的装饰价值。

（二）教育价值

楹联是中国特有的文学形式，用极简的语言表达深刻的意蕴，给人以警醒和启发教育。有一副七字联："莲荷不为污泥染，松柏岂因冰雪凋。"此联告诫正人君子要做到出污泥而不染，经冰雪严寒而不凋。清代康熙年间河南省内乡县知县高以永所撰的一副楹联广为流传："吃百姓之饭，穿百姓之衣，莫道百姓可欺，自己也是百姓；得一官不荣，失一官不辱，勿说一官勿用，地方全靠一官。"朴实无华的语言，却道出了作者勤政爱民、淡泊名利的高尚情怀和行为准则，对今天的广大党员干部也具有深刻的教育启迪价值。

（三）经济价值

在当今商品经济时代，一些收藏家或商人看中了楹联实体的文物价值、收藏价值，于是楹联的经济价值自然而然地被附加在上面。例如，一副王羲之[1]的楹联作品在当今市场上可以拍卖到上亿元，这正是楹联作品具有惊人的经济价值的体现。楹联的经济价值还体现在个人和社会组织可以通过撰写楹联或参加楹联大赛来获取一定的奖金，此行动既提升了参与者的名望，又增加了收入，乃一举两得。另外，中国有过年悬挂春联、贺寿赠送寿联、结婚张贴喜联等传统，大家对楹联的大量需求，为楹联制品提供了市场，商家也可以从中获得一定的经济效益。楹联在我国的旅游景区大量存在，为风景名胜增色提质的同时，也为旅游业的发展作出了巨大贡献。

❶ 王羲之善书法，少从卫夫人学，后博采众长，备精诸体，兼擅隶、草、楷、行各体，精研体势，广采众长，冶于一炉，摆脱汉魏笔风，自成一家，影响深远。其书风格平和自然，笔势委婉含蓄，遒美健秀，为后代学书者所崇尚，王羲之也被尊为"书圣"。其在书法史上与钟繇并称"钟王"，与其子王献之合称"二王"。其书迹刻本甚多，散见于宋以后所刻丛帖。作品有《兰亭集序》等。

（四）其他实用价值

此外，楹联还用于广告宣传、招徕生意；应答交际、酬谢来往；新闻标题、小说回目等。这充分说明了楹联具有极强的实用价值，在中国人的文化生活中发挥着巨大的作用。

三、楹联的思想价值

楹联作为一种传承优秀传统文化的载体，承载着中国文化史上丰富的礼仪道德、风俗习惯、精神气质等。文质兼美的楹联对人们的思想、道德、情操、意志、气质都起到潜移默化的陶冶作用，对个体心灵的建设也有突出作用。把蕴涵深刻思想内容的楹联用于当代思想文化建设中，对构建和谐社会，创建美好家园,实现中华民族伟大复兴更是起到重大的推动作用。其作用主要表现在以下方面：

（一）传承中华优秀传统文化

楹联传承着丰富的传统美德、民风习俗等中华优秀传统文化，在当代也为世人所喜闻乐道。例如，楹联“百善以孝为先，万福以爱为源”就倡导人们孝敬老人，关爱众生。此联表达了中华民族优秀传统文化中的孝道思想，“孝”是善的根源，“爱”是福的基石，尊宗孝祖方能坚守住中华文明的根基，并将其世代传承。“和气敬天伦，事过每当查己误；严格约子女，言狂定鉴教他明”和“天地君亲，无亲愧对天和地；爱仁忠孝，尽孝高擎爱与仁”等楹联都是在阐述孝道。尊敬父母，对待父母要和颜悦色；侍奉父母，要尽心尽力；赡养父母，要无怨无悔……“孝”应该是植根在每个中华儿女内心深处的中华文化基因，大家都做到“百善孝为先”，摈弃万恶，每个小家庭就是幸福美好的，社会的大家庭必定和谐安宁。

（二）传达为人处世之道

楹联的内容非常丰富，涵盖社会方方面面，其蕴涵的思想价值更是精彩纷呈，引导世人树立正确的人生观、价值观、世界观。例如，教育子孙继承先辈勤耕勤读的传统，传授先辈治家致富的经验，鼓舞后辈奋发图强、报效祖国等相关的楹联，无不向人们传达为人处世的道理。

有这样一副楹联：“读书好经商好效好便好，创业难守业难知难不难。”据说是根据清代大盐商胡贯三授意所书。上联告诫子孙，三百六十行，行行出状元，关键在于成效，即成果效益；下联教育子孙，世上无易事，必要勤攀登，知难而上才能化难为易。在浩如烟海的楹联世界里，此类楹联就如一颗颗璀璨的明珠，为世人指明了为人处世的道理。

（三）净化心灵，提升境界

比起物质追捧，中国人更注重对精神文化的追求，讲究修身养性，物我合一，净化心灵，提升境界。文人墨客寄情山水，或触景生情，或睹物感怀，或托物言志……例如，陈大纲题岳阳楼联：“四面湖山归眼底；万家忧乐到心头。”此联写的是作者站在岳阳楼上，把四面八方的湖光山色都看在眼里，但心中忧虑的仍是天下，正如范仲淹的名句“先天下之忧而忧，后天下之乐而乐”所表达出的作者对天下黎民百姓的忧愁和关爱。全联借景生情，情景交融，景美情真。再如，李济深[1]赠际时先生联：“修身为本；无欲则刚”，则表现了古人重视克己自律、修身养性的重要思想。上联指儒家重视修身、齐家、治国、平天下，修身乃是根基；下联指人只要没有什么私欲，就会刚强起来。古人所追求、所感悟的人生道理，不但能陶冶情操，还能洗涤心灵，读之，便于不知不觉中实现对自我追求和自我价值的提升。

[1] 李济深（1885—1959），字任潮，原名李济琛。广西梧州市龙圩区人。黄埔军校副校长，国民党高级将领，中国国民党革命委员会主要创始人、领导人之一。

（四）传达学术观点

许多楹联还具有传达学术观点的思想价值。胡适、陶行知等曾创作过很多楹联作品以表达自己的学术理念。

陶行知先生被誉为“人民教育家”，他毕生致力于“为中国作出一些贡献来”，他创作了大量的教育楹联来表达自己的教育理念。他用“捧着一颗心来，不带半根草去”抒写自己的教育情怀，此联正是他为人民教育事业奋斗终身的真实写照；他用“四体不勤，五谷不分，孰为夫子；小疑必问，大事必闻，才算学生”告诫学生要加强体育锻炼、认真学习、勤思好问、关心时事；他用“行是知之始；学非问不明”勉励学生要知行合一、勤学好问。

胡适创作了一些用于激励他人、劝勉自己的楹联作品，如“种瓜得瓜，种豆得豆；跟好学好，跟衰学衰”“大胆的假设，小心的求证；少说点空话，多读

点好书”“有几分证据说几分话；做一天和尚撞一天钟”等，以此勉励自己脚踏实地，勤奋努力，实事求是。这些楹联传达的学术观点值得我们充分领悟，认真践行。

总之，楹联是中国文化的重要组成部分，蕴藏了丰富的价值。作为艺术品的楹联在不同的时间、不同的地点又具有不同的实用价值，并以其丰富的思想价值和教化作用对当代构建和谐社会，完善思想文化建设以及塑造个体美好心灵起到不容忽视的重要作用。

中国楹联发展轴线

中国楹联

宋元（萌芽期）

影响因素

1. 商业、城市的发展。
2. 市民阶层的扩大。

创作者

上至名臣雅士，下至市民阶层。

明代（生长期）

影响因素

1. 社会文化发展，市民阶层扩大。
2. 统治者的大力提倡。
3. 创作队伍更加壮大。

代表人物

朱元璋 解缙 徐渭

清代（成熟期）

表现

1. 统治者重视楹联创作。
2. 楹联种类进一步丰富。
3. 楹联的内容更加广泛深刻。
4. 楹联形式更加丰富多样。
5. 楹联赠答成为风尚。
6. 楹联大师大批涌现。

代表人物

阮元 曾国藩 钟云舫

现当代（繁盛期）

特点

楹联与革命斗争相结合，成为斗争的文化武器，成为启蒙民众的精神力量。

代表人物

孙中山 黄兴

中國符號